古典文獻研究輯刊

初 編

曾 永 義 主編

第 18 冊

「元雜劇」語言之隱喻性思維（下）

江 碧 珠 著

國家圖書館出版品預行編目資料

「元雜劇」語言之隱喻性思維（下）／江碧珠 著 — 初版 — 台
北縣永和市：花木蘭文化出版社，2010〔民 99〕
目 6+184 面；19×26 公分
（古典文學研究輯刊　初編：第 18 冊）
ISBN：978-986-254-381-8（精裝）
1. 戲劇史　2. 元雜劇　3. 戲曲評論
820.94057　　　　　　　　　　　　　　　99018488

ISBN - 978-986-2543-81-8

9 789862 543818

古典文學研究輯刊
初　編　第十八冊　　　　　ISBN：978-986-254-381-8

「元雜劇」語言之隱喻性思維（下）

作　　　者　江碧珠
主　　　編　曾永義
總 編 輯　杜潔祥
出　　　版　花木蘭文化出版社
發 行 所　花木蘭文化出版社
發 行 人　高小娟
聯絡地址　台北縣永和市中正路五九五號七樓之三
　　　　　　電話：02-2923-1455／傳眞：02-2923-1452
網　　　址　http://www.huamulan.tw 信箱 sut81518@ms59.hinet.net
印　　　刷　普羅文化出版廣告事業
初　　　版　2010 年 9 月
定　　　價　初編 28 冊（精裝）新台幣 45,000 元　　　版權所有・請勿翻印

「元雜劇」語言之隱喻性思維（下）

江碧珠　著

目

次

上 冊

第一章 緒 論‥‥‥‥‥‥‥‥‥‥‥‥‥‥‥‥‥‥‥‥ 1

第一節 語言世界與大千世界‥‥‥‥‥‥‥‥‥‥‥ 1

一、身體經驗──語言世界與大千世界的中介

‥‥‥‥‥‥‥‥‥‥‥‥‥‥‥‥‥‥‥‥‥‥‥‥‥‥ 1

二、隱喻──認知世界的重要工具‥‥‥‥‥‥‥ 4

第二節 文本評述──「元雜劇」語言的研究價值

‥‥‥‥‥‥‥‥‥‥‥‥‥‥‥‥‥‥‥‥‥‥‥‥‥‥ 5

一、文本釐定‥‥‥‥‥‥‥‥‥‥‥‥‥‥ 8

二、文獻探討‥‥‥‥‥‥‥‥‥‥‥‥‥‥ 13

三、元雜劇語言的研究價值‥‥‥‥‥‥‥‥ 16

第三節 研究方法與實踐‥‥‥‥‥‥‥‥‥‥‥ 16

一、Lakoff-Johnson 認知隱喻理論‥‥‥‥‥‥‥ 17

二、Lakoff（1987）的當代範疇論‥‥‥‥‥‥‥ 22

三、Fauconnier & Turner（1995）的多空間模式

‥‥‥‥‥‥‥‥‥‥‥‥‥‥‥‥‥‥‥‥‥‥‥‥‥ 25

四、語言表達與認知模式‥‥‥‥‥‥‥‥‥ 28

五、本論文的切入角度與研究策略‥‥‥‥‥ 35

第二章 戲曲語言與思維‥‥‥‥‥‥‥‥‥‥‥‥ 37

第一節 元雜劇的閱讀態‥‥‥‥‥‥‥‥‥‥‥ 38

一、語言托起的綜合藝術‥‥‥‥‥‥‥‥‥ 39

二、閱讀態的傳訊過程‥‥‥‥‥‥‥‥‥‥ 47

第二節 元雜劇的演出態‥‥‥‥‥‥‥‥‥‥‥ 49

一、演出態的劇場空間 ················· 50

二、科介的程式化與虛擬 ··············· 57

三、演出態的傳訊過程 ················· 63

第三節　雅俗共賞：戲曲的橋樑作用 ······· 65

一、內容上的雅俗雜揉 ················· 65

二、形式上的雅俗雜揉 ················· 77

三、戲曲的溝通效能 ··················· 82

第四節　小　結 ······················· 85

第三章　雜劇結構元素：基本範疇及其隱喻運作模
式 ····························· 89

第一節　行當與人物：基本範疇之原型及其延伸··· 89

一、「行當」的基本概念 ················ 91

二、「行當」的認知模式與範疇化 ········· 101

第二節　雜劇中的符號化與模式化及其隱喻意涵 ·· 112

一、上下場詩的蹈襲及其在人物符號化隱喻運
作中的作用 ······················ 112

二、姓名稱呼的符號性意涵 ············· 130

三、故事情節的符號化意涵 ············· 134

四、人物符號意涵綜論 ················· 136

第三節　插科打諢：跳脫劇情的人生隱喻 ···· 137

一、嬉笑怒罵：嘲諷現實社會 ··········· 138

二、跳脫劇情並營造冷眼旁觀的疏離效果 ···· 154

第四節　威權式的判語：團圓結局模式 ······ 160

一、彰顯上下尊卑之序 ················· 160

二、強力介入的期待 ··················· 162

三、喜慶結局 ························· 164

第五節　小　結 ······················· 169

第四章　末本雜劇：人物範疇、敘事模式與譬喻運
作 ····························· 173

第一節　「英雄」範疇及其敘事模式 ········· 174

一、「英雄」範疇的原型及其家族成員 ······ 175

二、插入第三者敘事觀點 ··············· 197

三、英雄故事情節蹈襲 ················· 209

第二節　伸張正義的兩個模式：水滸劇與包公案 · 213

一、「梁山泊」與「開封府」──人性與神性
相互映照 ························ 214

　　二、嫉惡如仇的正義化身「李逵」 ………… 219

　　三、「智」的運用──對公平正義的定義 ……… 223

　第三節　「仕隱」主題：人物範疇、敘事模式與隱
　　　　　喻映射 ………………………………… 228

　　一、仕宦模式 ……………………………… 229

　　二、隱逸模式 ……………………………… 234

　　三、仕隱思維表述的譬喻意涵 …………… 238

　　四、仕隱劇透露的訊息 …………………… 243

　第四節　度脫劇中的「嚴父模式」隱喻 ……… 246

　　一、被渡者類型區隔 ……………………… 248

　　二、引渡者的性別隱喻──「嚴父模式」… 255

　　三、度脫劇中的譬喻運作解析 …………… 270

　第五節　小　結 …………………………… 272

下　冊

第五章　旦本雜劇：人物範疇、敘事模式與譬喻運
　　　　作 …………………………………… 279

　第一節　婚姻與功名互動模式 ……………… 280

　　一、良賤婚姻與功名 ……………………… 280

　　二、良家婚姻與功名 ……………………… 291

　第二節　賢母模式的隱喻意涵 ……………… 306

　　一、賢母模式的類型 ……………………… 306

　　二、賢母模式的社會文化意涵 …………… 315

　第三節　旦本劇書生隱喻模式 ……………… 325

　　一、女主角傾慕的理想型 ………………… 325

　　二、劇作家塑造的負面型 ………………… 332

　　三、旦本劇「書生」形象的隱喻意涵 …… 340

　第四節　圓滿要求下的變形 ………………… 351

　　一、和諧框架中的女性犧牲 ……………… 351

　　二、圓滿下的雙重道德標準 ……………… 358

　　三、女人是弱者 …………………………… 363

　第五節　元雜劇對女子的譬喻思維 ………… 364

　　一、植物隱喻「女子是花」 ……………… 365

　　二、女性的容器隱喻 ……………………… 368

第六節　小　結 …………………………………………… 373

第六章　結　論 …………………………………………… 379

第一節　元雜劇體制形式之隱喻性思維 ………………… 381

一、元雜劇結構元素的隱喻性綜論 ………………… 381

二、末、旦本劇的題材與敘事角度 ………………… 383

第二節　元雜劇語言之隱喻模式 ………………………… 385

一、末本劇隱喻模式綜論 …………………………… 385

二、旦本劇隱喻模式綜論 …………………………… 386

第三節　成果與展望 ……………………………………… 388

一、本文探究的成果 ………………………………… 389

二、本文延伸的議題 ………………………………… 391

參考書目 …………………………………………………… 395

附　錄

附錄一：雜當的行當 ………………………………… 409

附錄二：其他英雄人物 ……………………………… 413

附表一：行當與人物 ………………………………… 418

附表二：末本雜劇題材分類 ………………………… 422

附表三：「英雄」劇故事情節大綱 ………………… 428

附表四：包公劇與水滸劇 …………………………… 442

附表五：度脫劇 ……………………………………… 450

附表六：旦本雜劇題材分類 ………………………… 455

附表七：雜劇中有關「蘇卿雙漸」故事的引文 …… 458

附表八：有關「碧桃花」的引文 …………………… 461

圖　表

表 1-2-1：《全元曲》裡現有雜劇傳世之作家 ………… 10

表 1-2-2：朱權、羅錦堂元雜劇題材類型對照表 ……… 11

表 1-2-3：本文之題材分類與朱、羅二人之分類對照表 … 12

表 1-3-1：譬喻語言之表達式 …………………………… 31

表 2-1-1：《殺狗勸夫》劇的詞彙搭配情形 …………… 41

表 2-1-2：《貶黃州》劇的詞彙搭配情形 ……………… 42

表 2-1-3：《貨郎旦》劇的詞彙類聚與情境意象 ……… 43

表 2-2-1：排場之情節、科介、場景 …………………… 61

表 3-1-1：李春祥元雜劇的角色分類 …………………… 92

表 3-1-2：廖奔元雜劇的角色 …………………………… 93

表 3-1-3：雜當的行當 …………………………………… 97

表 3-1-4：元雜劇中的行當與人物 ⋯⋯⋯⋯⋯⋯⋯ 98

表 3-1-5：元雜劇搽旦身份及性格標籤化 ⋯⋯⋯ 106

表 3-2-1：「花有重開日」詩之蹈襲與轉化 ⋯⋯ 114

表 3-2-2：僕役名與主人身份 ⋯⋯⋯⋯⋯⋯⋯⋯ 131

表 4-1-1：關羽、劉備、張飛的英雄屬性 ⋯⋯⋯ 178

表 4-1-2：尉遲恭父子的英雄屬性 ⋯⋯⋯⋯⋯⋯ 182

表 4-1-3：諸葛亮的英雄屬性 ⋯⋯⋯⋯⋯⋯⋯⋯ 182

表 4-1-4：薛仁貴的英雄屬性 ⋯⋯⋯⋯⋯⋯⋯⋯ 183

表 4-1-5：藺相如、廉頗的英雄屬性 ⋯⋯⋯⋯⋯ 184

表 4-1-6：鱄諸、伍子胥的英雄屬性 ⋯⋯⋯⋯⋯ 187

表 4-1-7：英布的英雄屬性 ⋯⋯⋯⋯⋯⋯⋯⋯⋯ 187

表 4-1-8：程咬金、秦叔寶的英雄屬性 ⋯⋯⋯⋯ 189

表 4-1-9：李存孝的英雄屬性 ⋯⋯⋯⋯⋯⋯⋯⋯ 189

表 4-1-10：狄青的英雄屬性 ⋯⋯⋯⋯⋯⋯⋯⋯ 190

表 4-1-11：延壽馬的英雄屬性 ⋯⋯⋯⋯⋯⋯⋯ 191

表 4-1-12：孟良、楊和尚的英雄屬性 ⋯⋯⋯⋯ 191

表 4-1-13：其他英雄人物的屬性 ⋯⋯⋯⋯⋯⋯ 192

表 4-1-14：英雄成員的屬性 ⋯⋯⋯⋯⋯⋯⋯⋯ 194

表 4-1-15：我方探子之聯套模式 ⋯⋯⋯⋯⋯⋯ 200

表 4-1-16：角色／韻腳音韻特色／宮調 ⋯⋯⋯ 205

表 4-1-17：《不伏老》與《麗春園》雷同情節比較 ⋯⋯ 212

表 4-3-1：落魄書生與資助者（明／暗）的關係 ⋯⋯ 230

表 5-1-1：「蘇漸雙卿」模式者之情節元素分配表 ⋯⋯ 283

表 5-1-2：「謝天香」模式之情節元素分配表 ⋯⋯⋯ 286

表 5-1-3：「西廂」模式情節元素分配表 ⋯⋯⋯ 293

表 5-1-4：「破窰」模式之情節元素分配表 ⋯⋯ 301

圖 1-3-1：概念之形成 ⋯⋯⋯⋯⋯⋯⋯⋯⋯⋯⋯ 17

圖 1-3-2：「水落石出」之二域模式 ⋯⋯⋯⋯⋯ 26

圖 1-3-3：「水落石出」之隱喻表達式與認知層面 ⋯⋯ 27

圖 1-3-4：「水落石出」四空間模式 ⋯⋯⋯⋯⋯ 28

圖 1-3-5：譬喻的表達層與認知層 ⋯⋯⋯⋯⋯⋯ 32

圖 2-1-1：雜劇文本閱讀態之傳訊示意圖 ⋯⋯⋯ 48

圖 2-2-1：蘇東坡／行者／佛印法師的語言傳遞關係 ⋯⋯ 52

圖 2-2-2：「管道／傳導隱喻」示意圖 ⋯⋯⋯⋯ 52

圖 2-2-3：人物關係圖 ⋯⋯⋯⋯⋯⋯⋯⋯⋯⋯⋯ 53

圖 2-2-4：人物及內外空間虛擬配置圖 ⋯⋯⋯⋯ 54

圖 2-2-5：劇場空間示意圖 ⋯⋯⋯⋯⋯⋯⋯⋯⋯ 56

圖 2-2-6：語言行為模式之六面⋯⋯⋯⋯⋯⋯⋯⋯63
圖 2-2-7：雜劇文本演出態的傳訊示意圖⋯⋯⋯64
圖 2-3-1：東岳太尉所引詩句之隱喻映射運作圖示⋯⋯75
圖 2-3-2：東岳太尉所引詩句之四空間模式⋯⋯76
圖 2-3-3：劇作家與觀眾之傳訊示意圖⋯⋯⋯83
圖 2-3-4：科介的溝通效用圖⋯⋯⋯⋯⋯⋯⋯85
圖 3-1-1：「現實人物－角色－劇中人物」關係⋯102
圖 3-1-2：搽旦的認知模式⋯⋯⋯⋯⋯⋯⋯⋯103
圖 3-1-3：「王臘梅」與「臘梅」⋯⋯⋯⋯⋯109
圖 3-2-1：「柳隆卿／胡子傳」原型之轉喻⋯⋯129
圖 3-2-2：「白衙內」原型之轉喻⋯⋯⋯⋯⋯129
圖 3-4-1：「筵席」的文化意涵的隱喻延伸圖⋯⋯167
圖 4-1-1：軍師／主將和探子的關係⋯⋯⋯⋯201
圖 4-1-2：情節組合模式⋯⋯⋯⋯⋯⋯⋯⋯⋯201
圖 4-2-1：宋江、燕青、燕二的結義關係圖⋯⋯216
圖 4-2-2：張飛與李逵的賭注情節⋯⋯⋯⋯⋯222
圖 4-5-1：「嚴父模式」之二域模式⋯⋯⋯⋯270
圖 4-5-2：「嚴父模式」之四空間模式⋯⋯⋯271
圖 5-1-1：謝天香身份轉換⋯⋯⋯⋯⋯⋯⋯⋯287
圖 5-1-2：謝金蓮身份轉換⋯⋯⋯⋯⋯⋯⋯⋯287
圖 5-1-3：秦弱蘭身份轉換⋯⋯⋯⋯⋯⋯⋯⋯288
圖 5-1-4：張好好身份轉換⋯⋯⋯⋯⋯⋯⋯⋯289
圖 5-2-1：現代社會母親的認知網路圖⋯⋯⋯⋯321
圖 5-2-2：賢母／非賢母——文化社會的兩極產物⋯322
圖 5-2-3：元雜劇母親角色對子／女不同的投資與期待·323
圖 5-2-4：元雜劇母子／母女關係⋯⋯⋯⋯⋯323
圖 5-3-1：「寒儒」符號意涵的過度延伸⋯⋯⋯326
圖 5-3-2：書生在旦角眼中的隱喻映射⋯⋯⋯341
圖 5-3-3：「觀念是食物」的隱喻概念⋯⋯⋯⋯344
圖 5-3-4：「窮酸醋餒」之譬喻延伸關係⋯⋯⋯345
圖 5-3-5：「酸／醋」與「醋瓶子」之轉喻⋯⋯346
圖 5-3-6：秀才獲致官位的隱喻映射⋯⋯⋯⋯347
圖 5-3-7：書生的空間移動⋯⋯⋯⋯⋯⋯⋯⋯348
圖 5-4-1：李大戶／秋胡之比較⋯⋯⋯⋯⋯⋯363
圖 5-5-1：「出了筝籃入了筐」⋯⋯⋯⋯⋯⋯369
圖 5-5-2：「直著羅網」——外力拋擲下進行⋯369
圖 5-5-3：李千金的容器轉換⋯⋯⋯⋯⋯⋯⋯372

第五章　旦本雜劇：人物範疇、敘事模式與譬喻運作

　　「旦本」雜劇的題材以演述婚姻與戀情爲主題的婚戀劇佔了的大宗；其次是公案劇、其他依序爲歷史、世情及神道劇（分類介紹見第一章第二節）。在這五大類裡歷史劇的主唱雖是女性，但主要描繪的角色卻多半是男性（《鍾離春》除外，它的主唱就是主角女英雄鍾離春），本文於討論末本劇的第四章第一節介紹「英雄」範疇時已納入討論，本章不再討論。以男女婚姻與戀情爲題材的婚戀劇裡，男女主角的婚姻和男主角的功名是息息相關的，故而於本章第一節以此爲主題，探討「婚姻與功名互動模式」。旦本劇雖然比末本劇少了仕隱類的雜劇，但在世情劇裡也出現了教子進取功名的賢母；這類題材的雜劇，主要描繪的對象才眞的是女性，這些具有母親身份的主角，是本章第二節「賢母模式的隱喻意涵」裡探究的主題〔註1〕。筆者檢視「旦本」雜劇，就連佔大宗的婚戀劇，其中的書生角色佔去了大部分篇幅；這些書生角色出現在旦本劇中，成爲「正旦」扮演的女性角色的生活重心或抒寫情志的對象，因此，本章第三節討論的是「旦本劇書生隱喻模式」。旦本劇的女性角色在婚姻關係中，爲了家庭的和諧圓滿，常有不合於公理卻合乎常情的犧牲，筆者於本章第四節「圓滿要求下的變形」深入探討這種現象表層下的社會心態。本章第五節則審視「旦本」雜劇探究「元雜劇對女子的譬喻思維」。

〔註1〕　在第二節有關賢母的討論中，以旦本劇世情類的賢母角色爲基礎，亦搜納旦本劇題材分類中其他類別（如公案劇）的賢母以及末本劇的賢母角色做爲討論的對象。

第一節　婚姻與功名互動模式

　　士子人生的兩大精神支柱——婚姻與功名，從唐傳奇開始一直有這樣的題材在小說中鋪展、延伸。在唐傳奇婚姻與功名是在同一條道路上的勝利果實，擷取了功名，也娶得了五姓女；娶得了五姓女，也獲致了高官。婚姻與功名相互成就，兩者是互爲因果的。在唐士子的眼中戀愛與婚姻是二分的，婚姻與功名卻是連繫在一起的。這樣的互動關係在元雜劇中有了轉變，婚姻與功名是因果關係，先有功名再有婚姻，而在士子與妓女的愛情故事（如：《玉梳記》）中，更表現了將戀愛與婚姻合而爲一的態度：功成名就後迎娶當年相戀的妓女爲妻。

　　這樣的轉變，與元雜劇出自民間講唱文學，表演於勾欄瓦舍之間有絕大的關係。接受者是市井小民，他們樂於見到才子佳人的結合，而不計較佳人的出身。這類才子佳人的小說，明末清初比比皆是，但胡金望認爲元雜劇的格調較高，其言：

> 同樣是反映封建士子人生兩大精神支柱——功名與婚姻的作品，元雜劇比起明末清初才子佳人小說，在格調上就要高得多。這是因爲後者宣揚的是一舉成名，奉旨成親，一雙兩美，十分庸俗；而前者通過功名與婚姻的描寫，把個人的遭遇與社會現實緊密地聯繫起來，具有一定的社會批判性，正由於此，元雜劇中文人心態才堪稱折射元代社會的三棱鏡。〔註2〕

胡金望對於元雜劇的功名與婚姻的作品評價高於明末清初的才子佳人小說，原因在於它將個人遭遇連結到社會現實上，具有一定社會批判性。

　　在元雜劇中，婚姻與功名的互動模式，依劇情內容，可分爲「良賤婚姻與功名」、「良家婚姻與功名」兩類；雜劇裡有關「夫妻離合與功名」的，筆者併入「良家婚姻與功名」類討論之。〔註3〕

一、良賤婚姻與功名

　　良賤婚姻與功名，「良」的多半是男方，多半爲書生；「賤」的多半是女

〔註2〕　胡金望，〈元雜劇中所反映的文人心態特徵〉（1994），頁29。

〔註3〕　「夫妻離合與功名」的男女主角具夫妻關係，著重在夫妻聚散離合的描寫，和「良賤婚姻與功名」、「良家婚姻與功名」之故事旨趣不同。這類雜劇裡女方爲良人婦，故可將之納入「良家婚姻與功名」的討論之中。

子，操賤業爲妓女。以這兩種人的愛情爲主題的元雜劇，如：

關漢卿《杜蕊娘智賞金線池》（簡稱《金線池》）

　　　　《錢大尹智寵謝天香》（簡稱《謝天香》）

馬致遠《江州司馬青衫泪》（簡稱《青衫泪》）

石君寶《李亞仙花酒曲江池》（簡稱《曲江池》）

　　　　《諸宮調風月紫雲亭》（簡稱《紫雲亭》）

張壽卿《謝金蓮詩酒紅梨花》（簡稱《紅梨花》）

喬　吉《玉蕭女兩世姻緣》（簡稱《兩世姻緣》）

賈仲明《荊楚臣重對玉梳記》（簡稱《玉梳記》）

戴善甫《陶學士醉寫風光好》（簡稱《風光好》）

無名氏《鄭月蓮秋夜雲窗夢》（簡稱《雲窗夢》）

無名氏《逞風流王煥百花亭》（簡稱《百花亭》）*〔註4〕

喬　吉《杜牧之詩酒揚州夢》（簡稱《揚州夢》）*

賈仲明《李素蘭風月玉壺春》（簡稱《玉壺春》）*

劇中男的「一春常費買花錢」，常在女子家中盤桓，金盡不去，被虔婆間阻，不是趕將出去，便是誘以功名前去科考。比較特別的是像《謝天香》、《紅梨花》、《風光好》、《揚州夢》，他們雖也寫良賤婚姻，卻少了間阻的虔婆。如《謝天香》中的名妓謝天香，爲錢大尹護養；《揚州夢》的張好好，爲牛太守收爲義女；《紅梨花》的謝金蓮和《風光好》的秦弱蘭皆受命去迷惑男主角。

　　元雜劇有關良賤婚姻與功名的故事情節中，其劇情架構與人物關係普遍存在著兩種基本模式，這兩種模式爲元雜劇愛情故事原型：蘇卿與雙漸模式、謝天香模式。其劇情架構在這兩種模式之外的，筆者列之於其他類型。詳述如下：

（一）「蘇卿雙漸」模式

　　在書生與妓女的愛情中，「蘇卿＋雙漸」的相戀，及販茶客馮魁的三千茶引阻隔，一直是元雜劇這類愛情故事中的原型。書生雙漸〔註5〕與盧州妓女蘇小卿相愛，而鴇母卻爲了三千茶引把蘇卿嫁給了茶商馮魁。得官做臨川縣令

〔註4〕標註「*」者，爲末本劇。

〔註5〕據《全元曲》卷一〔註70〕，頁 118：「元曲中的雙郎、雙生、雙同叔、雙縣令都是指他。據宋代張耒《明道雜志》、曾鞏《元豐類稿》等，可知雙漸爲北宋熙寧、元豐時人。」

的雙漸追至金山寺，終與蘇小卿團圓。現存的元雜劇並未有敷演雙漸與蘇卿故事的，但其影響深遠；故事中「蘇卿雙漸」的愛情和遭遇，一再被雜劇作家引用於曲文之中，甚至將兩人的情愛關係映射至元雜劇的男女主角身上。筆者將之分別爲劇中引用「蘇卿雙漸」故事者，及以「蘇卿雙漸」爲模式套用者。

1. 曲文中引用「蘇卿雙漸」故事者

元雜劇裡，描寫良賤婚姻的劇情中，曲文多半會引用「蘇卿雙漸」的故事（詳見附表七）。

在石君寶《紫雲亭》劇，更是將這個故事裡的人物映射到劇中的角色上了，如：

> （正旦唱）【醉中天】我唱到那雙漸臨川令，他便腦袋不嫌聽。提起那馮員外，便望空裡助采聲。把個蘇媽媽便是上古聖人般敬，我正唱到不肯上販茶船的小卿，向那岸邊廂習刁蹬，（帶云）俺這虔婆道：兀得不好拷末娘七代先靈！（《紫雲亭》一折，卷四，頁 2604）

唱曲的正旦唱著這個故事時，唱到代表書生的「雙漸」，市儈的媽媽就嫌不耐煩，唱到代表有錢商人的馮員外就贏得喝采聲，而唱到不肯上販茶船的蘇小卿，正旦韓楚蘭的媽媽就開罵難聽的話了。曲中描繪的是一幅生動的聽眾情態圖，因劇中角色的心態暗合曲中的人物，故有此特殊的情緒反應。

關漢卿的《金線池》，雜劇一開始，正旦杜蕊娘就堅心地自認比蘇卿聰敏，故事中的人物，若換作是她，打死也不肯上販茶船，如：

> 【么篇】既不呵那一片俏心腸，那裡每堪分付？那蘇小卿不辨賢愚，比如我五十年不見雙通叔，休道是蘇媽媽，也不是醉驢驢。我是他親生的女，又不是買來的奴，遮莫拷的我皮肉爛，煉的我骨髓枯，我怎肯跟將那販茶的馮魁去！（《金線池》楔子，卷一，頁 141）

到了第四折劇末時，在石好問的幫助下，杜蕊娘與韓輔臣誤會冰釋，願嫁韓輔臣，又引蘇卿雙漸的典故，唱道：「再不索哭哭啼啼扶上販茶船。」

《玉梳記》劇，顧玉香的比擬，更引起了以二十載綿花欲買顧玉香的商人柳茂英的反彈，如：

> 【賽鴻秋】則俺那雙解元普天下聲名播，哎，你個馮員外捨性命推沒磨。則這蘇小卿怎肯伏低？將料這蘇婆休想輕饒過。呆廝你收拾買花錢，休習閒牙磕。常吾道井口上瓦罐終須破。（淨云）怎將我比

馮魁？二十載綿花，倒不如三千引茶？（《玉梳記》二折，卷八，頁
5583）

她們將自身比擬做蘇卿，無非是想在風塵中得遇知心人，最好知心人是書生，
像雙漸般，一舉得名，改換了她們的身份及提升了社會地位。如《玉梳記》
劇女主角顧玉香所唱：

> 【耍孩兒】原來這夫人也許俺娼人做，我則道盡世兒常爲妓女。不
> 想糞堆上蔚然長靈芝，鵲巢中生出鸞雛。顯耀殺妾本雲間住，光輝
> 了君家淮句居。恰才但有半點兒風聲污，可不羞歸西浙，恥向東
> 吳。……

> 【煞尾】做男兒的除縣宰稱了心，爲妻兒的號縣君享受福。則我這
> 香名兒貫滿松江府，我與那普天下猱兒每可都做的主。（《玉梳記》
> 三折，卷八，頁5591）

顧玉香對愛情的堅持，換來了「夫人縣君」的榮耀。在良賤婚姻裡，最好的
收場就是男做縣令、女做夫人，夫貴妻榮，一雙兩美，婚姻功名相得映彰。

2. 劇情套用「蘇卿雙漸」模式者

良賤婚姻的劇情套用「蘇卿雙漸」模式的，一定包含「一段姻緣」、「情
愛中人」以及「干擾姻緣的外力」等情節元素，這一段姻緣一定有波折，主
角是「多情名妓」與「落魄才子」，而干擾姻緣的外力則由「多金商人」與「妓
院虔婆」二者組成。此一模式的組成元素可參看表5-1-1：

表5-1-1：「蘇漸雙卿」模式者之情節元素分配表

情節元素 雜劇名	情愛中人		干擾姻緣的外力	
	多情名妓	落魄才子	多金商人	妓院虔婆
「蘇漸雙卿」原型	蘇　卿	雙　漸	馮魁（商品）	蘇媽媽
《青衫淚》	裴興奴	白居易	劉一郎／茶	裴媽媽
《玉梳記》	顧玉香	荆楚臣	柳茂英／棉花	顧媽媽
《玉壺春》*	李素蘭	李玉壺	甚舍／羊絨潞紬	李媽媽（非親娘）
《雲窗夢》	鄭月蓮	張均卿	李官／茶	鄭媽媽
《百花亭》*	賀憐憐	王　煥	高常彬／二萬貫	賀媽媽

註：「*」者，爲末本劇。

在這個模式下，男女兩人要結爲夫妻的阻力，除了見錢眼開的虔婆，又多了個「一春常費買花錢」的傻廝。劇中的商人是「淨」腳，代表奸邪、滑稽，在現實生活中，這類人是新貴，秀才的社會地位，是不可能與之抗衡的。但在雜劇中，商人成了情場上處處吃鱉的可笑角色，如甚舍生得黑、李官口眼歪斜、柳茂英動輒下跪。

《青衫泪》套用「蘇卿雙漸」模式，重寫白居易的〈琵琶行〉，琵琶女的丈夫「浮梁買茶去」，《青衫泪》的馮魁角色成了浮梁茶商劉一郎，男主角雙漸讓〈琵琶行〉的作者白居易擔綱，詩中的琵琶女成了女主角蘇卿，化名做裴興奴；使「同是天涯淪落人，相逢何必曾相識」的作者與琵琶女，成了「蘇卿雙漸」一對受盡波折的苦命鴛鴦。

賈仲明《玉梳記》劇多了以物件爲憑的情節，荊楚臣受不了虔婆每日數說，便別了顧玉香上京應舉，顧玉香解下釵鐶給他做路費，又拿了一枚玉梳道：「又有這玉梳兒一枚，是妾平日所愛之珍。搋做兩半，君收一半，妾留一半。君若得第，以對玉梳爲記。」（楔子，卷八，頁 5579）分別時將原本完整的物件也拆分爲二，一來是做信物，來是爲了希望能像「破鏡重圓」般，再次會合：「果然似樂昌般破鏡重圓，抵多少配上瓊簪，接上冰弦。當初俺兩下分開，今還一處，仍舊完全。」（四折，卷八，頁 5594）原本完整的東西，就像原本一體的夫妻，讓東西分兩半，是相信物件會有再次拼合的一天，就像分別的夫妻也會再團聚。

《玉梳記》柳茂英向顧玉香逼婚，正逢荊楚臣狀元及第授句容縣令，恰好救了顧玉香，不忘舊日情義，迎娶顧玉香並道謝：「想當初若非你贈我盤纏，進取功名，焉得有今日也？」（四折，卷八，頁 5593）相較之下，《雲窗夢》的張均卿就薄倖多了，他也受不了虔婆的冷嘲熱諷，欲上朝取應，鄭月蓮也似顧玉香般送首飾頭面，給他做路費。走後鄭月蓮被賣至洛陽爲妓，張均卿登第除洛陽縣宰，被洛陽府判招爲婿，他的說詞是：

> 小生張均卿，自到京師，一舉及第，所除洛陽縣宰，走馬赴任。但不知俺那大姐在那裡，風聞的轉賣與人，又無消息。如今府尹相公招我爲婿，且就這門親事，慢慢再打聽大姐音耗。（無名氏《雲窗夢》四折，卷八，頁 6095）

洛陽府判招婿宴客喚妓女月蓮官身，筵席上著月蓮與新婚把盞，兩人在這樣尷尬的場面下重逢。張均卿認了舊室，雖有垂涎佳人的李官鬧場阻撓，但大

方的李府尹還是成人之美，將原本嫁女的筵席，讓給張均卿鄭月蓮夫婦慶賀團圓，並唸出「天下喜事，無過夫婦團圓。」了結全劇：「人間天上，方便第一。就著這筵席，與狀元兩口兒，今日完成夫婦團圓您意下如何？」（四折，卷八，頁6097）

在這些套用「蘇卿雙漸」模式的雜劇中，只有《玉壺春》劇突顯李素蘭是養女，成爲本劇有情人終成眷屬的契機。李素蘭李玉壺因同姓結合而受阻撓，如第二折李媽媽的指責：

> （卜兒云）李玉壺，你是個讀書的人，好不聰明。你也知法度，你要娶俺女孩兒，你姓李，俺也姓李，同姓不可成親，你曉的麼？李婉兒爲甚復落娼？皆因李府尹的兒子也姓李的緣故。（賈仲明《玉壺春》二折，卷八，頁5631）

第四折見官時，欲得佳人的甚舍聽要斷二人配合，馬上辯駁道：

> 爺爺，這成不的。他也姓李，那也姓李，同姓不可婚。（旦云）相公，妾身本姓張，自幼年過房與他做義女來。我如今要出姓改正，有何不可？（陶伯常云）是實麼？（卜兒云）嗨，俺那忤逆種不認我了，教我怎好賴得？實是我過房女孩兒，他本姓張。（賈仲明《玉壺春》四折，卷八，頁5645）

這四本雜劇的末尾，都出現類似官府審案的情節，而四位秀才最後都得了功名，娶得佳人歸。這畢竟是在元雜劇中，文人藉此找到了填補現實缺憾的心理慰藉，如：

> 在元代，文人確實失去了優越的社會地位，但飽受儒學薰染的知識分子在內心深處並未失去文人的自我優越感而拋棄學而優則仕的傳統心理。於是只好通過狀元及第、萬言長策來展示自己的有用之才，得到一種阿Q式自我慰藉。同樣在「儒士－伎女－商人」的三角戀愛角逐中，一方面士子對妓女平等視之而非玩弄，另一方面妓女又「非秀才不嫁」，以此來鄙薄商人的粗俗和重利輕別離。事實上，元代社會搜刮、謀暴利，文人社會地位低下，要戰勝商人顯然是不可能的。因此，上述劇情安排及其結局無非是文人挽回其心理失落，獲得心靈慰藉的一種方式。〔註6〕

在劇中處處落在下風的商人，在現實世界裡應是無往不利的一方。

〔註6〕段庸生，〈生命自救與元雜劇藝術法則〉（1994），頁441～442。

（二）「謝天香」模式

關漢卿的《謝天香》劇，名妓謝天香集聰慧美貌於一身，原與才子柳耆卿相戀，柳耆卿赴京趕考後，其好友錢大尹為保護謝天香，將她脫離樂籍迎入府中，表面上權做小夫人，實則安養深閨毫髮無傷以待柳耆卿。謝天香的名字成了才貌雙全的妓女的代名詞，柳耆卿也成了書生情人的代稱，在元雜劇中被當作名妓才子典範一再引用。如石君寶《曲江池》劇：

> （卜兒云）好波，你個謝天香！（正旦唱）【尾煞】我比那謝天香名
> 字真，（卜兒云）他可做的柳耆卿麼？（正旦云）你嗓磕他怎的？
> （唱）他比那柳耆卿也不斤兩輕。（石君寶《曲江池》三折，卷四，
> 頁2588）

良賤婚姻的劇情套用「謝天香」模式者，包含「一段姻緣」、「情愛中人」以及「撮合姻緣的外力」等情節元素，這一段情愛也有波折，主角也是「名妓」與「才子」（不一定落魄），而撮合因緣的外力則由「善意相助的有權勢者」擔任。劇中都有一主事大官差遣（或養護）名妓，著她去服侍（或媚惑）書生（或文官），如：戴善甫的《風光好》、張壽卿的《紅梨花》、喬吉的《揚州慢》。在「謝天香」模式中，妓女和書生（或文官）的婚姻是掌握在主事的大官的手裡。此一模式的組成元素可參看表5-1-2：

表5-1-2：「謝天香」模式之情節元素分配表

情節元素 雜劇名	情愛中人		撮合姻緣的外力
	名妓	才子	善意相助的有權勢者
《謝天香》	謝天香	柳永（字耆卿）	錢大尹（柳永舊交）／管轄上司
《紅梨花》	謝金蓮	趙汝州	劉公弼／管轄之上司
《風光好》	秦弱蘭	陶穀	韓熙載／管轄之上司、錢俶（陶穀舊交）／收留她
《揚州慢》	張好好	杜牧	張尚之／主從、牛僧儒／義父女

謝天香本為妓女，錢大尹將之除了樂籍，養護在家中做小夫人，改換了她的身份，透過身份的轉換，巧妙讓謝天香脫了樂籍，成了良家婦。如：

> 你不肯煙月久離金殿閣，我則怕好花輸與富家郎；因此上三年培養
> 牡丹花，專待你一舉首登龍虎榜。賢弟，你試尋思波，歌妓女怎做
> 的大臣姬妾？我想你得志呵，則怕品官不得娶娼女為妻。以此上鎖

鴛鴦、巢翡翠，結合歡、諧琴瑟，你則道鳳台空鎖鏡，我將那鸞胶續斷弦。我怎精分開比翼鳥，著您再結並頭蓮？老夫伴推做小夫人，專待你個有志氣的知心友。老夫不必多言，天香，你面陳肝膽，說兀的做甚！（詩云）揀選下錦繡紅妝女，付與你銀鞍白面郎。柳耆卿休錯怨開封主，這的是錢大尹智寵謝天香。（《謝天香》四折，卷一，頁 331～332）

圖 5-1-1：謝天香身份轉換

謝天香和柳耆卿的姻緣掌握在錢大尹之手，錢大尹表態的關鍵在於柳耆卿得第爲官，當柳耆卿終取得功名時，也是他將好花送還好友之日。

　　在「謝天香」模式的劇中，女主角也有身份轉換的多重意義。如《紅梨花》的謝金蓮，原爲名妓，讓秀才趙汝州無心功名，反而請好友太守劉公弼幫忙想慕名求見。劉公弼謊稱謝金蓮已嫁人，留趙汝州在後花園的書房中安頓；又暗地裡教謝金蓮假做已故之王同知女，去後花園逗引秀才。兩人約好隔天夜半再見，謝金蓮將一樽酒、一瓶紅梨花去見秀才，還特意著嬤嬤來打斷，叫回謝金蓮。賣花三婆前來後花園摘花，特與趙汝州說王同知女兒鬼魂作崇事，嚇得趙汝州不及與好友劉公弼辭別，即拿著好友留下的花銀兩錠、春衣一套、全副鞍馬一匹，上朝取應去了。趙汝州得第爲洛陽縣令，參拜好友太守劉公弼，太守著謝金蓮將紅梨花插在扇子上，與新縣令招風打扇，兩人重相見，趙汝州嚇破膽，太守細說分明，成合了兩口兒。

圖 5-1-2：謝金蓮身份轉換

爲了好友的功名，劉公弼扯謊佈局，專意要嚇得他上朝應舉；功名成就歸來，才說合婚姻。被人佈局的趙汝州、受人擺佈的謝金蓮，兩人的情緣和婚姻，取決的要點，亦是在男子的功名前程上，那是開啓疑團、通往幸福的鎖鑰。

　　另一本《風光好》劇，名妓秦弱蘭受命於太守韓熙載去媚惑陶穀，其始

雖屬被動，其中亦有波折，結果二人還是兩情相悅成就了一段姻緣。陶穀奉宋主之命出使南唐遊說後主歸宋，言詞傲慢。南唐金陵太守韓熙載爲教訓陶穀，設計令妓女秦弱蘭媚惑陶穀。在筵席上陶穀不理不睬，一副道學先生模樣。當晚韓太守又令秦弱蘭假扮驛卒寡妻，陶穀果放下道學面具，追求秦弱蘭，寫下艷詞〈風光好〉詞作爲憑信。太守由弱蘭處得此詞，次日宴請陶穀，命秦弱蘭歌此詞。太守點破艷情，陶穀無地自容，使命不成，羞歸大宋，便往杭州投奔故人吳越王錢俶，臨別許諾秦弱蘭，尋個前程便來接她。但別後南唐已歸宋，秦弱蘭避難杭州，爲錢俶收留。錢俶知情後有意撮合這段姻緣，教陶穀躲在人叢裡，錢俶喚歌者秦弱蘭來認，秦弱蘭認出陶穀，但陶依舊冷著臉不認，秦弱蘭本想撞階自盡，被錢王攔住，兩人重新會合，錢王要替陶穀稟過宋主，著他官復原職，錢王還對秦弱蘭說到那時，駟馬軒車、五花官誥都是她的了。

　　秦弱蘭受太守韓熙載之命去迷惑陶穀，受錢王之助，得以重見陶穀，連功名前程都取決錢王的幫助與否。掌控秦弱蘭命運前途的大官有兩位，一是南唐的太守韓熙載，另一位是錢王；在不同人的掌控下，秦弱蘭有不同的身份扮演或變換，如：

圖 5-1-3：秦弱蘭身份轉換

韓熙載操控下：　妓女（金陵名妓）　➔　扮驛吏妻（寡婦）

錢王收留照顧下：　歌者（杭州避難）　➔　配爲陶穀妻

秦弱蘭與陶穀在金陵雖然成就了一夜情，但陶穀因此前程不保，他倆的情緣因太守韓熙載而起，婚姻卻由錢王撮合；終使陶穀功名與婚姻兩得意，而秦弱蘭也飛上枝頭變鳳凰。

　　末本劇《揚州夢》，寫杜牧之與歌妓張好好的故事，張好好年十三，爲豫章太守張尙之的家妓，張尙之與杜牧之餞別時，著好好席間歌舞一回，杜牧之讚其舞藝並有賞賜；三年後，揚州太守牛僧儒設席請杜牧之，牛太守著義女好好歌舞一回，杜牧之覺似曾相識，而好好倩影自此縈繞心中。友人白文禮告知好好原爲張尙之侍兒，牛太守取討爲義女，杜牧之才知原委，請託白文禮在牛太守前代爲美言。後來牛太守赴京考績，探望杜牧之，杜牧之不肯

放參，牛太守知是爲好好之事，杜牧之心中懷恨。白文禮安排筵席請來牛太
守和杜翰林，欲成就親事。牛太守在席間應允，此時張尙之爲京兆尹，亦來
席間；他道杜牧之放情花酒，本當譴罰，由他保奏無罪。最後是由杜牧之立
志於功名，將從前的雪月風花、游蕩疏狂都做一場夢作結。張好好的身份轉
換，及其與杜牧之的婚姻，掌握在兩位關鍵性人物的身上，這兩位人物在劇
中俱是官員身份。如：

圖 5-1-4：張好好身份轉換

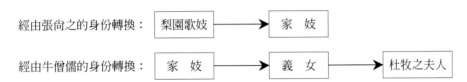

「名」與「實」象徵著人的身份地位，在「謝天香」模式中，娼妓藉由名實
的轉換，代表了不同的身份，也代表了社會上的不同位階；透過身份轉換，
跳脫了娼妓本業，輾轉做了夫人。

（三）其他類型

在良賤婚姻裡，李亞仙、杜蕊娘、玉蕭女這三類是較爲特殊的題材，李
亞仙和杜蕊娘，雖遭遇不同，但都是堅毅的女子；玉蕭女卻爲相思成疾，病
逝撒手，是她強烈的意念，使她再世爲人投胎，死生不離韋皋。她三個人各
有堅持：李亞仙堅持於自己的選擇、杜蕊娘堅持於自身的矜持、玉蕭女堅持
於自己的愛情。

1. 義不忍相棄的李亞仙

《曲江池》劇，依唐人傳奇李娃傳爲本，鋪寫出雜劇。第一折開場她出
現在「曲江池」畔筵席上賞春，在空間上屬開放式的，而且不止鄭元和看她，
她也把鄭元和看個夠。她稱鄭元和是「雛兒」，唱道「他管初逢著路柳絲，他
管乍見著墻花片，多應被花柳牽纏。」〔註7〕還跟趙牛觔說「那裡有個野味兒，
請他來同席」。將鄭元和看作是未經世面的嫩小子，而且還是她的盤中飧；這
些是劇作家刻意表現李亞仙的世故老練之處。她和唐傳奇的李娃的不同處在
於，當鄭生床頭金盡時，虔婆將他趕將出去，並未與之同謀；且在鄭生在曲

〔註 7〕見《曲江池》一折，卷四，頁 2576。（曲牌是哪吒令）

江池畔見到她想上她家門時，李亞仙一再警告他她母親的厲害。

當鄭生潦倒雪地時，李亞仙著趙牛觔尋了來，被虔婆撞見，要趕走鄭生。李亞仙與虔婆決裂，自己贖身，要教鄭生用心溫習經書，去赴科考。憤發向上的鄭生果然得第，李亞仙做了夫人，但鄭生卻不肯認毒打他幾欲至死的老父。在李亞仙的規勸下，終於認了父親。

這本義不忍相棄的《曲江池》劇，依的是前人的本，而加重了對虔婆無情無義的描寫。使它與一般良賤婚姻的情節模式相同，都有虔婆的居中阻撓。

2. 負氣要強的杜蕊娘

《金線池》劇的杜蕊娘是少數痴情娼女中，具有倔強性格的女子。她的心高氣傲，連韓輔臣也自知不如：

> 只為杜蕊娘他把俺赤心相待，時常與這虔婆合氣，尋死覓活，無非
> 是為俺家的緣故。莫說我氣高，那蕊娘的氣比我還高的多哩！（關
> 漢卿《金線池》二折，卷一，頁150）

為了韓輔臣，杜蕊娘的確付出很多，她不惜與母親對抗，卻因聽得虔婆的挑撥，說韓輔臣另纏上個粉頭，那一口氣，她怎麼也嚥不下，如：

> 我想，這濟南府教坊中人，那一個不是我手下教道過的小妮子？料
> 必沒有強似我的。若是他果然離了我家，又去踹別家的門，久以後
> 我在這街上行走，教我怎生見人哪！（關漢卿《金線池》二折，卷
> 一，頁151）

杜蕊娘自視甚高，丟不起這個人，她的母親算是摸透了她的心思，說出這樣的謊話，成功地讓杜蕊娘不再搭理韓輔臣。

她與韓輔臣的相識，這段姻緣自石好問起，由石好問完結。韓輔臣本為上朝取應，路經濟南府拜見故人，不想遇見杜蕊娘，從此無心於功名，終日與杜蕊娘相守。最後還是由石好問拿自己的俸銀二十兩給教坊司色長，著他整備鼓樂，擺設個大大筵席，成合他二人。韓輔臣的功名事未再提及，只有正旦唱【收江南】時提到「得官呵相守赴臨川」，透露一些進取功名的可能性。

大部分的良賤婚姻裡，都要憑藉著功名，成合一對苦戀的情侶。《金線池》較特殊：劇中有個府尹石好問，官任濟南府尹時替他倆牽了姻緣線，三年任滿朝京時，韓輔臣倚仗的勢力沒了，受盡虔婆的冷嘲熱諷；等石好問復任濟南府，又成合了倆人的好事。「外」扮的石好問，成為正旦、正末的婚姻關鍵

人物，韓生倚靠的不是自己的功名，而是他人的功名來福蔭。

3. 死生相許的玉簫女

《兩世姻緣》寫書生韋皋與娼女韓玉簫的愛情故事，中間一樣有虔婆間阻，她勸韋皋去應舉。沒想到韋皋的三年約期，玉簫苦等了五年落空而含恨病逝，死前畫下真容，留與韋皋。十八年後，韋皋班師回朝，虔婆持畫投靠。駙馬張延賞聞知故人韋皋路經荊州，大開夜宴，邀請韋皋；席間喚義女張玉簫出來勸酒。韋皋見其貌類韓玉簫，一時情難自禁，惹惱了駙馬。韋皋向駙馬表明，張玉簫貌似亡妻，欲娶為妻。駙馬誤以為韋皋是好色小人，欲殺韋面聖。韋皋亦領軍包圍駙馬府，在玉簫的勸阻下，韋皋散了圍軍，後又著虔婆至駙馬府前賣美人圖（即韓玉簫遺像）。此時駙馬方知韋皋之言屬實。金殿見聖，聖上問張玉簫前世事，並令其金殿上認韋皋，她即刻認出來。駙馬將賣畫虔婆帶上殿，虔婆認張玉簫為其女，並出示圖畫，眾人驚異。聖上問玉簫，她正年輕是個青春幼女，而韋元帥已過中年，她肯做夫妻嗎？玉簫回以人命修短不齊，這都是天地安排的。聖上見玉簫願意，遂成合了這段姻緣。

在《兩世姻緣》劇，「玉簫」的名與實是相等的，韓玉簫轉世投胎後仍以「玉簫」為名，名字成了兩世之間的連繫。韋皋雖功成名就，而第一世「玉簫」女卻婚姻未果含恨而逝，韓玉簫將遺憾留待於第二世「玉簫」女，由張玉簫來完成婚姻之分。使原本就功名蹉跎婚姻的韋皋，能無憾恨地功名婚姻兩成就。

劇中名字代表她的執著，畫也是執著的延伸。「玉簫」之名，有著她今生的愛戀與期望，自畫圖容，也是她將自己生命延續的方式；生命延續了，其中的熱力與情愛也隨之留存，一如畫像本就是要交付到韋皋手中的。其目的既要韋皋懷念她不忘她的長相，也是為了要藉此陪伴在韋皋身邊。「名」與「圖容」是劇中玉簫女不變的堅持——對韋皋的情愛。

這三本雜劇描述的三個女子：李亞仙、杜蕊娘、玉簫女，她們的愛情故事在情節安排上較為特殊，不像「蘇漸雙卿」模式般有干擾姻緣的商人、虔婆，也不像「謝天香」模式那樣有撮合姻緣的權貴者，但男女主角的身也是書生與名妓，故將這三者列入「良賤婚姻與功名」。

二、良家婚姻與功名

良家婚姻與功名中，最常見的是男、女父親本同朝為官，兩家不是指腹

為婚，就是約為親家。爾後，男的父母早逝或者家業凋零；女的父居高官卻早下世，母親治家嚴明。男的到女方家求婚，女方母親卻教女兒拜見哥哥（有毀約的意圖），等男女私下幽會，被女方母親撞見，以世代不招白衣婿為由，打發男的去應舉，功名成就再來迎親。這類男女因女方母親毀約，私下幽會，事發後，女方母親以功名成就再來婚娶為條件，是套用《西廂記》故事的原型（下稱「西廂」模式）。如：

白　樸《董秀英花月東墻記》（簡稱《東墻記》）

王實甫《崔鶯鶯待月西廂記》（簡稱《西廂記》）

鄭光祖《㑇梅香騙翰林風月》（簡稱《㑇梅香》）

《迷青鎖倩女離魂》（簡稱《倩女離魂》）

而同屬指腹為婚，長成後卻不由父母之命，兩私下進展的有：

白　樸《裴少俊墻頭馬上》（簡稱《墻頭馬上》）

石子章《秦脩然竹塢聽琴》（簡稱《竹塢聽琴》）

這也屬於「西廂」模式，但卻為「西廂」原型的變體。

另外有描述離合婚姻的「離合」模式，如：

關漢卿《閨怨佳人拜月亭》（簡稱《拜月亭》）

楊顯之《臨江驛瀟湘秋夜雨》（簡稱《臨江驛》）

無名氏《玉清庵錯送鴛鴦被》（簡稱《鴛鴦被》）

李唐賓《李雲英風送梧桐葉》（簡稱《梧桐葉》）

還有千金女配窮秀才的「破窰」模式，如：

王實甫《呂蒙正風雪破窰記》（簡稱《破窰記》）

無名氏《孟德耀舉案齊眉》（簡稱《舉案齊眉》）

賈仲明《蕭淑蘭情寄菩薩蠻》（簡稱《菩薩蠻》）

其中《菩薩蠻》是變調版的「破窰」模式。另外末本劇中也有對婚姻與功名的描述，第四章未討論，本章於討論時亦參酌之。

（一）「西廂」模式「不招白衣婿」

王實甫的《西廂記》脫胎於唐人傳奇《鶯鶯傳》。「始亂之，終棄之，固其宜也。」〔註8〕是張生的文人本色，也是唐士子面對婚姻與功名時的抉擇；士子與名妓只是一時的逢場作戲，長久的婚姻之道，是要另娶名門女，為

─────────────

〔註8〕見〈鶯鶯傳〉，《歷代短篇小說選》（台北：大安出版社），頁162。

功名增添助益。「愚不敢恨」是假託高門的鶯鶯屈服於宿命與社會的抑鬱。到了王實甫，鶯鶯依然是名門女，喜的是她未嫁與鄭恒，和張君瑞終成眷屬。崔老夫人的不招白衣秀士，與諸多雜劇中女方之母一般，對女婿有過高的期待。

1.「西廂」模式原型

在「西廂」模式下，許婚又毀婚是其重要的情節元素，如《西廂記》、《㑳梅香》、《倩女離魂》；「西廂」模式情節元素分配情形表列於下：

表 5-1-3：「西廂」模式情節元素分配表

劇　　目	女　方 名門閨秀	男　方 布衣書生	經濟狀況	撮合姻緣的外力		干擾姻緣的外力	
				許婚者	牽線丫頭	競爭者	毀婚者
《西廂記》	崔鶯鶯	張君瑞		崔母	紅娘	崔母侄兒鄭恒	崔母
《東墻記》	董秀英	馬彬（文輔）	家業破敗	董父	梅香		
《㑳梅香》	裴小蠻	白敏中		裴父	樊素		裴母
《倩女離魂》	張倩女	王文舉		張父			張母

對於男方的家境狀況大多未提及，只有《東墻記》男主角馬文輔認為自家家業已凋零破敗，不能諧事，毀婚之事也是他自己設想的，因此人雖然已到董家家門，卻在隔壁客店內設館安下，不敢登門面見老夫人。《東墻記》也因此成為「西廂」模式裡唯一只有許婚事卻無毀婚事的雜劇。

透過婢女私下會見，是這類模式的要素之二，如《西廂記》的紅娘；《東墻記》的梅香；《㑳梅香》的樊素。這些丫頭在書生與小姐間傳遞信簡，扮演中介者的角色，對兩人的情感有推波助瀾的效用，是非正規的媒人。《倩女離魂》之張倩女，身邊沒有這樣的人物，她憑藉自己的意志力，以魂魄去追隨心儀之人。

功名的取得，是婚姻的要件，《西廂記》的崔夫人、《東墻記》的董夫人、《倩女離魂》的張夫人都曾說過「我家三輩兒不招白衣秀士」的言語；《㑳梅香》的裴夫人也訓斥過白敏中不存心於功名，如：「吓！小後生家，不存人於功名，卻向那女色上留心，我看你再有什麼臉見我來！」（三折，卷六，頁 3757）功名在這些官夫人眼中，才是擇婿的要件，什麼指腹成親、約定婚姻，都是夫主的決定，人既已亡化，舊約也隨之動搖，只除以功名穩固之，方趁了兒女心願。

2.「西廂」模式變體

《墻頭馬上》與《竹塢聽琴》的書生與小姐，都有著父母約定婚姻或指腹爲婚的宿緣。長成後卻未經父母應允，私下發展戀情，甚至自行配合；中間遇上了阻撓，但在書生金榜題名後，障礙迎刃而解，兩人再次經正式的儀式，成爲夫妻。屬於「西廂」模式的變體。

《墻頭馬上》裴少俊和李千金，父母曾約定爲親家，但因兩家宦路不同，愈行愈遠，而不相往來，彼此的兒女並未知情。在偶然的一次墻頭馬上的巧遇中，兩人互相傾慕，私下幽會，被嬤嬤撞見，嬤嬤給小情侶兩條路走：「我如今和你商量，隨你揀一件做，第一件，且教這秀才求官去，再來取你，不著嫁了別人。第二件，就今夜放你兩個走了，等這秀才得了官，那時依舊來認親。」（二折，卷二，頁 748）李千金選擇追求愛情，同裴少俊離家，一去七年，生下一男一女，藏覓在裴家書房內；她的父母卻因愛女下落不明，思女成疾，雙雙去世了。他們的阻力來自裴尚書，「聘則爲妻奔爲妾」，講究門戶的裴尚書，斷定她非良家女，要趕她出府，還給她兩個考驗：玉簪磨成針、絲繩汲銀瓶〔註9〕。結果簪折瓶墜，被休離出門，裴少俊也受父命上朝取應。裴少俊狀元及第，要和李千金重做夫妻，爲李千金所拒。裴尚書知是故人之女，還議過親，特和夫人來陪話。最後是在兒女的請求下，李千金才認了丈夫和公婆，一家團聚。

《竹塢聽琴》鄭彩鸞和秦脩然兩人指腹成親，但兩家久無往來，不知音信。鄭彩鸞跟著老道姑學琴下棋，因已二十一歲，又逢上司出榜文，說不論官宦百姓人家，女孩兒到二十以外，都要嫁人，且限期一到，違者問罪。彩鸞因此跟著老道姑出家，在竹塢草庵安下。秦脩然爲取功名，路經鄭州，因叔父梁公弼在鄭州爲理，登門拜見，梁公弼請秦脩然到書房中安歇。秦脩然到郊外踏青，逗留得晚，城門已關，想在庵內借宿，聽的有人撫琴。兩人相見，互道名姓，才知彼此是未婚夫妻。此後，秦脩然每夜至庵中歇宿。梁公弼得知恐他耽誤了功名，叫嬤嬤說了一段王同知女鬼魂做祟的事，與《紅梨花》情節相同，梁公弼也早已備下白銀兩錠、春衣一套、全副鞍馬一匹，等秦脩然嚇得急於上路去應舉時，這些物件由張千交付。梁公弼親至竹庵將鄭彩鸞請至衙門左右，敕建祝壽道院，白雲觀內做觀主，專待秦脩然得第歸來。

〔註9〕「井底引銀瓶」、「石上磨玉簪」典故出自白居易樂府詩〈井底引銀瓶〉，且劇名《墻頭馬上》亦典出該詩「墻頭馬上遙相顧」句，劇情亦爲該詩之衍繹。

秦脩然得官回來，梁公弼在道院管待他，兩人重逢，方知是梁公弼的用心。梁公弼著彩鸞還俗，嫁秦脩然，受五花誥、駟馬車，成就了兩人婚事。老道姑鄭氏尋將來，要質問彩鸞爲何出家又還俗，彩鸞請梁公弼來勸道姑，他兩人才知是失散多年的夫妻，老道姑也還俗，與梁公弼夫婦團圓。

　　鄭彩鸞和秦脩然兩人皆家業寥落、父母雙亡，故原本前定的姻緣，是靠兩人自行成合的。中間的阻力，來自梁公弼，他考量到功名未就的秦脩然，怕他墮落不肯進取，才略施小計。功成名就之日，梁公弼也主動會合兩人，成就婚姻。

（二）「離合」模式

　　「離合」模式，指的是男女之間偶做夫妻，但卻時日短暫，又因外在的變故而分離了，而後又復合的故事模式。

　　關漢卿的《拜月亭》瑞蘭對要求門當戶對的父親，訴說兵馬戰亂下，無依無靠的她，在死生交關的時局，不得已的選擇，如：

> 【牧羊關】您孩兒無挨靠，沒倚仗，深得他本人將傍。（孤云了）（正旦做意了，唱）當日目下有身亡，眼前是殺場，刀劍明晃晃，士馬鬧荒荒。那其間這錦繡紅妝女，那裡覓個銀鞍白面郎？（《拜月亭》二折，卷一，頁 561）

父親要的「銀鞍白面郎」，在她艱難時節，未出現搭救，能救她讓她依仗的，只有父親嫌棄的窮秀才。對於「窮秀才」，瑞蘭氣憤父親的短視見利，其言：

> （正旦便扮上了，云）自從俺父親就那客店上生扭散俺夫妻兩個，我不曾有片時忘的下俺那染病的男兒，知他如今是死那活那？不知俺爺心是怎生主意，提著個秀才便不喜：「窮秀才幾時有發跡？」自古及今，那個人生下來便做大官享富貴？（《拜月亭》三折，卷一，頁 565～566）

對瑞蘭而言，「窮秀才」只是個過程，發跡前的考驗。在婚姻上，王瑞蘭的父親，是重功名重門第的，他將他的一雙女兒（包括義女蔣瑞蓮）分別配了文武狀元。寒儒爲他所輕，雖然文科狀元不少是寒儒出身的，但未改換白衣前，他是不屑一顧的。而在文武權衡之下，他是重武輕文的；由他將親生女兒配武狀元，義女配文狀元可以看出。沒想到文狀元和義女瑞蓮是兄妹，成不得親，而女兒瑞蘭之前的患難丈夫，就是文狀元。在瑞蘭的說合下，瑞蓮同意嫁給武狀元陀滿興福。而文狀元蔣世隆卻怪瑞蘭輕易地許嫁狀元，不顧兩人

的情誼；瑞蘭也怪他一得官就娶名門女，如：

> 【水仙子】今日這半邊鸞鏡得團圓，早則那一紙魚封不更傳。（末云了）（正旦云）你說這話！（做意了，唱）須是俺狠毒爺強匹配我成婚眷，不剌，可是誰央及你個蔣狀元？一投得官也接了絲鞭，我常把伊思念，你不將人掛戀，虧心的上有青天！（《拜月亭》四折，卷一，頁573）

兩人也在瑞蓮見證嫂嫂瑞蘭的心志下，夫妻和好團圓。《拜月亭》的離合模式中，重新會合的關鍵在男方取得了功名。

李唐賓《梧桐葉》劇，夫妻團圓的關鍵也在男方取得功名。李雲英與夫婿任繼圖的分別，源於戰爭——安史之亂，丈夫想取功名於亂世，去擔任參贊軍事，其言：

> （任繼圖云）渾家不知，自古修文演武，取功名於亂世，縱不然戀酒貪花，墮卻壯志？從來道：學成文武藝，貨與帝王家。那時稱我平生之原，腰金衣紫，蔭子封妻，榮顯鄉閭，也是好事。渾家休得阻擋，小生便索登程也。（《梧桐葉》楔子，卷八，頁5408）

果然局勢大亂，天子幸蜀，雲英被軍中所擄，幸遇牛僧儒尚書收買，認做義女。夫妻兩人彼此音信阻絕，不知對方下落。李雲英將思念心情做成詩寫在梧桐葉上，請風送梧桐葉，葉子果然被丈夫拾起。任繼圖與友人花仲清分別奪得文武狀元，牛尚書見兩人生得好儀表，想女兒金哥長成欲為之招婿，請夫人問雲英是否願再嫁，雲英堅意守志待夫。牛尚書為女兒金哥搭起彩樓，要女兒在文武狀元跨馬游街時拋繡球招婿。繡球本打著任繼圖，任因已有妻室，撥開繡球打著友人花仲清，花狀元接了繡球和絲鞭。在一旁觀看的雲英覺得文狀元有些像她夫婿，牛尚書因此在金哥嫁武狀元之日，請文狀元為送客，讓雲英出來行禮，看個端詳；任繼圖也覺綵樓上的婦人，很像他的渾家。如：

> （牛尚書同夫人上，云）姻緣姻緣，事非偶然。當朝有文武狀元游街，教金哥女孩兒拋繡球，接絲鞭。先打著文狀元，躊躇一回，把鞭梢擋住繡球；第二打著武狀元，接了絲鞭，成其佳配。有義女雲英，對老夫言道，文狀元與他男兒一般模樣。這狀元覷著雲英，兩意徘徊，勒馬相覷，似有廝認之意，彼各怏怏而回。老夫想來容易，今日是吉日良辰，取狀元過與金哥女孩兒成親，就請那文狀元為送

客，席上教雲英出來行禮，便知端的。（《梧桐葉》四折，卷八，頁
　5425）

在婚宴上，兩人相認，牛尙書替兩對佳偶，大排筵席，慶賀金榜雙及第，夫
婦兩團圓。

　　他們夫婦之間的分別，源於丈夫一心想在亂世揚名立萬，求得功名，卻
因此使夫妻隔絕、婚姻中斷；但也因取得功名，而有機緣再復合。

　　無名氏《鴛鴦被》劇，李府尹有罪要赴京勘聽，缺盤費，著劉道姑替他
借來十個銀子，債主劉員外教李府尹之女玉英也要畫押。李府尹去後，劉員
外以討債爲名要脅李小姐嫁他，要當初做保的道姑，幫他說親。李玉英無錢
可還無奈只得答應，說好夜間去玉清庵裡等劉員外，不想劉員外被巡更卒當
賊吊了起來，無法赴約。書生張瑞卿卻上玉清庵敲門投宿，小道姑以爲是劉
員外，也不點燈就延他入內；李小姐來時，道姑將她送入房。她親繡的鴛鴦
被，道姑早替她鋪好了床。張瑞卿順水推舟，得了美眷，事後誓言絕不相負
時，李玉英才弄明白，另一半不是劉員外，如：

　　（張瑞卿云）小生久以後，若是得了官呵，金冠霞帔，駟馬高車，
　　你便是夫人縣君也（正旦云）你則休負了心者。（唱）……【滾繡球】
　　劉解元你且住咱，我可是問你暇，（張瑞卿云）小生不姓劉，叫做張
　　瑞卿。（正旦怒科）（唱）你在我根前，無那半星兒實話，（張瑞卿云）
　　小生不敢虛言。（正旦唱）你看我恰便似浪蕊浮花。（張瑞節云）小
　　姐，小生實是張瑞卿。（正旦云）他題的名姓兒，語話兒差，空著我
　　擔著個沒來由牽掛，這不識羞的漢子你是誰家？（張瑞卿云）小姐，
　　我也不辱抹你。我若得了官呵，你便是夫人縣君也。（正旦唱）我和
　　你初相逢，君子今番罷，此後我將這庵觀門兒再不踏。兀的不羞殺
　　人那！（《鴛鴦被》二折，卷八，頁5802）

得配書生，倒稱了官宦小姐李玉英的心願；錢財她本就看不上眼，才貌才是
她所傾心的，若非爲了父親的債務，她怎肯屈就於劉員外。素昧平生的張瑞
卿一夕之間成了她的親眷，且又信誓旦旦地，要和她夫貴妻榮，於是李玉英
轉羞爲喜地幻想出一幅未來美景：

　　【黃鐘尾】從今後丹墀策試千言罷，彩筆題成五色霞。一舉鰲頭占
　　科甲，秉笏當胸立朝下。烏帽宮花數枝插，御宴瓊林醉到家。除授
　　爲官賜敕札，夫人縣君合與咱。那時我坐香車你乘馬，咱兩個穩穩

安安兀的不快活殺！（《鴛鴦被》二折，卷八，頁5803）

乍成就的姻緣，天明即分離，李玉英贈予鴛鴦被；男的登途求仕，女的還得面對殘酷的現實——劉員外的逼婚。惱羞成怒的劉員外，要她在他開的酒店打雜賣酒，遇上功名成就的張瑞卿，他微服私訪，想打聽李小姐的下落。她見賣酒的女子的儀容，不應當淪落至此，一問之下，方知她就是李玉英。張瑞卿隱瞞自己身份，說是她的兄長，要替她出頭，將她帶回家。劉員外也信以為真，三日之後要上門向大舅子提親。張瑞卿故意將鴛鴦被鋪在床上，出門喝酒去了，叫玉英替他先鋪好床，等玉英見到鴛鴦被，問起緣由，他才將實情說出。劉員外上門提親，張瑞卿卻說是他的妻子，劉員外扯他見官，正逢李府尹回轉，將劉員外先責四十杖，再送有司問罪。李府尹為女兒女婿做個慶喜的筵席，慶賀父子、夫婦團圓。

張瑞卿狀元及第，除授洛陽縣令，才得以重回故地，暗尋妻子。夫婦因夫之功成名就而圓合，李玉英之父李府尹也無罪重任河南府尹，更添劇情的圓滿。

楊顯之《臨江驛》劇的夫婦聚合，和前二本雜劇大不相同，張翠鸞隨父赴任途中翻船溺水，漁夫崔文遠救起收為義女，許配給侄兒崔通。崔通一試及第，為貪前程攀附權貴，在新歡宦門千金與蓬門舊愛張翠鸞之間，取前者而捨後者：

> （試官云）若有婚，著他秦川做知縣去。若無婚，我家中有一百八歲小姐與他為妻。（張千云）敢是一十八歲？（試官云）是一十八歲。……（崔甸士云）住者，等我尋思波。（背云）我伯父家那個女子，又不是親養的，知他那裡討來的？我要他做什麼？能可瞞某神祇，不可坐失機會。（回云）小生實未娶妻。（《臨江驛》二折，卷四，頁2651～2652）

當翠鸞上門尋夫，他不認便罷，還將她臉刺「逃奴」送配沙門島，並命人在路上結果她的性命。翠鸞竟在臨江驛遇上了失散的父親，父親張天覺為廉訪使，官位大於負心的崔通及其試官岳父。翠鸞帶著父親祗從先至崔通府，剝他冠帶鎖了他，崔通這時又懊悔，早知她是廉訪使的小姐，認了她不就好了。連試官之女，也被解下鳳冠霞帔，打做梅香。

此劇中，丈夫因功名利祿之故而負心，丈夫的功名反而毒害了婚姻；倒是丈人的功名官位決定了婚姻關係的穩固與否。合成婚姻的，是女子父親的

功名和祿位，如：試官配合女兒的婚姻大事；張天覺的廉訪使職位，挽回女兒已破裂的婚姻。

（三）「破窰」模式

千金女配窮秀才的，筆者以《破窰記》爲基模，稱其爲「破窰」模式。

1.「破窰」模式原型

「破窰記」模式有三個基本要素，第一是「姻緣天定」的命定觀；第二是「窮秀才全憑文章力」，以文章才學贏得前途和他人的尊重；第三是「明理相輕／暗理相助」的翁婿關係。分述如下：

（1）「姻緣天定」的命定觀

不管是指腹爲婚，還是繡球招親，都寓意了「姻緣天定」的命定觀。指腹成親，是男是女未可知也，還不一定成得了親家；繡球招親，則是貧是富由天定之，如劉員外所言：

> 想姻緣是天之所定，今日結彩樓，著梅香領著小姐到彩樓上拋繡球兒，憑天匹配。但繡球落在那個人身上的，不問官員士庶，經商客旅，便招他爲婿，那繡球便是三媒六證一般之禮也。（王實甫《破窰記》一折，卷三，頁 2130）

千金女劉月娥也因有此命定觀，甘心守著窮秀才，認爲：「夫婦取今生，緣分關前世，窮和富是我裙帶頭衣食。帝兒揭起柴門倚，專等俺投齋婿。」（二折，卷三，頁 2139）這樣的認分知命，連《舉案齊眉》裡飽讀詩書的孟光，也對嬤嬤說道：「你道他無聰明智慧，折莫他便魯坌愚痴，常言道嫁的雞兒則索一處飛，與梁鴻既爲妻，也波相宜。」（三折，卷八，頁 5900）

兩本雜劇的結親緣由：《破窰記》是由於繡球招親、《舉案齊眉》則是指腹成親；《破窰記》劇競爭者較之男主角——窮秀才，都是錦繡衣裳者，拋繡球的劉月娥卻擲與窮秀才；而《舉案齊眉》劇父親安排財主、舍人和梁鴻三人同列席，教小姐躲在帘兒裡看，自擇佳婿，目的是想讓梁鴻相形見黜，沒想到千金小姐孟光，還是看上了指腹爲婚的窮秀才。

（2）窮秀才全得文章力

千金女選窮秀才，除了「姻緣天定」的命定觀外，據《舉案齊眉》孟光的理由是：「你道他一介儒，消不的千鐘粟。料應來盡世裡困窮途，嫁他時空受苦。有一日萬言長策獻鑾輿，才信他是眞丈夫。」（一折，卷八，頁 5889）

《破窯記》的劉月娥則對梅香詳盡地訴說秀才們可能飛黃騰達的前景：

> （梅香云）姐姐，你看兀那兩個，穿的錦繡衣服，不強如那等窮酸餓醋的人也？（正旦云）梅香，你那裡知道也。（唱）【油葫蘆】學劍攻書折桂郎，有一日開選場，半間兒書舍都換做都堂。想韓信偷瓜手扭做了元戎將，傳說那筑墻板番做了頭廳相。想當初王鼎臣，姜呂望，那鼎臣將柴擔子橫在肩頭上，太公八十歲遇著文王。……
> 【天下樂】豈不聞有福之人不在忙？我這裡參也波詳，心自想，平地一聲雷振響：朝為田舍郎，暮登天子堂，可不道寒門生將相。（王實甫《破窯記》一折，卷三，頁 2132～2133）

她也對夫婿呂蒙正道出她的期望：

> 【尾聲】則這瓦窯中將一應人皆回避，你金榜無名誓不歸。（云）若得官呵，你為義夫，妾身為節婦。（唱）立一通賢達德政碑，扶起攀蟾折桂枝，帶將你那金銀還家來，報答你那妻。你若是提一個瓦罐還家來，我可也怨不的你。（王實甫《破窯記》二折，卷三，頁 2142）

她們都相信：窮秀才會靠文章才學，功成名就，改換布衣，榮顯自己。這可是商人和官家子弟所沒有的可能機緣。這樣的信念在《破窯記》中，藉寇準之口道出：

> （寇準云）……世間人休把儒相棄，守寒窗終有崢嶸日。不信道到老受貧窮，須有個龍虎風雲會。齋後鐘設計忿題詩，度發的即赴科場內。黃金殿奪得狀元歸，窮秀才全得文章力。作縣君夫婦享榮華，糟糠妻守志窮活計。則為這劉員外雲錦百尺樓，結末了呂蒙正風雪破窯。（《破窯記》四折，卷三，頁 2151）

這也是窮秀才惟一能改變現狀的籌碼。

（3）「明裡相輕／暗裡贈金」的翁婿關係

在末本劇裡窮秀才的模式中，大多有親眷故友刻意瞧不起他，逼走秀才，卻私下託請他人以其名義贈盤費銀兩，供秀才應舉之用；取得功名後，秀才請贈金人坐大位，而不理上門賀他的親眷或友人，真相大白後，一個說「則被你傲殺我也」，另一個則說「則被你瞞殺我也」的情節對話，末本劇如《凍蘇秦》、《漁樵記》、《裴度還帶》等都有這樣的情節。在旦本劇有關婚姻與功名的「破窯」模式裡，《破窯記》、《舉案齊眉》的情節元素表列如下：

表 5-1-4：「破窰」模式之情節元素分配表

劇目 ＼ 情節元素	女　方 名門閨秀	男　方 落魄書生	經濟狀況	撮合因緣 的外力 姻緣天注定	干擾姻緣的外力 多金競爭者	女方家庭
《破窰記》	劉月娥	呂蒙正	一貧如洗，搠筆爲生。	繡球招親	左尋／右躲（錦繡衣裳）	父母
《舉案齊眉》	孟　光	梁　鴻	身貧如洗，沿門題筆爲生。	指腹成親	張小員外（巨富財主）／馬良甫（官家舍人）	父母

《破窰記》裡，一副相信姻緣天定的劉員外，不合情理地偏不許女兒嫁窮秀才，女兒不聽他的勸，別說奩房陪送，連衣服頭面都不許她帶去，以爲女兒受不了苦，自會來家。劉員外對呂蒙正，根本沒有什麼翁婿情誼。卻在第二折，劉員外轉了心性，請白馬寺長老改撞齋後鐘，因呂蒙正日日在寺裡趕齋，不思進取；爲逼使他進取，讓他趕不上齋飯，激發他向上。這是劉員外用心計較的第一步。第二步登門踏戶勸女兒回家，女兒不肯，他摔碎了呂蒙正僅有的鍋碗匙箸，待寇準上門，說是在街市上遇故交的官人，賚發他兩個銀子，邀呂蒙正一塊上朝應舉。到劇末，呂蒙正夫妻不肯認劉員外夫婦時，已做大官的寇準，才說破了劉員外的用心。

《舉案齊眉》劇，早已指腹爲親的兩家，孟府尹卻爲了女兒的幸福，猶豫不定，甚至想毀了婚約，如：

> 老夫幼年間曾爲府尹之職，因年邁告了致仕，閒居已數年矣。老夫有個同堂故友梁公弼，曾與他指腹成親，他所生一男乃是梁鴻。不想公弼夫妻早都下世去了，如今梁鴻學成滿腹文章，爭奈身貧如洗，沿門題筆爲生。我待將這門親事悔了來，則道我忘卻前言；我待將女兒聘與他來，他一身也養活不過，若是俺女兒過門之後，那裡受的這般苦楚？老夫人，似此如之奈何也？（無名氏《舉案齊眉》一折，卷八，頁 5885）

沒想到安排了財主、官家舍人和梁鴻一起入席，女兒還是選了窮秀才梁鴻。孟府尹只好讓兩人成親，卻要梁鴻婚後在書房著志攻書，只著梅香送飯，不許小姐與他對面。小姐還是自行見了梁鴻，而且依梁鴻之言，穿戴布襖荊釵；孟府尹氣殺了，趕他二人出去，連一文也不肯給，私底下卻著嬤嬤送衣服、

寶鈔、鞍馬。兩人被趕出來後，與人家舂米爲生，梁鴻想積些纏費去應舉，嬤嬤來訪，見孟光舉案齊眉，嬤嬤勸梁鴻去應舉，並以孟府尹所託之物件，饋送梁鴻去應舉。果然狀元及第，除本地縣令。孟府尹夫婦來賀，兩人不肯認親，嬤嬤將眞相道出，才一家團聚。

這兩本雜劇的岳父都蓄意逼使女婿憤發，進取功名，擺出嫌貧的勢利姿態，對待窮秀才女婿；等窮女婿眞被刺激了，要上朝取應時，又暗中贈銀兩相助。這樣的翁婿關係，窮秀才在丈人的鞭策驅使之下，激發出一個狀元郎來；這倒是溫良恭儉的妻子們做不到的。〔註10〕

功名的千金女配窮秀才這類婚姻關係中，夫妻們期待的生活轉機，也是翁婿關係得以改善及和樂化的要素。

2.「破窰」模式變體

賈仲明的《菩薩蠻》劇，是變調的「呂蒙正」模式。它雖然也是千金女愛上了窮秀才，但這窮秀才，窮得不夠徹底，既沒有一貧如洗，也沒有落魄到搠筆爲生。他做女主角蕭淑蘭家的館賓，教導她的二個姪兒。在這本雜劇中也沒有複雜的翁婿關係，女主角的兄長蕭公讓是窮秀才的東家，後來又做了他的妻舅。

這個窮秀才叫張世英，熟讀經史，性情卻特懨古，當面拒絕了蕭淑蘭。反令淑蘭廢寢忘食，託嬤嬤將她寫的詞〈菩薩蠻〉送與張世英，嬤嬤心疼小姐自幼便失父母，不但做信差，還想做媒人替小姐說親，如：

> （云）先生九經皆通，無書不讀，豈不曉三綱五常之理？聖人言：「男子三十而娶。」又云：「不孝有三，無後爲大。」何不求一門親事，老身當月老，聘結良姻。先生尊意如何？（張世英云）嬤嬤言之甚善。但小生在此處館，惟知守嚴父之訓，讀聖人之書，豈有求親之念哉？……（云）先生容稟。東人有一妹，小字淑蘭，年方一十九歲，未曾許聘他人。先生意下若諾，老身達知東人，招爲貴客。先生如此聰明，淑蘭更兼溫雅，眞淑女可配君子也。（張世英云）小生今在蕭公門下處館，嬤嬤何出此言？倘蕭公察知，何面目立於蕭公門下？（賈仲明《菩薩蠻》二折，卷八，頁5682）

張世英道貌岸然地教訓了嬤嬤，還爲躲是非往西興朋友家住數日，臨行在墻

〔註10〕除了《漁樵記》的潑婦劉家女玉天仙之外，別無他人了。詳見該劇第二折，卷九，頁6414～6422。

上題詩，蕭公以爲家僕侍奉不周，修簡帖命僕人去請他。蕭淑蘭得知再作詞〈菩薩蠻〉一闋，瞞著哥哥，封於哥哥要寄給張世英的信中。被蕭公讓發現了，知道妹妹的病因，爲免出醜，著官媒說合，招贅張世英。張世英此時，竟搬出大道來將事情給合理化了，如：

> （張世英上，云）小生張世英，自到西興朋友家住經半月，誰想蕭
> 公爲他令妹，倒遣媒人來說親事，使小生如之奈何？古人云：「男子
> 生而願爲之有室，女子生而願爲之有家。」一來公讓如此美意，二
> 來男婚女聘，人倫大禮，不負此女初心，況其家本名門，何辱小生？
> 今日便回蕭山去成就此事，不爲過也。（賈仲明《菩薩蠻》四折，卷
> 八，頁 5689）

這是「破窰」模式的變體，窮秀才不識趣，竟對表衷情的千金女冷言惡語，卻在東家派人提親時，回心轉意，還說：「況其家本名門，何辱小生？」這與呂蒙正、梁鴻的安貧樂道大不相同，倒與崔甸士別娶試官女的心態一般；只想憑藉文章娶名門淑女，而張世英連登第都未曾登第，即自抬身價若此。

　　他們妻舅與妹婿之間關係良好，沒有翁婿的矛盾衝突。只是應立志功名的秀才，不見有取應之心；而關係應該密切良好的夫妻，卻見女主角蕭淑蘭時而冷笑時而暗諷，跟梅香說道：「你看這生在書院相見之時，許多道學身分，今都到哪裡去了？」（四折，卷八，頁 5691）一本正經、義正嚴辭拒絕蕭淑蘭的道學先生，在婚宴上樂不可支，變做一個平易親切的人，這就筆者稱其「變調」之故：妹有意、郎無情；讀書郎沒有守志安貧的勤苦，千金女依然錦衣玉食，兩人依傍在女方家長的福蔭下。男的非但沒有立志功成名就的憤發，卻有「錦片前程今美滿」的安逸心態。

　　良賤婚姻裡的「蘇卿雙漸」模式，書生的功名多半得力於倡女的資助，在被虔婆逼迫之下，書生決心應舉，娼女爲他添湊盤纏，助他上京科考。大多的書生改換衣衫之後，都會來迎接情人，做誥命夫人，履行誓言。只有《雲窗夢》的張均卿，因鄭月蓮被媽媽轉賣，不知下落，權宜之下，應允李府尹的婚事，幸好蒼天有眼，在招婿的筵席上，著兩人重逢；也是李府尹好肚量，成合了他們。末本劇有關良賤婚姻的《百花亭》，就將娼女的擔憂，吐露出來，如：

> 【浪裡來煞】則今朝別了玉人，多感承謝了盤費。（旦云）解元，你
> 也姓王，那王魁也姓王，則願你休似王魁負了桂英者。（正末做悲科，

唱）怎將我王煥比做王魁？我向西延邊上建功爲了宰職，你管取那
五花誥夫人名位，則不要你個桂英化做一塊望夫石。（無名氏《百花
亭》三折，頁6787～6788）

不只良賤婚姻有這樣的憂慮，就連良家婚姻也一樣，如屬「西廂」模式的《倩
女離魂》劇，張倩女就是這樣地害怕，以致於魂魄相隨，如：

（云）王秀才，趕你不爲別，我只防你一件。（正末云）小姐防我那
一件來？（魂旦唱）【東原樂】你若是赴御宴瓊林罷，媒人每攔住
馬，高挑起染渲佳人丹青畫，賣弄他生長在王侯宰相家。你戀著那
奢華，你敢新婚燕爾在他門下。（鄭光祖《倩女離魂》二折，卷六，
頁3836）

而倩女擔憂的事，在《拜月亭》、《梧桐葉》、《裴度還帶》出現過。《拜月亭》
是王瑞蘭的高官父親，招了文武狀元爲婿；《梧桐葉》是牛尙書趁文武狀元跨
馬游街之際，搭彩樓著女兒拋繡球招狀元婿；《裴度還帶》也是狀元跨馬游街
之際，韓大人奉聖命招爲婿，令官媒挑絲鞭攔住狀元，搭彩樓拋繡球專著狀
元婿。這些高官佔著優勢，不管狀元有無婚約，如《裴度還帶》裴度與韓瓊
英早有婚約，因此才奏明聖上，招狀元婿；但刻意考驗裴度，不告知招親的
是哪家？在裴度聲明，他已有妻室難就親時，媒人搬出了聖旨，讓裴度不得
不和這家小姐成婚。如果不是早有婚約聖旨成全，這樣強招狀元婿的情節，
應也是常見的現實戲碼，也怪不得就算是出身良好的名門女，也會害怕佳婿
會另接絲鞭。《臨江驛》張翠鸞在丈夫爭奪戰中獲得勝利，也是因爲父親的職
位大於新婦之父。

在一般雜劇裡，做父母的都想將女兒嫁給官員，如《玉鏡台》溫嶠姑娘
的請託：「想小姐年長一十八歲，不曾許聘他人，翰林院有一般學士，煩哥哥
保一門親事」（二折，卷一，頁211）《薦福碑》劇，宋公序請范仲淹代爲留意
女兒的親事：

（宋公序云）哥哥，您兄弟已行，別無他事，止有一女，未曾許聘
他人。哥哥可有什麼好親事舉保，將來就勞哥哥主婚，成就這門親
事。（范仲淹云）相公放心。我有一同堂小弟張鎬，論此生的才學，
不在老夫之下。我若有書呈到於相公跟前，便成就了這門親事。（馬
致遠《薦福碑》一折，卷三，頁1537）

范仲淹推薦的張鎬，由范仲淹帶至京師面聖，對策百篇，加爲頭名狀元。劇

末在范仲淹的判語中，也著宋公序招了張鎬爲女婿。《金錢記》王柳眉的父親
也是拜託賀知章幫忙招婿之事，如：

> （王府尹云）韓飛卿去了也。本待成親來，交他應舉去，恐此人功
> 名心懶墮，等他爲了官，才招爲婿。學士，這樁事全在你身上。（賀
> 知章云）相公放心，小姐這親事都在小官身上。（喬吉《金錢記》三
> 折，卷六，頁 4299）

《雲窗夢》的李府尹也是這樣的心態下，爲女兒招婿，如：「某有一女，年方
十八，未曾許聘於人。今有新除洛陽縣尹，是今年新進士，欲招他爲婿。一
壁廂安排下筵席者。」（四折，卷八，頁 6094）不單是文官，武將也是受女方
父母的看好，如《存孝打虎》劇，鄧大戶在李存孝被李故用收爲義子後，替
女兒說親：

> （李克用云）鄧大戶，這安敬思多虧了你恩養，他如今與我做了義
> 兒，是朝廷的人了。將十錠金十錠銀與你，作恩養錢。（鄧大戶云）
> 老漢不敢受這金銀。家中有一小女，喚做金定小姐，年長一十八歲，
> 就與存孝爲妻，不知元帥意下如何？（李克用云）好，好，你的女
> 兒，配與我孩兒爲妻，我孩兒若做了官，你女兒便是夫人哩。（無名
> 氏《存孝打虎》二折，卷九，頁 6903）

衣錦還鄉的薛仁貴，雖然家中早有妻室，也因功高得配英國公之女，如：

> （杜如晦上，云）老夫杜如晦是也。自從薛仁貴殺退遼兵，三箭定了
> 天山，班師回朝，加爲兵馬大元帥，將徐茂功的女孩兒賜與薛仁貴爲
> 夫人，著他衣錦還鄉。（張國賓《榮歸故里》四折，卷五，頁 2962）

這些天下父母心，都望得一乘龍快婿，想將女兒嫁與官員，也不單是「西廂」
模式中的老夫人，不肯招白衣秀士。

　　婚姻與功名，是士子致力的目標。對於婚姻與愛情，元雜劇的士子是將
之合而爲一：對於與名妓歡愛一場，功名成就後，另娶高門女子之事，在唐
人傳奇是理所當然，在元雜劇是聞所未聞；元雜劇的良賤婚姻都是喜劇落幕。
只有在良家婚姻中有這樣的負心的情節，如《臨江驛》，但下場如崔通般被修
理得慘兮兮；也不像唐傳奇的張生，輕鬆如意的另娶名門女後，再想求見故
人時，只是被婉拒並勸他「還將舊時意，憐取眼前人」那樣好過。

　　「始亂之，終棄之」不合元雜劇的觀眾對公理正義的期待，元雜劇是來
自民間的市井文學，在創作上多少要以觀眾的接受度爲導向。

第二節　賢母模式的隱喻意涵

　　《全元曲》收錄了一些以賢母為主題的旦本雜劇，這些雜劇以賢母為正旦，包括了：

　　　　關漢卿《包待制三勘蝴蝶夢》（簡稱《蝴蝶夢》）

　　　　　　　《狀元堂陳母教子》（簡稱《陳母教子》）

　　　　王仲文《救孝子賢母不認屍》（簡稱《救孝子》）

　　　　秦簡夫《晉陶母剪髮待賓》（簡稱《剪髮待賓》）

另外秦簡夫還有一本末本劇《宜秋山趙禮讓肥》（簡稱《趙禮讓肥》），劇中的賢母人物是以「老旦扮卜兒」飾之，本文也一併討論。筆者先逐一分析其賢母模式，再就元雜劇中的「母親」角色討論「女人與母親」、「賢母與非賢母」的文化社會意涵。

一、賢母模式的類型

　　以「正旦」登場之賢母模式分別以「魯義姑」模式和「孟母」模式為代表。以「正旦」扮演賢母，如同小說敘事以第一人稱下筆，正面敘述賢母守寡教子之艱辛與獨撐家務的堅毅意志。劇中明顯的都有旁觀者的角色，如《蝴蝶夢》的包待制、《陳母教子》的寇萊公、《救孝子》的王脩然、《剪髮待賓》的范逵（還有韓夫人）他們也在劇中擔任評斷者，為賢母頌揚教子之德。

　　以「老旦扮卜兒」登場之賢母模式，這一類劇本的賢母不是主唱，主唱多半是由「正末」擔任。劇中主要是顯揚男性角色，他們的身份多為儒士，母親角色是他們的陪襯，為他們的志節做代言人。

（一）「正旦」扮演之賢母模式

　　《蝴蝶夢》、《陳母教子》、《救孝子》、《剪髮待賓》這四本旦本雜劇，主角都是賢母，也以「正旦」（主唱）扮演之，正面描寫賢母形象。在元雜劇的賢母模式，可分成二類：一類是義捨親子的「魯義姑」模式；一類是教子讀書進取的「孟母」模式。

1.「魯義姑」模式

　　元雜劇的賢母模式中，最令人欽佩的是「魯義姑」模式。義捨親子的「魯義姑」是春秋時魯國人，因齊國攻打魯國，魯義姑攜親兒和侄兒逃難，在危亂中，她棄子存侄，齊兵很受感動而退兵，見載於漢·劉向《列女傳》。元代武漢臣有《抱侄攜男魯義姑》雜劇（已亡佚），「魯義姑」在元雜劇中成了賢

德婦人的代稱。

在「魯義姑」模式下的賢母，如關漢卿《蝴蝶夢》（詳情參見附表四）中的王婆婆，老伴無端被豪奴葛彪打死，三個兒子為報父仇又打死葛彪，判定王家要有一人償命。她忍痛捨下親兒王三去償命，包大人起先誤以為王三是義子，問明情由知是親兒，前兩個反非親生，便以人之常情勸誘她：

> （包待制云）兀那婆子！近前來。你差了也，前家兒著一個償命，
> 留著你那親生孩兒養活你，可不好那！（正旦云）爺爺差了也！（唱）
> 不爭著前家兒償了命，顯得後堯婆忒心毒。我若學嫉妒的桑新婦，
> 不羞見那賢達的魯義姑！（《蝴蝶夢》二折，卷一，頁 48）

王婆婆斷然拒絕包大人的建議，她以「魯義姑」為標的，若為親兒犧牲了前家兒，她這個「後堯婆」就顯得「忒心毒」。

另一個「魯義姑」模式，是王仲文《救孝子》劇的楊母，王翛然王大人著她兩個兒子其中一人去從軍，楊母本請王大人自揀，等王大人要選小兒子，楊母卻說來說去，都說大的孩兒有力氣，小的孩兒去不得，王大人非常生氣，原以為她是繼母，怎麼都要大孩兒去，是因為小的孩兒才是她親生的。楊母只得細說從頭，但囑咐兩個兒子若說了實情，不要生份了情感。原來大的孩兒才是她親兒，小的孩兒是妾生的，因丈夫臨終前一再交待要善覷妾生子，楊母怕小的孩兒若有差池，她死後無有面目見亡夫，才一再叫大的孩兒去從軍。如：

> （王翛然云）嗓聲！這婆子，你原說道兩個小廝，隨老夫揀一個
> 去。那小的個楊謝祖，他夢見老夫遷軍，做下四句氣概詩。我道
> 是軍伍中得這等識字的人，可多得用處。你左來右去，則著大的
> 個孩兒去，說他有膂力可去得；小的個孩兒軟弱，去不得。我想
> 這大的個小廝，必然是你養過房螟蛉之子，不著疼熱，那小的個
> 孩兒，是你親生嫡養。便好道親生子著己的財，以此上不著他去。
> （詩云）老婆子心施巧計，將老夫當面瞞昧。兩三番留下小兒，
> 必定是前家後繼。兀那婆子，你說的是，萬事都休；說的不是，
> 張千，準備著大棒子者。……（正旦云）告大人暫息雷霆之怒，
> 略罷虎狼之威，聽得老身說一遍咱。亡夫在日，有一妻一妾。妻
> 是老身。妾是康氏，生下一子，未曾滿月，因病而亡。這小的孩
> 兒楊謝祖，便是康氏之子，未及二年，和夫主也亡化過了。亡夫

曾有遺言，著老身善覷康氏之子。經今一十八年，不曾有忘。此
子與老身之子，一般看承，則是不別夫主之言。爲什麼教大的孩
兒當軍去？那大小廝是老身親生的，陣面上有些好歹呵，這小的
個孩兒也發送的老身入土。……倘或小的個孩兒當軍去呵，有些
好歹，便是老身送了康氏之子。老身死後，有何面目見亡夫於九
泉之下？只此老身本心，伏取大人尊鑒。（《救孝子》一折，卷四，
頁 2287～2288）

義捨親子已讓楊母符合了賢母的標準模式，在小兒子受冤枉殺嫂嫂時，楊母
堅信小兒子的清白，認定死屍絕非大媳婦春香，無論劇中酷吏要了些什麼手
段，楊母堅決不認屍。還將官吏們急於結案邀功，枉顧人命、羅織罪狀的醜
行揭露於世，其言：

（正旦云）都似你這般打來，怕不招了！只是招便招，人心不服。

（唱）【五煞】人死者不復生，那弦斷怎能再續？從來個罪疑便索
從輕恕。磨勘成的文狀才難動，羅織就詞因到底虛。官人每枉請著
皇家祿，都只是捉生替死，屈陷無辜。（《救孝子》三折，卷四，頁
2306）

果然，大兒子尋獲春香，二人偕同返家，清刷了小兒子殺嫂嫂的冤屈。王大
人替她一家兒加官封賞時，特別頌揚了楊母，他說：

（王翛然云）……您一家兒聽老夫加官賜賞：楊興祖，爲你替弟當
軍，拿賊救婦，加爲帳前指揮使。春香，爲你身遭擄掠，不順他
人，可爲賢德夫人。楊謝祖，爲你奉母之命，送嫂還家，不幸遭逢
人命官司，絕口不發怨言，可稱孝子，加爲翰林學士。兀那婆婆，
爲你著親生子邊塞當軍，著前家兒在家習儒，甘心受苦，不認人
尸，可稱賢母，加爲義烈太夫人。（王仲文《救孝子》四折，卷四，
頁 2316）

劇中藉王大人之口道出「賢母」的條件是：(1)著親生子邊塞當軍，著前家兒
在家習儒；(2)甘心受苦，不認人屍。楊母比王婆婆多了一項條件，但兩人的
基模都是義捨親子的「魯義姑」模式。

在「魯義姑」模式下，有一個共通點，就是賢母一視同仁地對待親生子
和他人子，以致於兒子們根本不知真相，都將之視做親娘；等到有重大事件
發生，要在兒子中間做抉擇時，賢母定選親生子去受死或從軍，等官大人

質疑做母親的偏心時，在不得已的情況下，賢母才說出眞相，官大人才知賢母棄親兒保存他人子的苦心。這也是戲劇的高潮，劇情引人入勝，峰迴路轉之處。

《蝴蝶夢》中包待制罵王婆婆教子無方時說：「噤聲！你可甚治家有法！想當日孟母教子，居必擇鄰；陶母教子，剪髮待賓；陳母教子，衣紫腰金。你個村婦教子，打死平人！你好好的從實招了者！」（二折，卷一，頁 44）罵得鏗鏘有聲，「村婦教子」是那樣地鄙夷不屑，等知道村婦居然能棄親子保前家兒時，包待制給予她很高的評價：「聽了這婆子所言，方信道『良賈深藏若虛，君子盛德，容貌若愚』。這件事，老夫見爲母者大賢，爲子者至孝；爲母者與陶、孟同列，爲子者與曾、閔無二。」（二折，卷一，頁 49）前後一貶抑一襃揚的，做了一個大弧度的逆轉，對比之下，在戲劇演出時爲一段高潮起伏之處，並藉以顯現村婦教子的難能可貴。一個平凡無奇的村婦竟能義捨親子，令高高在上的包待制心生敬佩。

2.「孟母」模式

另一個賢母模式是教子讀書進取的「孟母」模式。以「孟母」爲名，並非取其爲子「擇鄰處」的用心，而是取她教子讀書憤發，「子不學，斷機杼」的勸子爲學的精神。在元雜劇中《陳母教子》的陳母及《剪髮待賓》的陶母，是這類「孟母」模式的典範。如：

> （正旦云）孩兒每也，你那裡知道！豈不聞邵堯夫教子伯溫曰：「我欲教汝爲大賢，未知天意肯從否？」「遺子黃金滿籯，不如教子一經。」依著我，就那裡與我培埋了者。（《陳母教子》楔子，卷一，頁 390）

在孟母模式裡，教子讀書爲首務，《陳母教子》劇陳家於打墻處刨出一窖金銀，陳母要人培埋了。對陳母來說教孩兒們坐吃家產，不如憤發讀書求取功名。這種觀念在大兒子求官應舉時，她每夜燒夜香的祝禱中可得知，如：

> （正旦云）大哥求官應舉去了，必然爲官也。我每夜燒一柱香，您那裡知道也。我「不求金玉重重貴，只願兒孫個個賢」。（《陳母教子》一折，卷一，頁 392）

《剪髮待賓》的陶母也是立下志願，要孩兒讀書進取，她辛辛苦苦地幫人家縫補洗衣，賺取孩兒的文房四寶束修錢，指望他一舉成名，如：

> 【仙呂・點絳唇】夫主歸天，老身發願；將豚犬，嚴教了十年，下

苦志習經典。【混江龍】我將些衣服頭面，都做了文房四寶束修錢。他學的賦課成八韻，詩吟就全篇。十載寒窗黃卷客，博一紙九重天上紫泥宣。（云）念老身治家教子，我孩兒事奉萱親。著他受半生辛苦，指望待一舉成名。我與人縫聯補綻，洗衣刮裳。（唱）那個不說兒文章虧殺了娘針線？學成了詩云子曰，久以後忠孝雙全。（《剪髮待賓》一折，卷七，頁4602）

狀元郎是孟母模式的目標，陳母在得知小兒子得了探花郎，氣得她開打，如：

（三末見正旦拜科，云）母親，你孩兒得了官也，有一拜。（正旦云）兀那廝！你休拜，你得了什麼官？（三末云）得了探花郎。（正旦云）什麼官？（三末云）探花郎。（正旦云）則不你說，兀的又有人來說哩！（三末云）在那裡？（正旦做打科，唱）【牧羊關】你則好合著眼無人處串，誰著你腆著臉去街上走？氣得我渾身上冷汗澆流！（正旦云）你將著的是什麼？（三末云）是槐木簡。（正旦云）我將這塊木簡來搲折，綠羅襴著手揪。問什麼紅漆通靮帶，花插皂幞頭！我使拄杖蒙頭打，呸！我看你羞也那是不害羞！（三末云）翰林院都索入編修。（正旦云）喋聲！（唱）【賀新郎】你道是翰林院都索入編修，我情知你個探花郎的名聲，（正旦云）你覷波，（唱）你怎知俺這狀元除授？弟兄裡則那你年幼，你身上偏心兒索是有，我幾曾道是散袒悠悠？（正旦云）師父，多教孩兒幾遍！（唱）我去那師父行陪了些下情，則要你工課上念的滑熟。我甘不的這廝看文書一夜到三更後！（三末云）母親，你打我，則是疼你那學課錢哩！（正旦唱）且休說你使了我學課錢，哎，賊也，您熬了多少家點燈油！（《陳母教子》二折，卷一，頁407～408）

陳母也不管槐木簡和綠羅襴是朝官的服制，拿起柱杖便蒙頭打。她罵小兒子羞也不羞，小兒子跟母親回嘴道：「翰林院都索入編修」，劇作家在此使小兒子用諧音打諢話：「羞」和「修」，表現一個寵壞了的孩子一時心中不服的淘氣樣。她在訓小兒子時，道出一個母親伴子讀書的辛勤和用心，而小兒子是她花心血最多的一個。小兒子則道她心疼了那些學課錢，氣得老母喊他賊，別說是學課錢了，他三更燈火五更雞的苦讀，做母親的什麼時候心疼過燈油錢了？若是為了錢，那打墻刨出的一窖金銀，她又何必著人埋了？

金錢不是孟母教條下的主要目標，陳母在小兒子終奪得狀元還鄉，將自百姓處得來的錦緞獻給她，當她得知錦緞價值非凡，氣得打了尚未做官卻先受民財的小兒子，打得象徵官符的金魚墜地，如：

> （三末做過來科，云）……母親，你孩兒往西川綿州過，那裡的
> 父老送與我一段孩兒錦，將來與母親做衣服穿。（正旦云）大哥，
> 將的去估價行裡，看值多少錢鈔？（大末云）估價值多少？母親，
> 價值千貫。（正旦云）辱子！未曾爲官，可早先受民財。倘著，須
> 當痛決！（大末云）兄弟，爲你受了孩兒錦，母親著你倘著，要
> 打你哩！（三末云）母親要打我？番番不曾靜扮！（正旦做打科）
> （大末云）母親打的金魚墜地也！（《陳母教子》三折，卷一，頁
> 418～419）

強調了賢母教子的過程——有過失以「責打＋訓誡」來導正行爲；這在同屬孟母模式的《剪髮待賓》劇中亦有出現。陶母爲陶侃的飲酒、失信處罰他，如：

> 【金盞兒】錢字是大金傍戈，信字是立人邊言。信近於義錢招怨。
> 這一個有錢可更有信，兩件事古來傳。這一個有錢的石崇般富，這
> 一個有信的范丹賢。你常存著立身夫子信，（云）抬了者！（唱）休
> 戀這轉世鄧通錢。（云）陶侃，又是飲酒，又失信，過來躺著，須當
> 痛責！（《剪髮待賓》一折，卷七，頁4604～4605）

陶侃爲款待太學來的范逵老先生，至解典庫當了個「信」字，解典庫的韓夫人又請了他三杯酒喝。回到家來，陶母爲他未學讀書先學喝酒，及當了讀書人立身處世該有的「信」字，責打他，要他即刻拿五貫錢贖回「信」字。劇作家借韓夫人之口替一般觀眾問陶母，爲何爲了「信」字痛打兒子？讓陶母替劇作家道出「信」字的重要，如：

> （韓夫人云）婆婆，請家裡來。我問你咱：你孩兒拿的個信字來，
> 我當與他五貫長錢，你怎生將他痛決了一場？你差了也！量個信字
> 打什麼不緊？一點墨，半張紙，又不中吃，又不中使，做什麼打他？
> （旦唱）【滾繡球】你道是一點墨半張紙，不中吃不中使，（云）俺
> 典了信字，管待秀才，（唱）又則道俺咬文嚼字。（韓夫人云）量這
> 個信字，打什麼不緊？（旦唱）都是那十數畫兒有這信字，爲臣的
> 作個重臣，爲子的作個諍子，爲吏的情取個素身行止，借人錢財主

每休想道推辭。（云）姐姐，首這婦道人家有這信字呵，（唱）則被這親男兒敬重做賢達婦，（云）男子漢有這個信字呵，（唱）交朋友皆呼信有之，你可休看覷因而！（《剪髮待賓》二折，卷七，頁4610～4611）

請客的錢，陶母要替子張羅，在家徒四壁的情況下，她剪了下頭髮上街去賣，如：

【正宮・端正好】甘守分半生貧，則爲我有孟母三遷志，我當了二十年無倚靠的家私，我幾曾買賣臨街市？我如今顧不的人輕視。【滾繡球】我這裡自三思：俺那兒做伴的，都是些善人君子。孔子云與朋友切切偲偲，有朋自遠方至。如此怕不我重管待，理當如是，則爲這一頓飯剪了一縷青絲。做兒的攻書十載可便學成儒業，做娘的請客三番敢剪做戒師，我甘分無辭。（《剪髮待賓》二折，卷七，頁4609～4610）

只要孩兒學有所成，陶母心甘情願做這樣的犧牲。這兩個人雖都是孟母模式的賢母，陶母卻不似陳母般，眼中只有狀元郎，她對兒子是有很大的期許，但更有關愛。如：

（旦唱）【二煞】我如今五旬，你方才整二十。兒行千里也母行千里，鳳凰池不到你娘心先到，龍虎榜文齊只怕你福不齊。問什麼及第不及第！及第呵你休昂昂而已，不及第呵你可休快快而歸！（《剪髮待賓》三折，卷七，頁4617）

陶母教子「禮之用和爲貴」，待人處世要謙恭不要目中無人，更叮嚀兒子若不第是時運未濟，不要氣餒。劇作家在陶母身上流露出一片慈母之心。

陶母的賢母風範，劇末獲得了以范遶代爲封賞的朝廷的表彰，如：

（范云）陶侃母親，則爲你甘貧守法，教子讀書，貞烈雙全，聖人賜賞加封。你本是賢德之門，堪可爲朝廷宰臣。則爲你教子有法，則爲你剪髮待賓，陶侃爲頭名狀元，奉老母翰苑修文，湛氏賜黃金千兩，封你爲蓋國義烈夫人。國家喜的是義夫節婦，重的是孝子順孫。今日個加官賜賞，一齊的望闕謝恩！（《剪髮待賓》四折，卷七，頁4620）

陳母的賢德也受到朝廷的聞知及封賞，代替朝廷代爲賞賜的是寇萊公，如：

（外扮寇萊公領從人上）（寇萊公云）三千禮樂唐虞治，萬卷詩書孔

孟傳。老夫寇萊公是也。奉聖人的命，開放舉場。今有頭名狀元是
陳良佐，聞其緣故，乃漢陳平之後。她父曾爲前朝相國，早年棄世。
有母親馮氏大賢，治家有法，教子有方。因陳良佐受西川孩兒錦一
事，他母親打的他金魚墜地。聖人已知，著我加官賜賞。審問詳細，
著人請賢母去了。這早晚敢待來也。（《陳母教子》四折，卷一，頁
421）

但寇萊公一見到陳母是以四位狀元郎抬轎出場，便質疑陳母此舉似乎於理不
合？陳母卻以荷擔僧，一頭擔母一頭擔經，誰前誰後都不好，而將擔橫擔，
感得園林兩處分，後此僧證果爲羅漢的故事，來回答寇萊公。陳母認爲這還
報答不了爺娘的養育恩，她覺得著狀元兒子抬轎沒什麼不對，還說道：「尙兀
自報答不的我乳哺三年」。寇萊公又問起她的小兒子，若眞的貪圖財利，就犯
了王法，應交付有司定罪，她怎麼自己責罰，還打的金魚墜地？陳母回說祖
上屢受朝廷表揚，害怕小兒子的行爲會招致議論，讓他受責於家法則免受刑
憲。寇萊公聽完陳母的辯駁後，下斷了結了全劇。如：

（寇萊公云）老夫盡知也。您一家兒望闕跪者，聽我加官賜賞！我
親奉著當今聖旨，便天下采訪賢士。只因你母賢子孝，著老夫名傳
宣賜：陳婆婆賢德夫人，陳良資翰林承旨，陳良叟國子祭酒，陳良
佐太常博士，王拱辰博學廣文，加你爲參知政事。一個個列鼎重裀，
一個個腰金衣紫。今日個待漏院賜賞封官，慶賀這狀元堂陳母教子。
（《陳母教子》四折，卷一，頁 422）

陳母雖然執拗、自恃高，但因其教子讀書有成，個個得了狀元郎，且知訓誡
爲官之子不得貪圖財利，還是博得了個賢德夫人的頭銜。

（二）「老旦」扮卜兒之賢母模式

除了以「正旦」扮賢母的旦本雜劇外，還有側寫賢母的末本雜劇，如秦
簡夫《趙禮讓肥》劇之趙母：

（冲末扮趙孝、正末趙禮抬老旦卜兒上）（卜兒詩云）漢季生民可奈
何，深山無處避兵戈。朝來試看青銅鏡，一夜憂愁白髮多。老身姓
李，夫主姓趙，是這汴京人氏。所生下兩個孩兒，大的趙孝，小的
趙禮，兩個十分孝順。爭奈家業飄零，無升合之粟。方今漢世中衰，
兵戈四起，士民逃竄。似此離亂，只得隨處趁熟。兩個孩兒不知抬
著老身到這什麼去處？（《趙禮讓肥》一折，卷七，頁 4575）

趙母的行當是「老旦」，身分是「卜兒」，跟將兩個兒子四處避難，母子三人在宜秋山下蓋了一間草房居住，大兒子趙孝每日山中打柴，小兒子趙禮則至山中採野菜藥苗充飢；一日趙禮上山被盜匪捉拿至山寨，要將他剖腹剜心。趙禮請求土匪頭馬武給他一個時辰的假，放他下山辭別老母、兄長。土匪怕他跑了不肯答應，趙禮則以「信」字爲擔保說「既是孔子之徒，豈敢失信於人乎？」馬武便讓他回家辭別。老母在家忽覺得「肉似鉤搭，髮似人揪，身心恍惚」，等見著了孩兒，才知禍事從天降。趙禮因一個時辰的期限，無法等到哥哥回來。等趙孝回家知道弟弟出事了，義不容辭地隨後追趕，要救弟弟的命。老母看著兩個孩兒去險地，她也跟了去尋，並吐露心聲：「誰想有這場事！兩個孩兒都去了也，要我這老命做什麼？我掩上這門，我一步一跌也趕將去，救兩個孩兒性命走一遭。孩兒也，兀的不痛殺我也！」（二折，卷七，頁 4586）到了賊窩，土匪頭馬武正要殺趙禮，哥哥趙孝趕來，說他比較肥，求馬武放了弟弟殺他，這時老母也趕到了，她求馬武放了兩個孩兒，說道：「太僕可憐見，兩個孩兒尋覓將來的茶飯，都是老身吃了，老身肥，留著兩個孩兒，殺了老婆子者！」（三折，卷七，頁 4591）他們母子、兄弟的情誼感動了土匪頭馬武，不但放了他們，還贈以白米、金銀，並聽了趙禮兄弟的勸，帶著小僂儸們下山應武舉去了。馬武果然替光武皇帝立了不少戰功，封爲天下兵馬大元帥。他舉荐趙禮、趙孝兄弟爲官，母子三人一路來到了丞相府，意外地見到了馬武，趙禮將當年馬武相贈之物，一一歸還，如：

> （云）左右，將那禮物過來！白米一斛、金銀一秤、衣服一套，權送將軍，做答賀之禮。（馬武云）這是宜秋山虎頭寨我與你的東西，怎生不用，留到今日？（正末云）老母嚴教，斷然不用！（《趙禮讓肥》四折，卷七，頁 4595）

盜匪贈與的不義之財，在老母的嚴教下，分毫不動回送給馬武做答賀之禮。最後在丞相鄧禹的代聖人封賞中做結，如：

> （鄧禹云）賢士，你一定兒望闕跪者，聽聖人的命。……有元帥銅刀馬武，舉荐你賢士來京。道宜秋山讓肥爭死，似這般節義堪稱。封趙孝翰林學士，弟趙禮御史中丞。其老母猶爲賢德，著有司旌表門庭。更賜了黃金千兩，助薪水永耀清名。示群臣各右策勵，休辜負聖代恩榮。（《趙禮讓肥》四折，卷七，頁 4597）

據鄧禹之說：節義堪稱的是趙禮兄弟，封賞已定；而「其老母猶爲賢德」，因

是「猶」，故未定案，還要「著有司旌表門庭」。

趙母雖可稱是賢母，但既不屬「魯義姑」模式，也不是「孟母」模式；在情節中少了賢母模式中的教子過程，但從「老母嚴教，斷然不用」看來，劇中她雖無教子的情節出現，卻無趙禮之口道出「教子」之實。畢竟是末本雜劇，主角是正末趙禮，故而教子情節略去，她也可算是個賢母。

另像《襄陽會》劇徐庶之母，著墨比《趙禮讓肥》的趙母更少，可以將她列爲賢母，是因她要兒子下山幫助劉備，爲的是早定漢天下，讓百姓少災殃。在這個「大我」爲前題的意識下，她割捨愛子，讓兒子遠離身邊，造福更多的人。她也可以算是個「賢母」角色。

另外希望兒子以儒業進取的寡母，有《王粲登樓》的王粲母及《柳毅傳書》的柳毅母。她們也都是以「老旦扮卜兒」，都如「孟母模式」般對兒子的仕進有所期待。但劇中主要寫書生的遭遇，並未對母親角色有其他的詮釋。

二、賢母模式的社會文化意涵

> 國家喜的是義夫節婦，重的是孝子順孫。今日個加官賜賞，一齊的
> 望闕謝恩！（秦簡夫《剪髮待賓》四折，卷七，頁 4620）

這是劇作家所要傳達的教化意義：義夫節婦、孝子賢孫，對於國家社會都有安定的力量，是受到鼓勵獎賞的對象。

賢母模式突顯了元代社會甚至是中國社會的倫常問題，就「魯義姑」模式來說，它論及了繼母或大娘面對他人子與親兒時的對待問題，就一般社會大眾而言，「魯義姑」模式終究是少見的，故才在雜劇中特別褒揚，多半的人還是會有「親的原來則是親」的差別待遇。如末本劇楊顯之的《酷寒亭》、無名氏的《還牢末》等劇，「搽旦」行當扮的繼母角色，因其出身不正，再加上另有姦情，對前家兒哪有好臉色？不是「洗剝了，慢慢的打」（《酷寒亭》二折，卷四，頁 2682），就是「小業種」（《還牢末》二折，卷九，頁 6931）罵個不停。

「魯義姑」做到棄兒保侄，元雜劇中伯娘與侄兒或嬸嬸和侄兒就沒那麼好的情份，如無名氏的《合同文字》、《神奴兒大鬧開封府》（簡稱《神奴兒》）劇：伯娘爲自己的女兒女婿侵佔家產，騙取了侄兒的合同文書，翻臉不認親；神奴兒的嬸嬸自家無兒女，依然爲謀取家產，狠心勒殺侄兒。這兩人皆無兒，爲了私心，依然要害侄兒，更別提什麼「棄兒保侄」了。但《合同文字》的

伯娘是出自於愛女的私心而起侵吞家產之念，是以其母愛去對抗外在強大的父權社會的傳統體制，比起《神奴兒》劇無兒無女卻依然貪心謀佔家產的嬸嬸更令人敬佩！她並不合於社會認同的「賢母」，但對她的女兒來說，她是一個善盡「母職」的母親角色。

本節就元雜劇內的「賢母模式」所延伸議題是「女人與母親──角色身份的轉換」及「賢母／非賢母──文化性別與角色認同」。

（一）女人與母親──角色身份的轉換

女人與母親在元雜劇及其所表徵的中國社會有很大的差別。就其女人的身份而言，從一出生就注定其輕賤的社會地位。「女性」在傳統社會是附屬於男性的「第二性」，而且在某些環境條件下，一出生就注定了她不如人〔註11〕的命運。如《翠紅鄉》的俞循禮跟妻子王氏交待，若生下小廝兒，要急報與他知，他要殺羊造酒，做個慶喜的大筵席；若生下女兒「便打滅休題著」（二折，卷七，頁5449）。王氏雖也意識到丈夫的偏見不對，兒或女都是一般的骨肉，但是王氏終究在生下女兒之後還是認同了丈夫價值觀。她為生女好是煩惱，弟弟王獸醫抱來個小廝兒，她歡喜極了，至於自己的親生女，卻狠心地跟弟弟說「或是丟河裡井裡，憑你將的去」（二折，卷七，頁5451）。這種生女溺死的行為，在文獻上卻多有記載，如：

陳崇《推廣家法》：

> 父母有善養女者，恐其難嫁，每令淹沒。夫女之托胎，女母一體而分，俱是骨肉，豈宜忍心？況男女之造化未可逆睹，或女勝男，又得其養生送死之力不可知也。古人重生女，今之輕生可乎？家法常宜曉之。

鄭太和《鄭氏規範》：

> 世人生女，往往多致淹沒，縱曰女子難嫁，荊釵布裙有何不可？諸婦違者議罰。……〔註12〕

「溺女」是古今中國社會在重男輕女的觀念下，因外在環境的限制（如：貧窮、一胎化）對生女嬰的普遍作為，宋代社會就有「溺女」的社會行為，宋

〔註11〕 「人」指的是男性；女人只是「其他人」。「將女性界定為「其他人」以有別於男性」。見《女性心理學》，頁16。

〔註12〕 詳見《中國歷史中的婦女與性別》，頁328所引，書中更明言：「溺女與厚嫁，成為宋代社會習俗中相互制約，互為因果的兩個方面。」

人的家法〔註13〕中特別明令禁「溺女」。元代社會也沿承了這樣的「習俗」，在法規條例中亦明文禁止，如：《大元通制條格》卷四有〈女多湷死〉〔註14〕條，就曉籲百姓今後再有溺女者，一半家財沒入官軍；《元史·刑法志二》〈戶婚〉更明言規定：「諸生女溺死者，沒其家財之半以勞軍，首者爲奴，即以從良。有司失舉者，罪之。」〔註15〕這個筆者不願稱之爲「習俗」的社會現象在元代也同樣上演著，元雜劇《翠紅鄉》只是反映了一般平民階層的意識形態與行爲模式。

女子出生人世，初爲人女便先祈求神明保佑，別遇上因窮困而不得不溺女、賣女的父母，其次是嫁爲人妻，做人媳婦也要遵從家規禮法，如：

> 邵伯溫在《邵氏聞見前錄》中，特別記載了家中兒媳婦遵守家族規矩的例子：「子弟新娶，私市食以遺其妻，妻不受，納於尊長，請杖之。」（《中國歷史中的婦女與性別》，頁 336）

這樣的記載可以讓人理解《救孝子》劇的媳婦春香因何不敢私受丈夫從軍臨行前的贈刀，而告知婆母，並受到王翛然大人讚揚的緣故，是因她對家規禮法遵奉的美德表現（一折，卷四，頁 2288）。《東堂老》劇揚州奴之父趙國器讚他的媳婦翠哥說：「這孩兒裡言不出，外言不入，甚是賢達。」（楔子，卷七，頁 4534）他所說的「裡言不出，外言不入」出自於《禮記·內則》的「內言不出，外言不入」，是合於傳統禮法的行爲規範。女子的活動空間侷限於「內」，謹言愼行也是賢德的條件之一。對於家內事以外的事物是不容多置喙的。

扭轉劣勢的關鍵在於爲人母，女人一旦做了母親，尤其高官之母，社會地位便大不相同，如《陳母教子》之陳母，既可杖打狀元郎，又著四個狀元替她抬轎。就算不是高官之母，家庭中具母親身份的女人地位也大幅提升。

〔註13〕「在宋代，『家法』一詞開始頻繁出現於表、書、序、筆錄、奏議、傳記、墓誌等文獻記載之中。……家法與國法不同，家法是處理家族一應大小事務、規範家族之人言行舉止、協調家族內外關係的規矩條款，具有與家族成員的日常生活息息相關的特點。平民百姓有不知國法者，卻難有不知家法之人。……家法與國法的另一不同在於，國法是國家之法律，家法則是禮法的結合體。宋人將家法、規範、訓誡統稱爲家法，其用意欲將禮與法融合到一起。」詳見《中國歷史中的婦女與性別》之〈宋元至明清時期族規家法與兩性關係〉，頁 308～309。

〔註14〕詳見郭成偉點校，《大元通制條格》，頁 66。

〔註15〕參見《大元通制條格》，附錄《元史·刑法志》，頁 399。

女人想要鹹魚翻身，還要通過身份的轉換，由「女人」轉換爲「母親」。

女人做母親擔任母職（孩童主要的照護者），在女性主義的論述中有諸多激辯，Nancy J. Chodorow（1978）〔註16〕強調母職是社會化的產物：「抑制母愛的不是雄性荷爾蒙而是男性的社會化過程。」（頁35～36）並以動物研究和對人類的親職觀察來說明，荷爾蒙對母愛的影響是有限的，胚胎雄性化的女性也可以和其他女性一樣成爲慈愛的母親，她說：

> 因此，母愛天成的說法並不成立，無法解釋女人專司母職的社會結構。荷爾蒙的可能作用僅限於母親剛分娩後的一段時間（而且不足以單獨使用），產婦的身體狀況本身並沒有比其他人更適合照顧小孩，也沒有所謂的本能促使她們這麼做。從生理和荷爾蒙的影響來說，由於男性來做『代理母親』，不一定比女性來得差。女人專司母職的生理論述，並不是基於我們的生理學知識，而是出自於我們在特定社會安排中對於自然的定義。女人之所以擔了大部份的親職工作，甚至全部包辦，乃是出於社會與文化的情境，她們懷孕泌乳的能力都已深受文化情境的形塑。懷孕泌孕的能力本身，並不足以構成母愛的基礎。（頁37）

女人做母親，擔任文化社會所要求的「母職」，是古今中外大多父權社會的產物。Nancy J. Chodorow更援引了女性主義的觀點來說明連「性／性別」也都是社會文化的產物，如：

> 女性主義指出了性別組織的分析自主性與社會意義。蓋兒・路冰（Gayle Rubin）宣稱，所有的社會，除了基於一個特殊的生產組織之外，還必須有一個「性／別系統」（sex/gender system）——「處理性、性別與嬰兒的系統方式」。性／別系統，即我所說的性別社會組織（social organization of gender），就像所有社會的主流生產模式，乃是一個社會根本的快定性構成要素——由社會所建構，受制於歷史的變遷與發展，並透過特定的組織代代相傳複製。一個社會的性別系統（sex-gender system）包括了「一組安排，藉此以人爲和社會的干預，去塑造人類性與繁殖的生理原料，使其透過慣例來得到滿足……幾千年來，無情的社會活動完全主宰並改變了人類的性、性

〔註16〕美國加州柏克萊大學社會學教授，著有《母職的再生產：心理分析與性別社會學》（張君玫譯，台北：群學出版社，2003年）。

別與繁衍。我們所知道的性（sex）——即性別認同（gender identity）、性的欲望與幻想（sexual desire and fantasy）、童年的概念——本身就是一個社會產物」。（《母職的再生產：心理分析與性別社會學》，頁9～10）〔註17〕

　　傳統中國的父權社會藉家族鞏固其地位，認為女兒終屬外性之人，如《老生兒》的劉從善對女兒女婿的不信任，往墳地掃墓祭祖時與妻子的一段對話，開導妻子：女兒終究是外性之人，身死後葬於外姓墓園，只有姪兒可為兩老養生送死的道理。女兒／女子在自己的原生家庭中被親生父母界定為他姓之人，隸屬於夫家，即源於中國文化社會的禮法規範。也因如此，女兒被視做「賠錢貨」，生女的人家會有溺女的行為也是肇因於此。〔註18〕

　　對於女兒／女子的教養，傳統中國社會不乏有女箴、女誡之類的書籍，三從四德的教條和閨房的居室空間〔註19〕，同時拘束了女兒／女子的身心。

　　女人轉變身份為母親，受到兒子／男人的敬重與孝養，如《蔡順奉母》劇的蔡順為母親祈求上蒼，感動神明，讓病中想吃葚桑的母視得以痊癒；《焚兒救母》劇的張屠以親兒之命焚獻於東岳神，只為答謝神靈庇佑母病得癒。

〔註17〕　《母職的再生產：心理分析與性別社會學》是以社會學的角度去探究母職的問題，認為社會化的產物。《母性》（Sarah Blaffer Hrdy，1999年薛絢譯、吳嘉苓導讀，台北：新手父母出版社：城邦文化發行，2004年）一書自人類學的觀點入手轉而來看靈長目動物的社會學時，提出母性與父性的先天差異在於回應嬰兒的門檻的高低，母親的門檻低，只要嬰兒一有需求，母親立刻會有反應；父親門檻高，通常在危難或求救時才會伸出援手。就此而言，父母親基本上都會照護新生兒，那是無性別之分的本能。回應門檻的高低本是父母親本能上的「小小差異」，人類憑生活經驗將差異誇大，再用文化習俗放大到過頭了。（見《母性》，頁204～205）

〔註18〕　Sarah Blaffer Hrdy（1999）在其書中討論到「失蹤的中國女兒們」提及據1991年中國抽樣百分之一的家庭作大規模戶口調查發現男孩生得比女孩多，作者以生男孩和生女孩的正常比率計算中國人口的女孩數，得到這樣的看法：「中國1990年的十二億人口之中，應有的數以百萬計的女孩不見了，顯然是沒有生出來，或是生下來沒報戶口，或是出生後立刻除掉，根本來不及列入人口紀錄。中國的男女孩比率竟是——一比一○○。」（參見《母性》，頁299～300）

〔註19〕　元雜劇裡家中有花園的官家小姐通常也不能隨意至花園中遊賞。如《㑇梅香》劇第一折樊素數次勸小姐去花園看花被小姐罵，樊素不死心，跟小姐描述花園的景緻，小姐擔心地說道：「樊素，不爭俺和你閒行，老夫人知道，可怎了也？」（卷六，頁3731）等樊素說一切後果由她承當，小姐才應允和她去花園走走。

兒子／男人若亡逝，他的妻子／媳婦亦承繼此責任與義務善事其母，如《竇娥冤》劇的竇娥為怕婆母受拷打而認罪判斬刑。

女人一旦成為了「母親」除了社會地位的提高外，她也成了父權社會禮教的捍衛者。本文於下節「賢母／非賢母」——文化社會的角色認同討論之。

（二）「賢母／非賢母」——文化社會的角色認同

Lakoff（1987）在《女人、火與危險事物》討論到「母親」的「群集模式」〔註20〕，他說：

> 母親的概念是根據一種複雜的模式形成的，在這種複雜的模式中，許多個體認知模式結合起來構成了一個群集模式。這個群集中的各種模式是：
>
> 生育模式：生育過的人是母親。
>
> 遺傳模式：貢獻了遺傳物質的女性是母親。
>
> 養育模式：養育了一個孩子的成年女性是那孩子的母親。
>
> 婚姻模式：父親的妻子是母親。
>
> 家系模式：最親密的女性長輩是母親。（梁玉玲譯本，1986 年，頁 105）

在現今複雜的社會中，「母親」的「群集模式」越來越多元：「生母」、「代理孕母」、「捐獻卵子的母親」、「養母」、「繼母」等，「母親」的概念不能按照共同的、必需的、充分的條件來一次性地得到定義並適合所有的情形，因此「母親」的概念是以群集模式來認知的。雖然如此，在我們的文化中還是有最好的「母親」典型——家庭主婦型的母親，被認為是「母親」的最佳範例，Lakoff（1987）稱之為「社會性固有模式」（Social Stereotype），只要與一個基本的經驗群集模式中的一個模式（如養育模式）有關，便可以表示整個範疇，因此屬轉喻運作；家庭主婦型的「社會性固有模式」與母親群集認知模式並列為「母親」模式的兩種類型（Lakoff 1987，頁 82／梁譯本 1994 年，頁 112～116）。關於「母親」的模式，詳見圖 5-2-1：

〔註20〕Lakoff 解釋說：「通常，許多認知模式可能會結合起來構成一種複雜的群集，該群集在心理學意義上比個體模式更為基本。我們將它稱之為群集模式（cluster model）。」梁玉玲譯，《女人、火與危險事物》（1994），頁 104。

圖 5-2-1：現代社會母親的認知網路圖

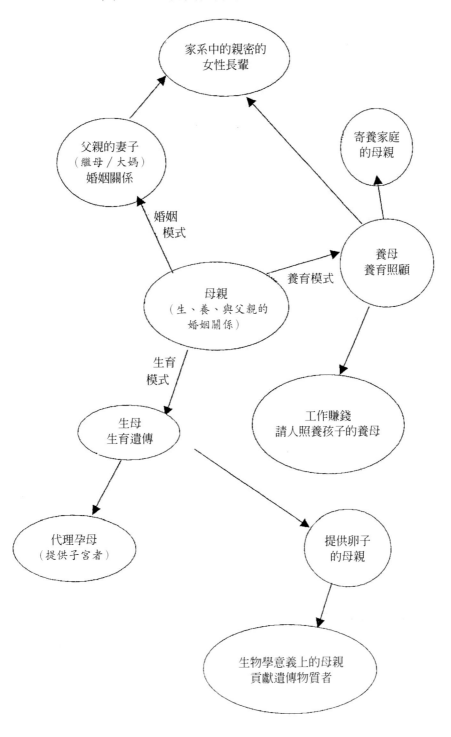

圖 5-2-1 乃據雷可夫之說繪製而成，「母親」的概念可以由許多的群集模式組成，「母親」依據生、養與父親的關係，可由生育模式、養育模式及婚姻模式這三大模式群聚組成「母親」的概念；亦可以其中一個模式代表之。如以生育模式而論「生母」，在現今的科技助益下又可分為「代理孕母」（提供子宮）、提供卵子的母親，以及生物學意義上的母親——貢獻遺傳物質者；歸屬於這三者其中之一的，亦可稱為「母親」。在養育模式下負責養育照顧的母親，在現在多元複雜的社會下又分為工作賺錢請人照顧孩子的養母、寄養家庭的母親，及家系中的親密女性長輩。在婚姻模式方面，父親的妻子——繼母或大媽，都可稱為「母親」，而家系中親密的女性長輩因照料孩子衣食亦可稱為「母親」。元雜劇中的關係較為單純，它不如科技發達的今日有諸多不同意義的母親。元雜劇有依生育模式的「生母」；依養育模式的「養母」，如《玉壺春》劇李素蘭之母即為養母；依婚姻模式的「繼母」、「大娘」，如《蝴蝶夢》的王婆婆即為王大、王二的繼母，《救孝子》的楊謝祖是妾生子，楊母是其父之正妻，為其「大娘」，將之視若己出，楊謝祖一直以為她是生母。

　　高度道德化要求下的「道德母親」〔註21〕在中國亦有。中國稱之為「賢妻良母」，在文化社會的角色期許中，女子居內，在家庭中擔任相夫教子的工作。士人階層的「賢母」模式，與平民階層受環境所迫（包括物質與觀念的影響）而溺女的婦人，同時都是中國文化社會的兩極產物。如圖 5-2-2：

圖 5-2-2：賢母／非賢母——文化社會的兩極產物

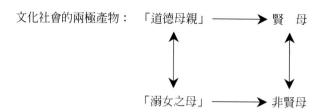

由上文宋元禁「溺女」之家法及法規顯示：《翠紅鄉》劇的王氏對生女兒的處置
——「或是丟河裡井裡，憑你將的去」，完全是中國社會重男輕女觀念下的陋習
〔註22〕。它和士儒以「賢母」教子成大賢的社會期待，是同出於一個文化體制
之下。以「賢母」對子的期待相較於「非賢母」，筆者以「賢母→子」／「非賢
母→女」來看元雜劇裡母親角色對子／女的不同投資與期待，如圖 5-2-3：

圖 5-2-3：元雜劇母親角色對子／女不同的投資與期待

秀才之母投資兒子的修習儒術 ————→ 貨與帝王家

娼妓之母投資女兒的琴棋才藝 ————→ 以色藝事人

《救孝子》、《剪髮待賓》、《陳母教子》等劇，「賢母」教「子」以儒業進取，
投資金錢與時間在兒子的修業上，家境不好的陶母更為要請老師一頓飯而剪
髮兜售，「賢母→子」付出的心血，能換來家道門風的轉換，及「賢母」的封
贈；「非賢母→女」的母女關係是建立在金錢之上，母親將女兒視作搖錢樹，
替她和家庭賺取物資〔註23〕。上述的母子／母女關係，如圖 5-2-4：

圖 5-2-4：元雜劇母子／母女關係

秀才之母 ————→ 兒若進取得官 ————→ 譽為賢母

娼妓之母 ————→ 女若倚門賣笑 ————→ 呼為鴇母

兩者最大的差別在於賢母不重金錢；鴇母嗜錢如命。不重金錢的賢母多受儒
家文化的薰陶，本身亦具才學；重視金錢的鴇母處於社會的下階層，不是
教坊司之妻〔註24〕便是中人家〔註25〕，她們出身不高，為三餐愁苦，養女便

〔註22〕王氏丈夫是一方地主，家境富有，溺女之舉是受重男輕女的觀念所致，並非
　　　　為貧窮所致。
〔註23〕《母性》一書提到在英國殖民時期（十九世紀），印度統治階級的家庭族重男
　　　　輕女，也有殺女嬰的行為，他們有著跟中國宋代家法所提到一樣的溺女理由：
　　　　「如果留著女兒，她也攀不到好親家，結果是嫁到要衰敗破產的家裡去。」
　　　　反觀較低階級的家庭者反而重女輕男，書中提到印度北方的貧窮家庭中，女
　　　　兒不但可能是改善家境的希望，而且可能是延續家庭血脈的唯一希望。（參見
　　　　《母性》，頁 304～317）
〔註24〕《青衫淚》裴興奴之母，為教坊司裴五之妻。
〔註25〕《兩世姻緣》韓玉簫之母便是中人家。

是為了倚門賣笑，或者能攀上富商改善家境。「賢母／非賢母」養「子／女」的共同目的都是「貨與他人」〔註26〕，她們對「子／女」的栽培都是有所期盼的。

「賢母／非賢母」也同時出現在官家小姐的母親身上，如《西廂記》、《㑳梅香》、《倩女離魂》等劇。正旦的母親角色多半是官夫人出身，她們治家嚴謹，以其教女的苦心和禮法的訓誡上，她們是以「賢母」自許的。但就其在對婚約的信守上，偏執於功名的追求，以不招白衣婿為其背信的理由，昧於人情義理的表現，終使女兒私會書生，敗壞門風，落個教女無方的罪名，而置於「非賢母」之列。「賢母／非賢母」的矛盾衝突在「母女」之間亦造成了嫌隙。且本劇官夫人的母親角色在劇中捍衛父權家法，嚴格於閨門肅清與教訓，與追求情愛的旦角不但是對立的兩方，且處於強勢，不斷以高姿態打壓對方的自主性。並將其對「賢母」的期盼與認同，因自身無子，藉女兒的婚嫁關係，延伸至未來的女婿——「半子」身上，希望他能以儒仕進，顯耀家門。

元雜劇中由「孟母」模式放大，延伸至其他雜劇的「母親」角色，他們〔註27〕對於儒業進取的期待是一致的。這些「母親」角色，基於前途的考量，認為進取功名是讀書的本份，將才學文章看做是與官職等值的物品；書生的「母親」對兒子的期許是：就算無法做官，讀書也使得人的身價地位高於一般人。

以正旦登場的賢母模式，依其性質可分為「魯義姑」模式和「孟母」模式：一個是義捨親兒的「成仁取義」，一個是教子進取的「以儒仕進」；兩者都是儒家思想下的產物。這樣的賢母風範在末本劇中依然可以尋覓，但在側寫下，因配合「正末」的儒生形象，故老旦扮演的卜兒，也以「孟母」模式為其主軸。

「孟母」模式延伸至其他非賢母為主題之雜劇的「母親」角色中，無論旦本劇或末本劇，只要是扮演劇中儒生人物的「母親」角色，必對其子習文修儒，期勉以仕進，如王粲母、楊謝祖母、柳毅母。但若是劇中女主角的「母親」，她們多半為官夫人，對劇中男主角（儒生人物）有著相同的期待，但在態度上則依末本劇或旦本劇而有所不同。若末本劇的女主角之母，對男主角寄與極大的期望，勉勵他進取功名，如韓瓊英母；若旦本劇女主角之母，對男主角態度冷

〔註26〕 「他人」在賢母與非賢母（鴇母）所預設的標的，分別是：帝王家／尋歡客。
〔註27〕 「他們」不包括良賤婚戀劇中的「母親」角色。

淡，一切以功名到手爲要務，如董秀英之母、張倩女之母。這些個對儒業進取仍有期待的「母親」角色，代表著已式微的傳統價值觀。

第三節　旦本劇書生隱喻模式

在旦本劇，「書生」多半有一個特定的形象在，如果是以婚戀爲題材的雜劇，情節模式也大致相同。筆者發現在這些旦本劇裡，旦角眼中的秀才書生是具正面理想性的，但劇作家在雜劇的字裡行間，對書生形象的描繪卻多半是負面的形象。這兩種不同的筆調，讓筆者想一窺究竟，劇作家爲何在旦本劇中以這樣不同視角審視「書生」？故本節先分「女子對秀才書生的傾慕」、「書生在旦本劇的形象」兩個角度來進行探討，最後再進一步綜合論述「書生的概念隱喻」。

一、女主角傾慕的理想型

元雜劇中的秀才書生，是受年輕女子們的喜愛的，無論是上廳行首或是名門淑媛，對秀才書生都有遐想在。有時是盲目的傾慕，只緣對「寒儒」身份背後可能帶來的高官封誥的敬重和期待。

秀才書生在年輕小姐們的眼中，是最好的夫婿人選，如關漢卿《金線池》上廳行首杜蕊娘所言：「鄭六遇妖，崔韜逢雌虎，那大曲內盡是寒儒。想知今曉古人家女，都待與秀才每爲夫婦。」（楔子，卷一，頁 141）就杜蕊娘的看法，秀才書生都是王公卿相的前身，在「大曲」中唱得都是這類秀才發跡的故事；所以只要讀過書，知道些義理的女子，一定都想嫁給秀才。白樸《牆頭馬上》的名門女李千金，也有相同的看法：

【牧羊關】龍虎也招了儒士，神仙也聘與秀才，何況咱是濁骨凡胎。
一個劉向題倒四岳靈祠，一個張生煮滾東洋大海。卻待要宴瑤池七
夕會，便銀漢水兩分開！委實這烏鵲橋邊女，捨不的斗牛星畔客。
（《牆頭馬上》二折，卷二，頁 747～748）

這可以解釋她爲何一見了像裴少俊那樣書生，就神魂顛倒，並與之幽會。因爲連神仙見了儒士秀才都要招爲婿，更何況她只是個肉骨凡胎的人。

她們對「寒儒」的期待過高，像裴少俊這樣的「舍人」[註28]，爲了得

〔註28〕「舍人：本是官名，宋元以來稱顯貴子弟爲舍人，猶稱公子。」參見《牆頭馬上》第一折〔註11〕，卷二，頁743。

到李千金的信任和憐惜，在她面前還假託爲「寒儒」：「小生是個寒儒，小姐不棄，小生殺身難報。」（二折，卷二，頁746）「寒儒」這個符號，在小姐們的心中，人文意義大於實質的意義，這是她們久在閨閣或沈溺書中，寄寓太多的幻想於這個符號內，期待和現實落差太大。於是正如圖 5-3-1 所示，「寒儒」這個符號經由小姐們的夢幻想像而過度延伸，司馬相如、潘安、李白、杜甫、呂蒙正、雙漸、吳融、駱賓王等這些才學之士便都成了其具體代表。

圖 5-3-1：「寒儒」符號意涵的過度延伸

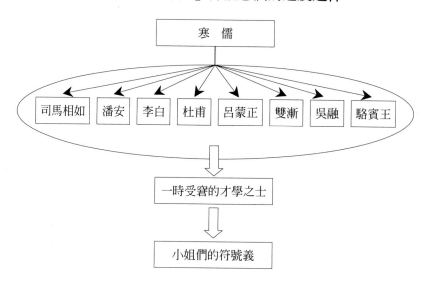

女子對心目中的偶像「書生」的傾慕，又可分爲「寒儒情結」與「才貌雙全」兩個層次來進行論述。

（一）「寒儒」情結

如上所言，這些女子才情過人，也有美貌相稱，卻將「寒儒」過度膨脹。總認爲「秀才書生每」，會有崢嶸發跡的時日。而與小姐們意見相左的梅香或虔婆，劇作家常藉以讓劇中的小姐對觀眾訴說秀才書生的好。

如無名氏《紅梨花》劇，謝金蓮想嫁個秀才，丫頭梅香卻不知嫁個秀才，有什麼好處，謝金蓮講述與她聽：

> （正旦見趙科，云）一個好秀才也。梅香，我久以後嫁人呵，則嫁這等風風流流的秀才。（梅香云）沒來由嫁那秀才做什麼？他有什麼好處？（正旦云）這妮子是什麼言語那！【油葫蘆】秀才每從來我

羨他，提起來偏喜恰，攻書學劍是生涯。秀才每受辛苦十載寒窗下，久後他顯才能一舉登科甲。秀才每習禮義，學問答。哎你一個小梅香今後休奸詐，只說那秀才每不當家。（梅香云）秀才每幾時能夠發達？……（云）梅香，你那裡知道秀才每事，聽我和你說咱。（唱）

【寄生草】我這裡從頭說，你那裡試聽咱。有吳融八韻賦自古無人壓，有杜甫五言詩蓋世人驚訝，有李白一封書嚇的那南蠻怕。你只說秀才無路上雲宵，卻不道文官把筆平天下。（張壽卿《紅梨花》一折，卷五，頁 3502～3503）

《破窰記》的劉月娥在彩樓拋繡球招親時，也對梅香說了類似的話，如：

（梅香云）姐姐，你看兀那兩個，穿的錦繡衣服，不強如那等窮酸餓醋的人也？（正旦云）梅香，你那裡知道也。（唱）【油葫蘆】學劍攻書折桂郎，有一日開選場，半間兒書舍都換做都堂。想韓信偷瓜手扭做了元戎將，傳說那筑牆板番做了頭廳相。想當初王鼎臣，姜呂望，那鼎臣將柴擔子橫在肩頭上，太公八十歲遇著文王。……

【天下樂】豈不聞有福之人不在忙？我這裡參也波詳，心自想，平地一聲雷振響：朝為田舍郎，暮登天子堂，可不道寒門生將相。（王實甫《破窰記》一折，卷三，頁 2132）

就處於社會下層的丫環梅香來說，目下能供給錦衣玉食的，才是好佳偶；不懂得「窮酸餓醋」的「寒儒」有哪些兒好？梅香的看法，其實也是一般社會大眾的看法，酸氣衝天的書生，整日不事生產，「之乎也者」地啃著吃不飽的書，到那日才能有出頭的一天？《舉案齊眉》劇的梅香，也苦勸小姐不要選了窮秀才，如：

（梅香云）我梅香看來，小姐則不要嫁那窮秀才好。（正旦唱）【油葫蘆】這須是五百年前天對付，（梅香云）這也只憑你自家主意，有什麼天緣在那裡？（正旦唱）怎教咱自做主？（云）這三人裡面，（唱）除梁鴻都是些小人儒，（梅香云）小姐，你差了也，這梁鴻窮的怕人子哩！（正旦唱）你道他現貧窮合受貧窮苦，他有文章怕沒文章福？
（梅香云）那文章是肚裡的東西，你怎麼就看的出？（正旦唱）常言道賢者自賢，愚者自愚。就似那薰蕕般各別難同處，怎比你有眼無珠？
（梅香云）世間多少窮秀才，窮了這一世，不能發跡！你要嫁他，好不顡氣也！（無名氏《舉案齊眉》一折，卷八，頁 5887～5888）

梅香認為窮秀才一世不能發跡的多的是。小姐卻為窮秀才辯駁,相信有文章的終有那個福氣彰顯自己。讀過詩書的小姐,知道功名進取之事,也在書中見過困阨的書生,一舉得第的榮顯之事。像劉月娥終究囑咐手中的繡球,貧富不在她眼內,但要有志氣好文章的畫眉郎,如:

> 【金盞兒】繡球兒你尋一個心慈性溫良,有志氣好文章,這一生事
> 都在你這繡球兒上。夫妻相待,貧和富有何妨?貧和富是我命福,
> 好共歹在你斟量。休打著那無恩情輕薄子,你尋一個知敬重畫眉郎。
>
> (王實甫《破窯記》一折,卷三,頁 2132~2133)

這也是千金小姐和上廳行首們共同的「寒儒」情結。在她們的觀念中,「寒儒」都像張敞畫眉般的體貼溫柔,懂得敬重女子;他們表面上和「高官卿相」是相對的,但其實也是相等的,哪一個大官不是也由書生自科舉入仕途,而上青雲梯的呢?《拜月亭》劇的王瑞蘭便有這樣的想法:

> 不知俺爺心是怎生主意,提著個秀才便不喜:「窮秀才幾時有發跡?」
> 自古及今,那個人生下來便做大官享富貴? (關漢卿《拜月亭》三
> 折,卷一,頁 565~566)

《秋胡戲妻》的羅梅英也是這麼認為的,如:

> 【油葫蘆】至如他有蛛絲甑有塵,這的是我命運。想著那古來的將相
> 出寒門,則俺這夫妻現受著齏鹽困,就似他那蛟龍未得風雷信。你看
> 他白屋客,我道他黃閣臣。自從他那問親時,一見了我心先順。咱人
> 這貧無本、富無根。(媒婆云)姐姐,如今秋胡又無錢,又無功名。
> 姐姐,你別嫁一個有錢的,也還不遲哩!(正旦唱)【天下樂】咱人
> 腹內無珍一世貧,你著我改嫁他也波人,則不如先受窨,可曾見做夫
> 人自小裡便出身?蓋世間有的是女娘,普天下少什麼議論,那一個胎
> 胞裡做縣君? (石君寶《秋胡戲妻》一折,卷四,頁 2545~2546)

她們對「寒儒」的期望,是與之相對的「高官卿相」;一旦功名成就時,夫貴妻榮,得享誥命夫人的鳳冠霞帔,如羅梅英所說「夫人縣君」的榮顯,也是要熬出頭的。

(二) 才貌雙全

在元雜劇就旦角對書生的思慕,認為外貌出眾的,一定文采風流;文采風流的,不可無貌相稱。如《金線池》的杜蕊娘所言:「果然才子,豈能無貌!」(楔子,卷一,頁 140) 不單才子挑佳人,是以才貌取之;連佳人揀秀才,也

要才貌雙全。這和唐傳奇《霍小玉傳》李益所言：「小娘子愛才，鄙夫重色。兩好相映，才貌相兼。」〔註 29〕的才子有才無貌，佳人貌美如花，兩相映襯則才貌雙全的配對方式，大不相同。元雜劇裡的女子，要求秀才們才貌雙全，而女子本身也當然要才貌相兼。〔註 30〕

1. 以貌論才

要求秀才書生才貌雙全的女子們，初次見面便芳心暗許，但是有趣的是，秀才書生們的有才無才，這些女子們大多是「以貌論才」的，如：

> （正旦唱）【油葫蘆】則見他抄定攀蟾折桂手，（崔甸士云）妹子，恕生面少拜識。（正旦唱）待趨前還褪後，我則索慌忙施禮半含羞。（崔甸士云）妹子，小生有緣得此一見。（正旦唱）則見他身兒俊俏龐兒秀，（崔甸士云）妹子，小生此後又不知何時重會哩。（正旦唱）則見性兒溫潤情兒厚。且休誇潘安貌欠十分，子建才非八斗，單只是白涼衫穩綴著鴛鴦扣，上、下無半點兒不風流。（《臨江驛》一折，卷四，頁 2647）

楊顯之《臨江驛》的張翠鸞只看崔甸士的外貌舉止，就斷定他性溫閨情深厚，才采風流。白樸《東墻記》的董秀英更誇張地認為眉清目秀、狀貌堂堂的秀才，有韓文柳文，將馬文輔譬為「美貌潘安」，而且其形影一見之後，存於心目之間，而讓她思想得神不附體，如：

> （旦上，云）好悶倦人也。自從昨日後園中見了那個秀才，生得眉清目秀，狀貌堂堂。我一見之後，著我存於心目之間。非為狂心所使，乃人之大倫。早是身體不快，又遇著這等人物，教我神不附體，何時是可也？（梅云）姐姐，因何見了那生，如此模樣也？（旦唱）【哪吒令】一見了那人，不由我斷魂；思量起這人，有韓文柳文；他是個俏人，讀齊論魯論。想的咱不下懷，幾時得成秦晉，甚何年一處溫存？【鵲踏枝】好教我悶昏昏，淚紛紛，都只為美貌潘安，仁者能仁。一會家心中自忖，誰與俺通個殷勤。（《東墻記》一折，卷二，頁 805）

〔註 29〕見《歷代短篇小說選》（台北：大安出版社，1996 年），頁 138。

〔註 30〕么書儀，〈愛情劇與元代婦女、儒生的社會地位〉論及「唐人小說強調『郎才女貌』，而元人雜劇則往往雙方都要求對方『才貌雙全』。」詳見《元人雜劇與元代社會》（1997），頁 42～43。

賈仲明《菩薩蠻》裡大膽追求所愛的蕭淑蘭，也是見其外貌而動心，猜想他內性溫良，如：

> 妾窺見那生外貌俊雅，內性溫良，更兼才華藻麗，非凡器也。妾數日間行忘止，食忘餐，心在那生身上。今日清明節令，滿門家眷都去上墳。妾托病不去，欲引梅香往後花園親與那生相見，別有話說。
> 暗想情是人間何物也呵！（《菩薩蠻》一折，卷八，頁5677）

誰知張世英會嚴辭教訓她，「女人家不遵父母之命，不從媒妁之言，廉恥不拘，與外人交言，是何禮也！」（一折，卷八，頁5678）

無名氏《符金錠》劇，符金錠與趙匡義在花園對過詩，大概也只能或多或少地了解一些他的才學如何？但見了他的外貌，卻篤定他會金榜題名。如：

> 【寄生草】又不曾待月在西廂下，聽琴在旅店裡。踏青惹下彌天罪，賞春光引起鴛鴦會，看群花誤到天台地。（云）我依著你，我吟一首詩，看他說什麼？紫燕雙雙起，鴛鴦對對飛。無言勻粉面，只有落花知。（趙匡義云）好個聰明女子也。我出去見他一面，怕些什麼。（做見科，云）小娘子拜揖。（正旦云）先生萬福。一個好聰明俊秀才！（唱）我見他烏紗小帽晃人明，久以後必然金榜題名諱。（《符金錠》一折，卷九，頁6631）

鄭光祖《倩女離魂》劇，梅香替小姐評論了秀才的外貌文才，張倩女更據其外貌品評他的胸襟。如：

> （梅香云）姐姐，那王秀才生的一表人物，聰明浪子。論姐姐這個模樣，正和王秀才是一對兒。……（梅香云）姐姐，那王生端的內才外才相稱也。（正旦唱）【鵲踏枝】據胸次，那英豪；論人物，更清高。他管跳出黃塵，走上青霄。又不比鬧清曉茅簷燕雀，他是掣風濤混海鯨鰲。（帶云）梅香，那書生呵，（唱）【寄生草】他拂素楮鵝溪茧，蘸中山玉兔毫，不弱如駱賓王夜作論天表，也不讓李太白醉寫平蠻蕖，也不比漢相如病受征賢詔。他辛勤十年書劍洛陽城，決崢嶸一朝冠蓋長安道。（《倩女離魂》一折，卷六，頁3829～3830）

這些初次見面「以貌論才」的，多半是閨閣女子，她們涉世不深，以為外貌與文才、人品是相稱的。

2. 對外貌的傾心

也有初次見面，只論及書生的外貌的，如《墻頭馬上》的李千金。對李千金而言，秀才的才學是眾所周知的（這在第二折，她提及神仙也招秀才爲婿的情節可知），而外貌卻不一定人人相稱，所以當她見到裴少俊時，道：

> （正旦見末科，云）呀，一個好秀才也！（唱）【金盞兒】兀那畫橋
> 西，猛聽的玉驄嘶。便好道杏花一色紅千里，和花掩映美容儀。他
> 把烏靴挑寶鐙，玉帶束腰圍，眞乃是能騎高價馬，會著及時衣。（《墻
> 頭馬上》一折，卷二，頁 740）

這明明是個「舍人」〔註31〕模樣，未經世事的李千金，居然信了他是「寒儒」的巧言。而石君寶的《曲江池》中見過世面，人情練達的李亞仙，一時間撞見個青澀少年鄭元和，也動了心了，如：

> （正旦云）我看那生裹帽穿衫，撒絲繫帶，好個俊人物也！（唱）
> 【哪吒令】誰家個少年，一時間撞見；一時間撞見，兩下裡顧戀；
> 兩下裡顧戀，三番家墜鞭。（帶云）妹子也，他還是個子弟，是個雛
> 兒。（唱）他管初逢著路柳絲，他管乍見著墙花片，多應被花柳牽纏。
> （《曲江池》一折，卷四，頁 2575～2576）

憑著她的直覺，鄭元和是個初見世面的書生。

3. 對文采的愛戀

無名氏《雲窗夢》劇的鄭月蓮，因與張均卿朝夕相處，對他的「文采愛戀」甚於外貌，在虔婆逼她留下茶客，丟開張秀才時，她卻堅意道：

> 【後庭花】你愛的是販江淮茶數船，我愛的是撼乾坤詩百聯；你愛
> 的是茶引三千道，我愛的是文章數百篇。這件事便休言，咱心不願。
> 請點湯晏叔原，告回避白樂天，告回避白樂天。（《雲窗夢》一折，
> 卷八，頁 6084）

要虔婆「點湯」送客。妓女們和秀才常相爲伴，對於秀才們的才華，瞭若指掌。

4. 其　他

才貌雙全，是秀才書生打動芳心的第一步，能夠緊扣芳心，使之矢志不渝的還有其他要素。喬吉《兩世姻緣》的韓玉蕭，除了念念不忘韋皋的人物才學外，還有他的溫柔情性，如：

〔註31〕「舍人」指的是官家子弟。

（正旦云）我實瞞不的你，據著他那人物才學，如何教我不想也！

（唱）【醋葫蘆】看了他容貌兒實是撐，衣冠兒別樣整，更風流更灑落更聰明。唱一篇小曲兒宮調清，一團兒軟款溫柔情性。兀的不坑了人性命，引了人魂靈！【金菊香】想著他錦心繡腹那才能，怎教我月下花前不動情。信口裡小曲兒編捏成，端的是剪雪裁冰，惺惺的自古惜惺惺。（《兩世姻緣》二折，卷六，頁 4256～4257）

這樣的韋皋讓韓玉蕭生死不忘。馬致遠《青衫淚》劇的裴興奴也因白樂天的知重她，而對他青睞有加，如：

（白樂天云）我等久慕高名，特來一拜。（正旦云）是幾個俊英才，偏他還咱一拜，怎做的內心兒不敬色？（《青衫淚》一折，卷三，頁1509）

在眾多尋歡的文人中，只有白樂天向她還施一禮，這樣地知重她，也不由她不敬重這位初次謀面的大學士，而種下了日後的情緣，讓裴興奴心心念念都在他身上。

二、劇作家塑造的負面型

書生雖然是雜劇中年輕女子傾慕的對象，但除了正旦在曲文賓白中口頭褒舉書生外，書生在旦本劇中的言行，其實大多是具有諸如好色、自我誇耀、假道學、薄倖等負面形象的。

（一）好　色

在旦本劇裡，書生的才情多半不是在功名之上，而是用於追求美女，他們一見美女即神魂顛倒，如：

（生云）這相思索害也！恰才那女子正是董秀英。今日見了他一面，不由人行思坐想，有甚心情看書！似此如之奈何？（《東墻記》一折，卷二，頁 805）

《東墻記》的馬文輔先是月下彈琴，引董秀英來聽，她隔墻吟詩，馬文輔也和了一首；董秀英繼以簡帖寄上相思情意，他也回簡以詩。詩文的妙用似乎在情意傳達上特別有效，才子佳人藉詩互訴衷情。《倩梅香》劇的書生白敏中，亦拜請「倩梅香」樊素代傳簡帖，藉詞〈清平樂〉傳遞他的心意；小姐小蠻也回簡帖以詩寄情。

好色不單是未舉第的書生，在《碧桃花》劇，連已任官職的張道南也是

如此，一見佳人便想同床共枕，如：

> （張道南云）小官未曾婚娶，小娘子又守空房，咱兩個成合一處，可也好麼？（正旦唱）【金盞兒】他將我厮溫存，我將他索殷勤。口兒未說早心兒順，俺兩個正是那不因親者強來親。（張道南云）趁此月色，共飲幾杯，豈不美乎？（正旦唱）你待要花前同酌酒，燈下細論文。（張道南云）如此好天良夜，只合早成就了洞房花燭，有甚心情還論文哩！（正旦唱）你則待風清明月夜，成就了花燭洞房春。
>
> （云）相公。賤妾千金之體，一旦委之足下，只願你他日休負了人者。（張道南云）小娘子放心，我若負了心呵，天不蓋，地不載，日月不照臨。我著你穩取五花官誥，駟馬香車，永爲秦晉之匹也。（《碧桃花》一折，卷九，頁6803）

在書生與佳人春宵一夜後，經佳人的求和珠玉，書生的才情又表現在作爲憑證的詩詞上，如張道南作了詞〈青玉案〉，徐碧桃收下要永爲家珍，在薩眞人開壇收妖的時候，她拿來做證物，乞求薩眞人成全；《風光好》的秦弱蘭，也在歡愛之後，向陶穀告求珠玉，陶穀寫就〈風光好〉詞，爲兩情做證，她拿來交付上司韓熙載，以示不辱使命。這些詩、詞都是文人爲佳人寫下的愛情見證，佳人們以爲珍寶。

1. 爲求事諧，向婢女下跪

好色的書生，常常一見佳人就爲之動心，當正當管道的姻緣路閉塞時，就茶飯不思地，期盼兩人之間能有私下的管道傳遞訊息，讓深閨之中的小姐，能得知衷腸。而關鍵性的管道人物就是小姐身邊的婢女，書生爲求事諧，動不動就向婢女下跪，是雜劇中常見的情節，如：

> （末跪紅科）小生爲小姐，盡夜忘餐廢寢，魂勞夢斷，常忽忽如有所失。自寺中一見，隔墻酬和，迎風帶月，受無限之苦楚。甫能得成就婚姻，夫人變了卦，使小生智竭思窮，此事幾時是了！小娘子怎生可憐見小生，將此意伸與小姐，知小生之心。就小娘子前解下腰間之帶，尋個自盡。（末念）可憐刺股懸梁志，險作離鄉背井魂。
>
> （紅云）街上好賤柴，燒你個傻角！你休慌，妾當與君謀之。（《西廂記》第二本第三折，卷三，頁2014）

張生向婢女紅娘下跪，期望她能幫他。《東墻記》的馬文輔跪得更勤，還讓個丫頭教訓了一頓，如：

　　（梅見科，云）先生萬福。（生起，跪科，云）呀呀呀！小娘子，怎
生就不來了？（梅云）夫人嚴謹，僕妾豈敢輕出？……（梅云）先
生但說不妨。（生跪，云）……自那日後花園中見了小姐，就得了這
等症候。除小娘子在小姐左右，怎生方便，成就此事，有何傷乎？
　　（梅云）足下是一丈夫，立於天地之間，當以功名爲念，垂芳名，
顯祖宗。豈不聞聖人云：「血氣之勇，戒之在色。」足下是聰明之人，
何爲一女子喪其所守？先生察之！（生跪，云）只是小娘子可憐小
生！通一句話呵，此事必成矣。（梅云）先生請起。等妾身看小姐之
動靜，若是得空呵，慢慢的假一言。肯與不肯，再來回報足下。（《東
墙記》三折，卷二，頁814～815）

《㑩梅香》劇的白敏中更一副哀兵姿態，跪下向樊素乞憐，被攀素著實痛斥
了一番，如：

　　（白敏中云）……這裡又無別人，止有小生和小娘子在此，小生有
一句話，只索對小娘子行實訴咱。（正旦云）你有何話說？（白跪訴
科，云）小生區區千里而來，只爲小姐這門親事，不想夫人違背先
相國遺言，不肯成就。自從那日綠野堂上，見了小姐如此般人物，
所以得了這病症。如今著小生行思坐想，廢寢忘餐，我有什麼心腸
看這經書！小生命在頃刻，只除小娘子，方可救的小生。若不然，
此命必不可保矣。（正旦云）是何言語！大丈夫生於天地之間，當以
功名爲念，進取爲心，立身揚名，以顯父母。以君之才，一女子棄
其功名，喪其身軀，惑之甚矣！……（白敏中云）小娘子可憐見，
成就了這門親事，小生必有犬馬之報。（正旦云）先生既讀孔聖之書，
必達周公之禮。老夫人使妾身探病，如何只管胡言？是何禮也！（《㑩
梅香》二折，卷六，頁3740～3741）

白敏中的下跪還有些賭氣要賴的意思，他一跪再跪偏要樊素肯點頭做中介
人，替他傳心意，才肯起來，如：

　　（云）先生宜加調治，妾身回夫人話去也。（白敏中跪下科，云）小
生無可調治，只除小娘子肯憐見，方才救得小生一命。（正旦云）先
生請起。爲個婦人，折腰於人！豈不聞聖人云：「吾未見好德如好色。」
信有之也。（白跪不起科，云）休道小生這一跪，若是小娘子肯通一
句話呵，小生跪到明日也不辭。……（白敏中再跪科，云）小生現

在顛沛之間，小娘子爭忍坐視不救？（《㑇梅香》二折，卷六，頁
3741）

這些書生為了追求佳人，不惜犧牲形象，人家都說「男兒膝下有黃金」，他們
卻都是大丈夫能屈能伸——說跪就跪，為了美嬌娘，不惜一切。

2. 好色沒膽

好色男，見嬌娥神魂顛倒，初次見面就想肌膚之親，為了達到目的，一
堆歪理都出籠了，如：

（秦脩然云）我那裡不尋？那裡不尋？你可可的在這裡！小姐，你
既然遇著我，正是一對夫妻，我和你說句話兒。（正旦云）秀才休得
無禮。我與你雖素有盟約，卻不可造次苟合。萬一外人得知，豈無
私奔之誚？（秦脩然云）我與你怨女曠夫，隔絕十有餘年。今日偶
爾相逢，天與之便，豈可固執？（正旦云）既然如此，這所在不是
說話處，咱去那耳房裡說話去來。（《竹塢聽琴》一折，卷五，頁
3315）

石子章《竹塢聽琴》的秦脩然以天意來合理化他的非禮之舉，和鄭彩鸞成了
夫妻。當他聽信嬤嬤的話，以為鄭彩鸞是鬼，嚇得拔腿就跑，如：

（正末驚科，背云）嗨！誰想那道姑是個鬼魂，諕殺我也！喚張
千來，收拾行裝，我便索長行也。（《竹塢聽琴》二折，卷五，頁
3319）

當他得官回來，見到鄭彩鸞，嚇得魂飛魄散，叫她不可近前來，反著鄭彩鸞
大罵一頓，如：

【滾繡球】那秀才每諕後生，好色精，一個個害的是傳槽病症，囑
咐你女娘們休惹這樣酸丁。恁琴書四海游，關山千里行，您去處渺
無蹤影，則被你引得這情女離了魂靈。……（正旦云）你是鬼，我
不是鬼。（秦脩然云）我怎生是鬼？（正旦云）你既不是鬼呵，（唱）
為什麼不將這九經書籍燈前看，可將那三弄瑤琴月下聽？行濁言
清。（《竹塢聽琴》三折，卷五，頁3328）

鄭彩鸞氣他沒說一聲就走，罵他是個好色的騙子，說他「行濁言清」才是個
鬼。

另一個好色沒膽的是趙壽卿《紅梨花》劇的趙汝州，趙汝州與洛陽太守
劉公弼為同窗故友，為見上廳行首謝金蓮捎信求見，劉公弼怕他貪戀風塵，

騙他謝金蓮已嫁人，他來時，卻命謝金蓮扮王同知女兒去後花園逗引趙汝州，趙一見佳人果然驚為天人：「呀！一個好女子也。不知誰氏之家。怎生得說一句話，可是好也。」（一折，卷五，頁3503）書齋閒坐，至花園走動遇見採花欲賣的賣花三婆講述紅梨花事，說紅梨花是王同知女兒墓上所生，她的鬼魂專勾引書生，趙汝州嚇得緊拉住三婆不放，如：

> （趙汝州云）三婆，你不說，我那裡知道。兀的不諕殺我也！（趙
> 汝州做扯住旦科）（正旦云）我回去也。（趙汝州云）這花園不乾淨，
> 得你在這裡伴我一伴也好。（正旦云）可不誤我賣花？（《紅梨花》
> 三折，卷五，頁3515）

怕女鬼再上門，不敢再待在書齋的趙汝州，馬上拿了劉太守為他備下的：花銀兩錠、春衣一套，全副鞍馬一匹，急急地上朝取應去了。狀元及第，除洛陽縣令，回來拜見太守時酒醉睡了，太守命謝金蓮為他打扇，還要插上一枝紅梨花，他一度嚇破了膽，如：

> （做插花扇上科）（趙汝州見驚科，云）有鬼也！有鬼也！兀那婦人，
> 你是妖精鬼魅，靠後，休近前來。（正旦云）兀的不是趙汝州？（趙
> 汝州云）你是鬼也！……兀的不是紅梨花？我曉的這是你墓間之
> 物，你不要纏我。待我明日做些好事，超度你生天便了。（正旦唱）
> 【收江南】呀！你可為什麼一春常費買花錢？那些兒色膽大如天，
> 把活人生扭做死人纏。這相逢也枉然，幾時得笙歌引至畫堂前？（《紅
> 梨花》四折，卷五，頁3518～3519）

謝金蓮遇上這樣沒膽的情人，有理說不通，也只能在旁跺腳著急。還是太守出面才把這樁事說個清楚。光天化日，依然害怕地把人當鬼，而當初花前月下，美色當前，卻全然未設防，仍也難怪謝金蓮氣得罵他「色膽大如天」。

（二）誇耀才學

誇耀才學，是許多秀才書生們出場時必行之事[註32]，但在與女子幽會被人發現時，誇耀才學是為了安撫一心想招狀元婿的老夫人，如：

> （夫人云）你這個小禽獸無禮！你既到此，如何不來見我，卻做下
> 這等勾當？若是別人決打壞了。你空讀孔孟之書，不達周公之禮，
> 這等不才。我待教你離我門去，只是看你先父母面上。我家三輩不

[註32] 如寇準出場唸了出場詩，介紹了兄弟呂蒙正，便說：「若論俺二人的文章，覷
富貴如同翻掌，爭文齊福不至。」見《破窰記》第一折，卷三，頁2131。

招白衣之人，如今且將你兩個急配了，則明日上朝取應去。得中科第，那時來也未遲。（生云）非敢對夫人誇口，小生六歲攻書，八歲能文，十一歲通六經。據小生文學，不奪狀元回來，永不見夫人之面。（《東墻記》三折，卷二，頁818～819）

馬文輔與董秀英自小便有婚約，馬文輔前來就親，卻不登門拜見，反而客居在鄰舍，伺機偷窺小姐，他的理由是因為家業寥落，怕事不能諧。卻偷偷摸摸地藉琴聲、山壽、梅香等來傳他衷曲，兩人私下在海棠亭幽會，被董夫人發現，只得先急配了兩人，再命馬文輔上朝取應去。

《西廂記》的張生也在臨別之際對老夫人誇下海口，說「憑著胸中之才，視官如拾芥耳。」（第四本第三折，卷三，頁2062）

（三）假道學

書生大多給人的印象是感情太豐富，容易動情，但還是有一些假道學的秀才書生，不夠真性情，如《菩薩蠻》劇，嬤嬤為小姐跟館賓先生張世英說親，倒被他一臉道學地嚴斥了一頓：

（云）先生九經皆通，無書不讀，豈不曉三綱五常之理？聖人言：「男子三十而娶。」又云：「不孝有三，無後為大。」何不求一門親事，老身當月老，聘結良姻。先生尊意如何？（張世英云）嬤嬤言之甚善。但小生在此處館，惟知守嚴父之訓，讀聖人之書，豈有求親之念哉？……（云）先生容稟。東人有一妹，小字淑蘭，年方一十九歲，未曾許聘他人。先生意下若諾，老身達知東人，招為貴客。先生如此聰明，淑蘭更兼溫雅，真淑女可配君子也。（張世英云）小生今在蕭公門下處館，嬤嬤何出此言？倘蕭公察知，何面目立於蕭公門下？（《菩薩蠻》二折，卷八，頁5682）

張世英還本想扭送嬤嬤至蕭公面前。但一聽到蕭公為其妹遣媒人說親，雖然一副無可奈何狀，卻也竊喜在心，如：

（張世英上，云）小生張世英，自到西興朋友家住經半月，誰想蕭公為他令妹，倒遣媒人來說親事，使小生如之奈何？古人云：「男子生而願為之有室，女子生而願為之有家。」一來公讓如此美意，二來男婚女聘，人倫大禮，不負此女初心，況其家本名門，何辱小生？今日便回蕭山去成就此事，不為過也。（《菩薩蠻》四折，卷八，頁5689）

在婚筵上還與蕭公說是「此係宿緣，恐非人力所能謀也。」跟之前的義正嚴辭訴斥小姐和嬤嬤的模樣判若兩人。

　　另一個假道學的是戴善甫《風光好》劇的陶穀，為宋朝臣以索圖籍文完成使命，情非得已地留滯在南唐。太守韓熙載設筵招待，著上廳行首秦弱蘭來服侍陶穀，卻被不苟言笑的陶穀斥退，如：

> （正旦同眾妓上，叩見科）（陶穀云）大丈夫飲酒，焉用婦人為？吾不與婦人共食，教他靠後，休要惱怒小官。（韓熙載云）秦弱蘭與學士把一杯。（正旦云）這學士好冷臉子也！（韓熙載云）著動樂者。（陶穀云）住了樂聲！小生一生不喜音樂，但聽音樂頭暈腦悶。……（正旦遞酒科）（陶穀云）靠後！小官乃孔門弟子，「放鄭聲，遠佞人。鄭聲淫，佞人殆。」小官平生目不視邪色，耳不聽淫聲。太守何故三回五次侮弄下官？是何道理！（《風光好》一折，卷四，頁2790～2791）

韓熙載解開了陶穀寫在墻上的十二字，知他為「獨眠孤館」而苦。命秦弱蘭改扮素衣，去媚惑他。面對白衣素服的清秀佳人，又是個年輕的寡婦，陶穀一見不設防地摘下了白日裡的道學面具，向初次見面的小寡婦道：

> （陶穀云）小官乃大宋使臣陶學士。若小娘子不棄，願同衾枕。不知小娘子意下如何？（正旦云）妾身守服之婦，不堪陪奉尊官。（陶穀云）小娘子何發此言？若心肯時，小官有幸也。（正旦唱）【隔尾】我則道他喜居苦志顏回巷，卻原來多情宋玉墻。這搭兒廝敘的言詞那停當。想昨日在坐上，那些兒勢況，苫眼鋪眉盡都是謊。（陶穀云）小娘子但與小官成其夫婦，終身不敢忘也。（正旦云）學士不棄妾身，殘妝陋質，願奉箕帚之歡。（陶穀云）小娘子請坐，異日必娶你為正室夫人。（《風光好》二折，卷四，頁2798）

秦弱蘭仔細看著眼前這個多情種，和筵席上那個不近女色的冷臉子截然不同。她不忘使命，請學士寫下了愛情見證〈風光好〉，好向太守交差。如：

> 小娘子，趁此夜闌人靜，成其夫婦，多少是好？（正旦云）則怕你日後不娶我呵，被人笑恥。有何表記的物件與我，可為憑信？（陶穀云）小娘子將何以為信？（做相戲科）……（出汗巾科，云）學士，告乞珠玉。（陶穀云）有！有！（做寫科，云）寫就了也。（旦接，念云）好姻緣，惡姻緣，奈何天。只得郵亭一夜眠。別神仙。

> 琵琶撥盡相思調，知音少。待得鸞胶續斷弦，是何年？右調〔風光
> 好〕。是好高才也。請學士落款。（陶穀寫科融）翰林陶學士作。（正
> 旦云）謝了學士者。（《風光好》二折，卷四，頁 2799）

翌日，宰相與太守著秦弱蘭在筵前歌那首〈風光好〉，被扯下面具的陶穀，堅
持不認昨夜之事，推醉伴睡，待宰相與太守盡去後，才對秦弱蘭表態。因做
下這樣的事，他回不的大宋，也見不的南唐主，教秦弱蘭等他，他要投靠故
人尋個前程。他在人前人後不一樣的情態，是因為他處在不利於他的環境之
中，要時刻提防，沒想到還是被韓熙載算計。

（四）薄倖小人

石君寶《秋胡戲妻》劇的秋胡本是其妻羅梅英眼中的「寒儒」，是個將相
種、黃閣臣；她從秋胡的出身預見了他來日的功名富貴，可惜卻沒料想他會
個薄倖的小人。功名成就的秋胡，在離家十年後，向魯君乞假還鄉，魯君賜
他一餅黃金，以充膳母之資。在回鄉時，還想到他的「嬌滴滴年少夫人」，路
上遇到了採桑女，卻色心大發，先以詩撥逗她；採桑的梅英見他的裝扮，以
為是個「取應的名儒」，沒想到人模人樣的他，卻是小人行徑。不但出言輕薄
無禮，更因見四下無人，竟想動手動腳地調戲她，如：

> 小娘子，有涼漿兒，覓些與小生吃波。（正旦唱）我是個採桑養蠶婦
> 女，休猜做鋤田送飯村姑。（秋胡云）這裡也無人，小娘子，你近前
> 來，我與你做個女婿，怕做什麼？（正旦怒科，唱）他酪子裡丟抹
> 娘一句，怎人模人樣，做出這等不君子，待何如？（秋胡云）小娘
> 子，左右這裡無人，我央及你咱：力田不如見少年，採桑不如嫁貴
> 郎，你隨順了我罷。（正旦云）這廝好無禮也！……（秋胡背云）不
> 動一動手不中。（做扯正旦科，云）小娘子，你隨順了我罷。（正旦
> 做推科，云）靠後！……（做叫科，云）沙三、王留、伴哥兒，都
> 來也波！（秋胡云）小娘子休要叫！（《秋胡戲妻》三折，卷四，頁
> 2560～2561）

更無行的是，他竟將魯君賜他養母的一餅黃金，拿來利誘佳人。他這樣的舉
動，不但對在家苦盼他的結髮妻子薄倖無情，更對含辛茹苦將他長養成人的
母親不孝。如：

> （秋胡背云）且慢者，這女子不肯，怎生是了？我隨身有一餅黃金，
> 是魯君賜與我侍養老母的，母親可也不知。常言道：財動人心。我

把這餅黃金與了這女子，他好歹隨順了我。（做取砌末見正旦科，云）
兀那娘子，你肯隨順了我，我與你這一餅黃金。（正旦背云）這弟子
孩兒無禮也！他如今將出一餅黃金來，我則除是恁般。兀那廝，你
早說有黃金不的？你過這壁兒來，我過那壁兒看人去。（秋胡云）他
肯了也。你看人去。（正旦做出門科，云）兀那禽獸，你聽者！可不
道男子見其金，易其過；女子見其金，不敢壞其志。那禽獸見人不
肯，將出黃金來，你道黃金這好用的！《秋胡戲妻》三折，卷四，
頁 2561）

羅梅英罵他禽獸，他真得做出禽獸不如的事，居然想將拒絕他挑逗的採桑女
殺了。待秋胡回家，發現採桑女就是他十年不見的結髮妻，他絕口不認有調
戲婦女事。如：

（做出門叫秋胡科，云）秋胡，你來！（秋胡云）梅英，你喚我做
什麼？（正旦云）你曾逗人家女人來麼？（秋胡背云）我決撒了也，
則除是這般。梅英，我幾曾逗人？（正旦唱）誰著你戲弄人家妻兒，
迤逗人家婆娘？據著你那愚濫荒唐，你怎消的那烏靴象簡，紫綬金
章？你博的個享富貴朝中棟樑，（帶云）我怎生養活你母親十年光景
也！（唱）你可不辱沒殺受貧窮堂上糟糠！我捱盡淒涼，熬盡情腸，
怎知道為一夜的情腸，卻教我受了那半世兒淒涼！《秋胡戲妻》四
折，卷四，頁 2565）

羅梅英失望極了，當年的「寒儒」果做了高官，但卻無品無行，枉費她十年
來堅心守志、侍養婆母。

　　且本劇的劇作家，剖露書生的負面形象，藉以突顯他所要描繪的重心，
那些真摯可愛的旦角們。

三、旦本劇「書生」形象的隱喻意涵

　　在以婚戀題材的旦本雜劇裡，劇作家所勾勒出的書生形象，大多是負面
的。這些負面形象的書生，大多出現在以男女婚戀為主題的雜劇裡。「好色」
是這些書生的通病，墻頭馬上、花園之內，乍見佳人，即神不附體。

　　但在元雜劇裡旦角的認知概念中，卻對「書生」予以另一種高評價的隱
喻映射（如圖 5-3-2）。劇作家賦予旦角的概念系統，是來自她們所讀的詩書，
亦即她們對「書生」的理解概念，是來自「傳統」的認知觀點。劇作家不讓

她們受太多的世俗影響，因其根深蒂固的傳統士大夫的觀點對儒業的肯定，相信「書中自有黃金屋」，書生能憑仗文章之力，一旦「貨與帝王家」，駟馬高車、五花官誥也隨之而來。

圖 5-3-2：書生在旦角眼中的隱喻映射

來　源　域	隱喻映射	目　標　域
以古人（事）為譬喻： 　李　白（詩、酒聞名，以其詩才為喻） 　潘　安（以其俊美為喻） 　司馬相如（以其詩賦及琴挑文君為喻）	⟹	秀才書生的特質： 文才 外貌 文采與多情

旦角眼中的書生，是旦角們以其文化經驗（書卷、大曲）而來的認知概念，足不出戶的閨閣小姐和閱人無數的上廳行首，她們都是具有文才的女子，她們對書生的認知與一般市井人物不同。在「書生的隱喻概念」裡，即以雜劇裡一般市井人物對書生的譏誚詞「窮酸餓醋」之隱喻概念為首要論題；再就雜劇文本裡從書生的空間移動，探究「書生」角色的寓意。

（一）「窮酸餓醋」隱喻概念映照下的書生形象

旦角身邊的「梅香」或「虔婆」（或嬤嬤），表現的是世俗（市井人物）對「書生」的認知觀點。她們稱書生為「窮秀才」，說他們酸氣衝天，《破窯記》的梅香、《牆頭馬上》的嬤嬤說他們是「窮酸餓醋」。《鴛鴦被》的李玉英小姐，罵他的冤家秀才張瑞卿是「酸丁」（三折，卷八，頁 5807）。這股酸臭味是針對秀才書生說的，一般的窮漢還配不上「酸」這種氣味呢！

「窮」可指一般生活困苦沒有經濟能力的人，雜劇中多稱之「窮廝」、「窮漢」，而這些人身上的氣味稱做「窮氣」，如《老生兒》中的張郎說：「那裡這麼一陣窮氣？我道是誰，原來是引孫這個窮弟子孩兒。你來做什麼？」（二折，卷四，頁 2202）「窮」是比較普遍的用詞，可以用在任何貧困的人身上，「酸」卻是秀才書生們的專利；「窮酸」是特用來指窮秀才、窮書生的詞彙。「窮酸餓醋」在元雜劇中也是特用來譏誚窮秀才、窮書生的。

「餓醋」是延伸自「窮酸」的譬喻概念：「窮」與「餓」是形容人的狀態（窮是外在的／餓是內在的）；「酸」和「醋」是用來比擬的譬喻詞具形容詞性，用腐敗的酸臭味來形容秀才的「才學」（思想／觀念）；「醋」亦取其醃酸氣味的特性來譬喻秀才「才學」（思想／觀念），兩者都是酸臭的氣味，可以

互相替代〔註33〕。「餓」是「窮」的諸多表象之一，在「窮酸餓醋」的譬喻中，成爲「窮」的代表，爲部分代全體的轉喻。「窮酸」並列了兩種狀態，屬於並列式合義複詞，屬於「A詞素＋B詞素→新義」的這一類；若意爲「窮秀才窮得發酸」，就屬於「謂語形式的結合式合義複詞」。「餓醋」的結構也是一樣，「窮酸餓醋」爲並列式詞組，在此結構下，「窮酸餓醋」是指窮秀才「又窮又滿肚子酸氣」（才學），爲「窮酸」＋「餓醋」並列的詞組。

1.「窮酸」之隱喻意涵

「窮酸」一詞，其中「酸」是食物隱喻，在這個譬喻裡有三種理解方式：(1)「食物」（思想／觀念）吃下肚，經胃腸消化後，因消化不良，胃液逆流，造成胃酸或呃出酸氣；(2)「食物」（思想／觀念），置久腐敗發出酸臭氣。(3)將「窮秀才」比做「酸」的食物；「酸」的食物會讓人「皺眉」；亦即從吃「酸」的「皺眉」舉動，延伸至其他嫌惡、輕蔑的心態可能有的「皺眉」舉動，將之譬喻爲「窮秀才」窮得令人「皺眉」（嫌惡／輕蔑）。但依下文提及「醋瓶子」的譬喻，得知「酸」主要是秀才們的「內容物」造成的，不是「秀才」本身，故第三種解釋，筆者在本文中略過。

據上面提到的第一、第二種解釋，「窮酸」是將「思想／觀念」當作是食物」來看待，其譬喻概念如下：

(1)「思想／觀念」是食物

在「窮酸」這個隱喻裡，將「思想／觀念」譬喻做食物。Lakoff & Johnson（1980）提及「觀念是食物」（IDEAS ARE FOOD）的隱喻概念〔註34〕，引了以下的例句爲證〔註35〕，如：

> All this paper has in it are raw facts, half-baked and warmed-over theories.（這整篇論文只有生的事實、半生不熟的觀念以及回鍋加熱的理論。）

> I just can't swallow that claim.
> （那個說法叫我嚥不下去。）→無法接受

〔註33〕下文提及「醋瓶子」即以「醋」代「酸」。

〔註34〕參見 Lakoff & Johnson（1980），周譯（2006），頁83～84。

〔註35〕參見 Lakoff & Johnson（1980），周譯（2006），頁83～84。「觀念是食物」〔註2〕（頁83），周譯除解說「觀念是食物」複合隱喻的形成過程外，並介紹蘇以文（I-wen Lily Su）由目前台灣日常用言中歸納出概念隱喻「思想是食物」的論述。

Let me stew over that for a while.

（我再燜一會兒。）→仔細回味／考量

He devoured the book.

（他狼吞虎嚥吃下了那本書。）→著迷似地看完

This is the meaty part of the paper.

（這是此文最有肉的部分。）→有料／內容豐富

That idea has been fermenting for years.

（那念頭／想法發酵多年。）→醞釀

在「觀念是食物」的隱喻概念下，就「食物」本身而言是有生、有熟、有硬、有軟、有各種滋味的；就處理食物或烹調食物的過程或方法有發酵、燉煮、回鍋加熱；而就「吃」的動作或狀態，有細嚼慢嚥、咀嚼、品味、狼吞虎嚥、囫圇吞棗……等。本文的「窮酸」是針對食物吃下後的消化反應而言。

　　上文的第一種解釋，將秀才書生們自書中汲取知識，譬喻做吃東西並消化的概念。在這個概念隱喻裡「書」成了裝載「知識／學問」的容器，自「書」中汲取「知識」，即從「容器」內拿出「內容物」——「思想／觀念」。「書」中的「知識」，即「書」中的「思想／觀念」，周師認為在這類譬喻中，有一個更為根本的隱喻：「觀念是物體」（IDEA IS OBJECTS）〔註36〕。在這個概念下，食物是裝在容器內的物體，取出食用，譬喻為秀才們自書中汲取「知識」（思想／觀念）；知識的吸收、學習的成效，好壞與否，以食物消化的狀況為譬喻。

　　「思想／觀念是食物」的譬喻概念是以「身體是容器」和「管道隱喻」為基礎形成的複合隱喻。筆者分述如下：

（2）容器隱喻

　　我們以身體和外物接觸，身體和外在世界有可感知的邊界存在，有「內」、「外」的分別，在此概念隱喻下，身體被視為一個容器。身體是容器，「身－心」之間存在著「整體－部分」的關係：「心／腦」是個容器。在「思想／觀念」是食物的譬喻概念裡，書（容器）中的知識（思想／觀念）是食物，當他被閱讀時，就像食物被吃下肚，即將「思想／觀念」由「書」這個「容器」中，移置到「身體－心／腦」（「整體－部分」之隱喻）另一個「容器」中。

〔註36〕參見 Lakoff & Johnson（1980）周譯，「觀念是食物」〔註2〕（2006），頁83。

（3）管道隱喻

「知識」（思想／觀念）進入身體，成為心靈的食物。「思想／觀念」像食物一樣被身體（心／腦）消化、吸收。在這個譬喻裡，食物（思想／觀念）是裝在容器（書）的物體，將食物（思想／觀念）從容器（書）拿出來「進入」到另一個容器（身體）裡，透過推出容器的過程，「思想／觀念」被傳遞到另一個容器裡，這是「管道隱喻」（The conduit metaphor）。

「觀念是食物」的隱喻概念，以「容器隱喻」和「管道隱喻」複合而成，筆者以圖 5-3-3 明示之：

圖 5-3-3：「觀念是食物」的隱喻概念

譬　喻　概　念	來　　源　　域	隱喻映射	目　　標　　域
思想／觀念是食物	閱讀書籍吸收知識像吃東西（食物）		讀書（吸收書中的思想／觀念）⇩
管道隱喻	將容器內的食物取出傳遞至另一個容器	⟹	將書中的思想／觀念取出放置在身體裡⇩
容器隱喻	食物進入胃腸內		置入心／腦中⇩
思想／觀念是食物：食物消化後的身體反應	胃腸將食物分解消化，消化不良呃出酸氣		心／腦接受知識訊息理解並儲存的情形：理解不當造成行為僵化

「窮酸」的第二種解釋，亦可解讀為「食物發酸的臭味」，即食物置放一段時間後，發酸散發出難聞臭氣。在這樣的理解下，「知識」（思想／觀念）是食物，本在書（容器）中，是「容器」內的「物體」，被取出後，將物體置入另一個容器（「身體－心／腦」）內，故又有「容器隱喻」和「管道隱喻」在其中。

在「窮酸」的三種解釋中，還是以第一種解釋為吃下肚的反應較佳，因元雜劇出場的書生們常說自己「幼習儒業，飽有文章」（竇天章語／《竇娥冤》楔子，卷一，頁 261），或者如蔡邕說王粲「滿腹文章」（《王粲登樓》一折，卷六，頁 3774）、王安道讚朱買臣「滿腹才學」（《漁樵記》楔子，卷九，頁 6404），從「飽」和「滿腹」的譬喻中可以看出，古人還是將文章才學視為「腹」中物的。

2.「酸」的譬喻延伸

《兩世姻緣》劇的虔婆，她為了趕走賴在她家不走的秀才韋皋，用功名

來激他，就用了「酸」的特質，來說書生的腹內物：

> （卜兒云）韋姐夫，不是我老婆子多言，你忒沒志氣。如今朝廷掛
> 榜招賢，選用人材，對門王大姐家張姐夫，間壁李二姐家趙姐夫，
> 都趕選登科去了，你還只在俺家纏。俺家愛你那些來？不過爲著這
> 個醋瓶子。不爭別人求了官來，對門間壁都有些酸辣氣味，只是俺
> 一家兒淡不剌的。知道的便說你沒志氣，不知道的還說俺家誤了你
> 的前程。（《兩世姻緣》一折，卷六，頁 4252～4253）

在這段賓白裡，據「窮酸餓醋」這個譬喻概念裡的「酸」味特質延伸出來的
譬喻有「醋瓶子」和「酸辣氣味」。其譬喻延伸方式如圖 5-3-4：

圖 5-3-4：「窮酸醋餓」之譬喻延伸關係

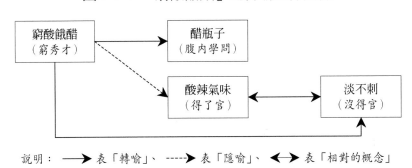

說明：　——▶ 表「轉喻」、　----▶ 表「隱喻」、　◀——▶ 表「相對的概念」

（1）書生是醋瓶子／內容物是醋

「醋瓶子」重點在瓶內的東西，瓶內的醋酸比做秀才書生的腹內物——
才學（思想／觀念）。此處是以「容器」代「內容物」的轉喻，如「冬天吃火
鍋眞是一大享受」〔註 37〕的說法，主要要吃的不是「鍋子」（容器），而是鍋
子裡的食物（內容物）。虔婆（卜兒）所言「不過爲著這個醋瓶子」指的也是
內容物，即韋皋的肚中的文墨（學問）。「醋瓶子」也是自「窮酸」的「酸」
延伸出來的轉喻。見圖 5-3-5「酸」的轉喻延伸：

〔註 37〕安可思（Ahrens, Kathleen）的轉喻分類中，將轉喻延伸分爲 A 類和 B 類，「容
　　　器代內容物」是轉喻延伸 B 類「分割化」中之例句。詳見 Ahrens, Kathleen. 1999.
　　　Mapping Image-Schemas and Translating Metaphors. In papers form The paper of
　　　the pacific Asia Conference on Language, Information and Computation. Taipei.
　　　Ahrens, K., Li-li Chang, Ke-jian Chen, Chu-ren Huang. 1998. Meaning
　　　Representation and Meaning Instantiation for Chinese Nominal's. In paper form
　　　Computational Linguistics and Chinese Language processing. Volume 3. No.1,
　　　p.45-65. Taipei.參見周譯（2006），頁 108〈中譯導讀〉表 10。

圖 5-3-5：「酸／醋」與「醋瓶子」之轉喻

轉　喻	容　器	借　代	內容物
物　體	醋瓶子	⟺	醋＝酸

（2）書生是酸黃菜

《兩世姻緣》劇第一折，虔婆除了提到「窮酸醋餓」、「醋瓶子」、「酸辣氣味」和與之相對的「淡不剌」外，在出場時的自報家門後，介紹她的女兒韓玉簫，用了這樣敘述：

> 我這女兒吹彈歌舞，書畫琴橫，無不精妙。更是風流旖旎，機巧聰明，但是見他的郎君，無一個不愛的。只是孩兒有一件病，生性兒好吃口酸黃菜。如今伴著一個秀才，是西川成都人，好不纏的火熱！
>
> （《兩世姻緣》一折，卷六，頁 4249）

劇作家喬吉在虔婆的賓白裡，善於用各種食物氣味作隱喻，虔婆說女兒愛吃「酸黃菜」，隨後接著「秀才」，這是在「窮酸醋餓」的隱喻概念之下的延伸譬喻，「秀才」跟「酸」的食物氣味有文化上的隱喻關聯，「酸黃菜」在這個隱喻系統裡和「秀才」劃上了等號。虔婆又藉成都人嗜辣的食物癖好，以「火熱」一詞雙關，字面意思是因其嗜辣而渾身感覺火熱，底層意涵是指女兒和秀才的關係「火熱」——倆人在熱戀之中。這些由虔婆口中道出的「窮酸醋餓」及其他相關的「酸」味描述，它們在元雜劇的隱喻系統中具有整體相合性。

（3）書生得官有酸辣氣味

「酸＋辣」是得官的人的氣味，「酸」與前面的「酸瓶子」一樣，指的還是讀書人的知識（是食物）；因為做了官，多了「辣」味。「辣」味是會「嗆人」的，做了官，人前人後，威風得意，相對於平常百姓，尤其是同為秀才卻未及第者，心理的感受除了羨慕，更多的應是「不好受」的妒嫉；在此用「辣」味做譬喻。「淡不剌」〔註38〕主要在「淡」，口味的濃淡是相對的；因

〔註38〕據《兩世姻緣》一折〔註19〕：「淡不剌：飯菜缺少調料，沒有滋味。不剌，附加於形容詞後邊，含有不以為然厭嫌的感情色彩。」（卷六，頁4255）

為對門、間壁若都得了官，相形之下他們家就輸了陣，面子上掛不住。「辣」味是較濃重的口味，相對於濃重的「辣」味，自然他家就顯得「淡不刺」的。「酸辣氣味」和「淡不刺」是在上下文中相對的譬喻，是從「醋瓶子」即「窮酸餓醋」延伸出來的譬喻，虔婆在劇中話裡帶刺的想用來趕走窮秀才。

「秀才」獲致「官位」，代表的意義是「才學」＋「榮顯」。此時「官位」被視為容器，容器內的主要內容物是「才學」和「榮顯」。而「才學」如前所述，在「思想／觀念是食物」的譬喻概念下，它是屬於發出「酸」味的食物；由「才學」是「酸」的食物的譬喻概念下延伸，自「才學」受肯定而得來的「官位」的另一個內容物「榮顯」，它的滋味是以旁人的感受為依歸，令人發嗆的「辣」味，做為對他人「榮顯」的妒怨，看到本同為秀才的他人得官歸來，就像嘗到辛辣的食物般的嗆鼻難受。在食物的口味中，「酸」可以是食材本身所致，而「辣」大部分是加入了佐料；用於對「酸辣氣味」的譬喻理解：「酸」是食物本身的味道，「辣」是調配的佐料，即「才學」是秀才本身的能耐，「榮顯」是對「才學」的肯定的報償。其隱喻映射參見圖 5-3-6：

圖 5-3-6：秀才獲致官位的隱喻映射

來　源　域	隱喻映射	目　標　域
食物氣味： 酸 辣	⟹	秀才獲致官位： 才學（思想／觀念） 榮顯

（二）空間移動隱喻概念映照下的書生形象

書生在元雜劇裡常自一個空間轉另一個空間，本文擬從空間與空間的移動來看「書生」的寓意。

在古代社會，大多數的人是生於斯、長於斯，甚至老死在家鄉，都不曾離開過的，除非遇上戰亂（如《趙禮讓肥》劇）或荒年（如《合同文字》劇），不然是離不開孕育他的土地——家鄉的。在這樣的社會狀態下，大約只有兩種人會離開家鄉：書生及商人。書生赴考、商人重利，他們是少數要遠離家鄉的人。尤其是書生，一旦得第，官宦生涯，更是身不由己地不斷遷徙（如《青衫淚》）。

1. 大小容器的轉換

旦本劇中的書生離家赴考，多半會在途中就親或是訪友。他們從家鄉出

發，是出自自發性的離開生長的家鄉（容器），途經友人家或至未婚妻家就親，都會一時意亂情迷，陷入溫柔鄉忘了當初離家的目的，進入一個兩人世界的狹隘空間──另一個小容器裡。溫柔鄉待久了，消磨志氣，多半是不願離開的，要從私密的兩人世界裡走出來，是要有外力的逼使。通常是友人好意裝神弄鬼嚇走他，如《竹塢聽琴》、《紅梨花》；或是女方母親的間阻，如《東墻記》、《西廂記》、《㑳梅香》、《倩女離魂》、《兩世姻緣》、《玉梳記》、《雲窗夢》等。從溫柔鄉這個狹小的容器中，驅趕出來後，往京城這個大空間去上朝取應。功名成就後，書生會回到「溫柔鄉」接走容器內的小姐。如圖 5-3-7：

圖 5-3-7：書生的空間移動

家　鄉	溫　柔　鄉	京城（上朝取應）
離　開 自發性　→	就親（未婚妻） 訪友（遇名妓／未婚妻）　→ 　　←	離　開 被　動 回　還

如《東墻記》的馬文輔，自家鄉（容器）而來就親，困在與董秀英一墻之隔的鄰舍（小容器），自墻外窺探墻內的董秀英，陷入不能自拔的相思之中，迷戀到甚至向婢女下跪以求事諧。老夫人發現了，急配了兩人，仍要求他去應舉得官再回來與董秀英團聚，迫使他從「溫柔鄉」離開，他向老夫人誇耀才學，說自己必能登第。上朝取應（大容器）果然中舉為官的馬文輔，回董家（小容器）與小姐夫婦團圓。在大小容器的轉換中，書生是自發性地離開家鄉（容器）的，卻陷入男女情愛的溫柔鄉之中（女方家／友人家），從小容器（女方家／友人家）出來是被動的，受到外力逼使（老夫人／鬼魂作祟事）而離開；在京城（大容器）取應得官，自發性地離開，回還小容器（女方家／友人家），娶得佳人。在空間移動上，只有從小容器內出來是被迫的，其他的空間轉移，書生是自由且自發性的活動著。

2. 容器的高低轉換所映射的身分轉換

就空間容器轉喻書生的境遇的，如《破窰記》劇，旦角劉月娥曾說道：

> 學劍攻書折桂郎，有一日開選場，半間兒書舍都換做都堂……平地
> 一聲雷振響；朝為田舍郎，暮登天子堂，可不道寒門生將相。（王實
> 甫《破窰記》一折，卷三，頁 2132）

劇作家所謂「書舍」換做「都堂」，是透過空間格局的轉換隱喻人生境遇的轉換。書生的空間移動從「田舍」的居處空間，轉喻居於該空間者應有的身份地位──「田舍」的居處空間，轉喻居於該空間者應有的身份地位──「田舍郎」；而「天子堂」亦以其所居的空間轉喻其身份地位──朝廷大臣。「田舍」的生命格局與空間是不如「天子堂」的開闊的。《倩女離魂》的張倩女也曾說道：「據胸次，那英豪；論人物，更清高。他管跳出黃塵，走上青霄。」（一折，卷六，頁 3829）倩女口中的「黃塵」是書生未第前的生活空間，「青霄」是得第的仕路發展。以塵土隱喻塵俗、塵世，即同於一般販夫走卒的居處空間，與「青霄」對比，「青霄」是高高在上的，「黃塵」是一般大眾生活的平面空間，與「青霄」相較之下，它是處於下方的位置。在劇作家認知概念裡，在上位就是好的（在方位隱喻概念中「好在上」是與之相合的概念）、同於眾人就是平凡，如「黃塵」是普通的生活空間。旦角是肯定書生的才華的，認為書生空間移動的方向性，一定是由下往上的。

本文第四章第三節討論末本劇的「仕隱」主題時，其中有「官場是容器」的隱喻概念。仕宦思想下的「官場是容器」不重在容器空間的轉換，而重在容器內液體的狀況，人在官場的升遷、貶謫，就如同物體在容器空間內隨著液體而升沈；還重在往容器內移動的方向性，由下往上移動。因劇作家在末本劇中，從儒生的視點出發：儒生未做官時的努力苦讀是為了往「上」發展，故而由下往上的移動方向是映射儒生們的奮發向上；而得第做官後，儒生們不但改換了身份，而且是身處官場容器之內，容器內的物體（儒生）對於容器內液體的升降，感受自然深刻。旦本劇旦角是外在於官場容器的，劇作家藉她們從另一個視點看容器內的書生，看到的只是他們在容器之間的轉換──身份、社會地位的改變。末、旦本劇對於官場容器和書生之間的隱喻，採取了不同的角度攝取，正符合了彼此於故事劇情中不同的角色扮演──當事人與旁觀者。

3. 遷徙之間的「管道隱喻」

書生們自家鄉這個容器內出來，帶著進取功名之心出發，有的還有成就父母定下的親事的使命在（雜劇用「就親」一辭）。遇上佳人陷溺於另一個容器──「溫柔鄉」中不可自拔，在外力的驅使下離開，也依然背負功名與婚姻的重大使命在身上，而不可不履行的責任感比離開第一個容器（家鄉）時更強烈。書生在容器與容器的移動間，成為功名與婚姻的載符；從一個容器

出來到另一個容器，又轉至另一個容器，書生背負的載體都相同。如《紅梨花》裡太守劉公弼就是這樣看待身爲「秀才」的好友趙汝州的，「秀才」書生是應該留心功名的而不該留戀花酒；他設計驅使趙汝州離開溫柔鄉去應試，當趙汝州一舉得官後，才將謝金蓮獻出，成就兩人的婚姻。又如前文所舉《㑳梅香》的裴夫人也是視「書生」爲功名與婚姻的載符〔註39〕；裴夫人認爲「書生」背負的載體應是功名與婚姻，先有功名再有婚姻，兩者落實了才不枉「書生」這個「符號具」。因此，在容器與容器的遷徙之間，運用的是「管道隱喻」傳遞同一的訊息給觀眾：「書中自有黃金屋，書中自有顏如玉」。如《竹塢聽琴》的書生秦脩然上場詩所言：

> 少小爲文便有名，如今挾策上西京。不知若個豪門女，親把絲鞭遞
> 小生。（石子章《竹塢聽琴》，卷五，頁3312）

進取功名的書生，尚未及第便早已設想得第後可能接踵而來的婚姻；而及第的狀元，豪門高第的聯姻也是意料中事，如在前面第一節「關於「婚姻」的幾個模式」（婚姻與功名）所討論的，尤以屬於「良家婚姻與功名」裡「西廂」模式的雜劇，女方母親（老夫人）要求書生去應舉，登第之後再來娶小姐；或是「良賤婚姻與功名」裡虔婆間阻，上廳行首們以頭面首飾換取盤費資助書生前去取應，書生得第後以縣君夫人回報她們的情義。在婚戀劇裡的，這樣的訊息最爲清楚：功名與婚姻是息息相關的，能同時成就兩者的，就是讀書進取。

本節以上的論述顯示；元人雜劇的婚戀劇中，男女雙方的社會地位落差極大。女主角不是名門淑媛，便是上廳行首〔註40〕；男的多半是旁人眼中「窮酸餓醋」的窮秀才，不然就是時運乖違的官吏。女子在雜劇中的地位提高，劇作家給予旦角聰慧、多感，才情、外貌兼具的形象，又有著不同於流俗的敏銳眼光；並且透過她們，渲染秀才書生的才學與前程，提升「寒儒」的社會地位。

「寒儒」是具有褒意色彩的詞，「窮秀才」是雜劇中常用具貶意的詞彙；它們和「書生」意涵相近，但在詞彙的情感色彩上是相對的。女主角們口中

〔註39〕 裴夫人曾教訓白敏中道：「呸！小後生家，不存心於功名，卻向那女色上留心，我看你再有什麼臉見我來！」（《㑳梅香》三折，卷六，頁3757）

〔註40〕 么書儀說明：「元雜劇中的上廳行首都是非同一般的，她們都被寫成是有相當高的文化素養、能詩詞、會彈唱、談吐文雅、內心豐富而細膩的女子，與大家閨秀形象近似。或者說，作家是按照閨閣女子的面貌來塑造這些妓女的。」詳見〈愛情劇與元代婦女、儒生的社會地位〉（1997），頁39。

的「寒儒」，是丫頭和虔婆們輕蔑不屑的「窮秀才」。小姐們對於「寒儒」，除了「才」的要求，還有「貌」的要求；「寒儒」對佳人的要求也是如此。元雜劇的書生想要的，已不是純粹外貌的欣賞。外貌是一見鍾情的根源，但才情是使兩情雖年深月久卻彌堅的基礎。元雜劇的書生想要的妻子，是能與之共論詩文的伴侶，從這一點看來女性在元雜劇兩性婚姻關係裡的地位大為提高。

第四節　圓滿要求下的變形

　　為了「圓滿」的結局，合乎市井小民的期待，在旦本劇中對公理、正義有一些明顯的扭曲和變形；由這些扭曲和變形之中，也可以看出在一般百姓心中的「常理」，應是什麼樣的一種狀態。以下將分「和諧框架中的女性犧牲」與「圓滿下的雙重道德標準」來進行分析。

一、和諧框架中的女性犧牲

　　「以和為貴」是中國人的處世態度，也是在解決家庭糾紛時常用的理由，為了家庭的和諧，妻子通常會原諒丈夫的背叛（遇上丈夫娶小妾，做妻子要能容，最後弄得氣死自己的像《還牢末》的大妻蕭氏，或像《貨郎旦》的大婦劉氏，這種夫娶小妾的行為在傳統中國社會裡其實不算是男人的「背叛」）。本文提到的「背叛」是像《爭報恩》、《村樂堂》那樣，一心在小妾身上，對結髮妻的不信任，且陷妻子於牢獄；以及像《臨江驛》那樣一心想除掉結髮妻的狠毒。這些背叛者對元配是毫無情義可言的，但是元雜劇裡的婦女通常會和自己的無情夫婿和解，甚至會扭曲自己的性格以維持和諧關係。本文分別就「無條件諒解無情夫婿」及「扭曲性格下的和諧關係」來說明為了「和諧」必須付出的代價。

（一）無條件諒解無情夫婿

　　無名氏《爭報恩》劇中趙通判信著丁都管和二夫人王臘梅撥弄，告自己的夫人因姦情被揭發殺傷丈夫。面對丈夫的冤枉，真相大白時，眾人相勸，要李千嬌原諒無情義的丈夫，其手段竟是以親生兒女相脅。

　　李千嬌被冤枉時，丈夫百般不留情的要求濟州知府鄭公弼審理此案，知府本因是家務事而不願審理，趙通判執意要告，知府認為與其讓他到別處告，

不如在本地告，才受理這件案子。不過知府一旦受理後，又顯得太過激進，為求結案不斷嚴刑逼供。受盡官司拷打，李千嬌暈死過去，知府居然打她的孩兒，讓小孩的哭聲喚醒幾近昏死的她；做丈夫的竟鐵石心腸，不但不顧結髮多年的情誼，連自己的親生兒女也可以不管，兀自躲在家中等判決結果。倒是搽旦王臘梅平日和丁都管有私情，曾被李千嬌叨唸幾句，這時找到了報復的機會，站在一旁冷言冷語地奚落她，並且揚言會虐待她的兒女：

> （搽旦云）好麼，只說獐過鹿過，可不說麂過。每日則捏舌頭說別
> 人，今日可是你還不羞死了哩！毛、毛、毛。……（搽旦云）相公，
> 這一雙兒女，我領將家去罷。呸！不識羞的狗骨頭。這個是你的兒，
> 你的女，惱了我，搧你那弟子孩兒。……你這一雙兒女，就抬舉的
> 成人長大，也是個不成器的。等到家我慢慢的結果他。（《爭報恩》
> 四折，卷九，頁6553～6554）

李千嬌被誣害，綁赴法場明正典刑，先後受她恩惠與她結拜的關勝、徐寧、花榮為報恩，劫了法場。將李千嬌和她的兩個孩兒救上梁山，還將趙通判、丁都管和王臘梅都拿住，也解上山去。恩怨分明的梁山好漢花榮，居然勸她饒了趙通判，李千嬌不肯，花榮竟威脅要摔殺她的兩個孩兒，如：

> （花榮云）姐姐，你認了俺姐夫者。（正旦云）我至死也不認他。（花
> 榮云）姐姐，你真個不認他，我將這兩個小的，都丟在澗裡去。【側
> 磚兒】只見他揎拳揎袖，生情發意，將兩個小業種領窩來提，我這
> 裡急慌忙那身起，大走到向他根底。【竹枝歌】好說話將孩兒放了，
> 只當不的他打甕墩盆喬樣勢。我主意兒不認這負心賊，您三人直嚇
> 的俺兩個做夫妻。蹺蹊，這關節兒到來的疾。（花榮云）將小廝丟在
> 澗裡去。（正旦云）住、住、住，休摔殺孩兒，我認則便了也。（《爭
> 報恩》四折，卷九，頁6564～6565）

花榮的舉動，逼使氣憤難平的李千嬌，不得不原諒那個無情無義的丈夫。結局是由宋江下斷，他把落井下石的丁都管和心地毒辣的王臘梅碎屍萬段，卻將始作俑者，疑妻夥同奸夫殺人而陷妻於囹圄，差點害妻子屈死的趙通判無罪處理，只為了維持一個家庭的團圓。

戲劇中的公理正義，迎合市井小民的團圓心態。「家和萬事興」——「以和為貴」的人生態度，「圓滿」地結束了一個家庭的劇變與絕裂。

另一本與《爭報恩》有相同情節的，是末本劇無名氏的《村樂堂》劇：

一樣是一位官大人（王同知）娶有大夫人、小夫人。小夫人王臘梅和大夫人的陪嫁王六斤有染，想下藥毒死同知大人，不成，卻賴給大夫人張氏。做丈夫的狠心告大夫人，讓大夫人身陷牢獄，小夫人和都管王六斤也被懺古的令史帶去問話。王同知卻爲怕小夫人受委屈，急得用一餅金要支轉令史張本，被張本將金封記在罐中，要往上司告。同知怕官位難保，叫大夫人去求她父親海門張仲，認下了這餅金，說是他賄賂的。大夫人張氏只曉得維護丈夫的官位，卻不惜斷送父親一生的清譽。她父親致仕閑居，臨老名聲不保，若非遇上清官，知道他是施仁重義，認送金回護姻親，並未將其定罪，還讓王同知復還舊職，還說大夫人恭順賢達。將有罪的王六斤和王臘梅明正典刑，了結了這樁公事。

同樣也是以「和」爲收結，爲了「家和」：大夫人張氏不計較丈夫的無情陷她入獄；岳父張仲爲祖護小妾的女婿，認了送金之事，自毀清譽；府尹斷案，知道張老爲護婿認送金，居然也不計較王同知的罪，讓他官復原職，還讚譽出賣父親的女兒恭順賢達。做妻子的、做岳父的，爲了家庭和諧，做出的犧牲，是可以理解的；但連做官的都在法、理、情的考量上，以「情」爲先，那眞是合乎了市井小民心理的期盼——「情理」最大。若論及「情」、「理」的先後順序，則又是「情」在前、「理」在後，「情」是凡事應該第一優先考慮的。

《村樂堂》是末本劇對大夫人張氏的心理狀態未多加著墨，《爭報恩》是旦本劇，對李千嬌的心態情緒有較細膩的描繪。她對花榮說道「自到官來當日，我便與他沒面皮。」（四折，卷九，頁6564）意謂從丈夫接她見官的那日起，她和他就沒什麼夫妻情面可言了。這是比較合理的反應，對一個欲致她於死地的人，還有什麼可眷戀的呢？爲她長養兒女竟得到這樣無情的對待。但在花榮威脅下原諒了丈夫，宋江下斷後，李千嬌卻做了這樣大團圓的收結：

【隨尾】謝得你梁山泊上多忠義，救了咱重生在世。若不是您好弟
　　兄再三央，怎能勾我歹夫妻依舊美？（《爭報恩》四折，卷九，頁
　　6565）

這樣的結語，是爲了歌頌梁山泊兄弟的忠義，他們的義氣不只對哥兒們，就是一個小女子，若對他們有恩他們也是會「言必信，行必果」地回報的，他

們不會因性別而增減他們的義氣。閨閣中的李千嬌只要手勢抬高些〔註 41〕，就是助人的功德了，獲得的回報卻是重生。在梁山泊弟兄們這樣兩肋插刀地義助下，若夫妻兒女無法完聚，功德似乎不夠圓滿。市井小民們覺得「送佛要送上天，好人要做到底」，這樣讓人家一家完滿，才算是大大的功德，所以在梁山泊好漢的勸解下「歹夫妻依舊美」才合乎大團圓的結局。但「依舊美？」嫌隙應還在當事人的心中，可以肯定的是夫妻兩人少了第三者——「小夫人」，而且就趙通判虧欠李千嬌的情形看來，也應當不會有另一個「小夫人」了（很難說喲，人心是善變的）。不過宋江下斷的「詞云」中說的「四口兒寧家住夫婦團圓」來看，元雜劇作家認為夫婦兩人加上一雙兒女，是大團圓的最佳典範。

對無情夫婿的和解，是《爭報恩》的李千嬌和《村樂堂》的張氏面對生活多年的丈夫的殘酷傷害，一旦真相大白時，為了家庭和諧會選擇的方式。張氏妥協的過程，因是末本劇並未交待，令史判張氏無罪收押了小夫人，王同知即帶張氏去求岳父幫忙為他的認罪。張氏在劇中一點脾氣性格也沒，被冤枉也沒辯解，連令史的審案過程中，也無她的賓白科介，只到求她父親幫忙時，才像敘述旁人的事一樣，將自己被冤枉下獄和丈夫為救小夫人送金事一一告知父親。而李千嬌的妥協是外力的逼使——花榮以她孩兒的性命要脅。家庭和諧的代價，是這兩個受冤屈的女子，要不計前嫌地原諒一心只在小夫人身上的無情丈夫。

（二）扭曲性格下的和諧關係

在元雜劇要求夫妻和諧關係的維持下，更變形扭曲的是楊顯之的《臨江驛》，張翠鸞性格的可怕變化。筆者以「帶來災禍的親眷——『父親』角色」及「『夫人』或『丫頭』——名實的堅持與爭奪」來分析張翠鸞的性格。

1.帶來災禍的親眷——「父親」角色

張翠鸞本是一受命運擺弄的可憐女子，為她帶來災禍的是她身邊的親眷。先是她執拗的父親，為趕赴江州歇馬急著要渡淮河，排岸司請他祭過淮河神靈，請示過神靈後才能開船。她的父親張天覺卻認為他是國家正臣，淮河是國家正神，何必祭祂？不聽女兒及旁人勸告執意開船。果然浪起船翻，

〔註41〕「手勢抬高」是閩語的口語，即「高抬貴手」，得饒人處且饒人之意。在口語中以手往高處提起（向上）的動作，代表放人一馬，做好事積陰德之謂。這又與隱喻概念中方位隱喻裡「上」是好的隱喻概念相合。

急於趕往江州的張天覺獲救後，又無暇尋女，造成父女失敗。這是第一個替翠鸞帶來災禍的親眷——父親張天覺；他讓本是官家小姐的張翠鸞刹那間飄零無依。

第二個替她帶來災禍的是她的恩人——義父崔文遠。在淮河邊打漁的崔文遠，將尋不著父親無處可歸的翠鸞認為義女，帶回家中。崔文遠因侄兒崔甸士進取功名路經門首前來拜辭，想崔甸士有文才，以後必然為官，就將翠鸞許配給他的嫡親侄兒。如其言：「老夫偌大年紀，止有這個女孩兒。我見你堂堂人物，聰慧風流，久以後必然為官。我要招你為婿，久後送老漢入土，也有些光彩。」（一折，卷四，頁 2648）他貪圖死後的光彩，倉促間配合他們。翠鸞想到婚姻大事應由父母做主，就想到了至今生死未卜的父親，不由地哭了起來，如：

> 【醉中天】才救出淮河口，又送上楚峰頭。（做背哭科云）俺那父親呵，（唱）生死茫茫未可求，怎便待通媒媾。（李老云）我兒，你怎麼不答應我一句兒？姻緣姻緣，事非偶然，我也須不誤了你。（正旦唱）雖然姻緣不偶，我可一言難就，有多少雨泣雲愁！（李老云）我兒，這個是喜事，怎麼倒哭起來？快不要這等。我看的那侄兒滿腹文章，一定是做官的，故此將你許配了他。常言道：女大不中留。你見那家女孩兒養老在家裡的？你只依著我，就今日兩邊行一個禮，承認了罷。（《臨江驛》一折，卷四，頁 2648）

在崔老的勸說下，她還是順從了安排，畢竟對方是個儒生，若是為官，也不辱沒她官家小姐的身份。

這兩人都是張翠鸞最親近的人，一個為她帶來溺水流離之禍，一個為她帶來狼心狗肺的負心漢；而直接讓她受害的卻是她的性格。

2.「夫人」或「丫頭」——名實的堅持與爭奪

張翠鸞本性情溫順，一再聽任父親、義父的安排行事，卻一再為自己招致禍害。經過三年的漫長等待，因義父崔老的交待，才動身到秦川尋找據說已任縣令的夫婿，至此她也還是順從父（親父／義父）命的。到了秦川請人入內報復時，稱自己為「夫人」，這是她的官家小姐情性使然，對身份地位的驕矜。這也是義父為她婚配時畫下的願景：「侄兒，則願你早早成名，帶挈我翠鸞孩兒做個夫人縣君也。」（一折，卷四，頁 2649）她一聽袛從人說「俺相公自有夫人」，張翠鸞完全明白了崔甸士何以得官後依舊無消息的緣故了，但

她卻非常堅持自己的「夫人」身份：

> （云）哥哥，你只與我通報一聲。（祗從報科，云）告的相公知道，
> 門首有夫人到了也。（搽旦云）兀那廝，你說什麼哩？（祗從云）有
> 相公的夫人在於門首。（搽旦云）他是夫人，我是使女？（《臨江驛》
> 二折，卷四，頁 2654）

氣得內堂的試官女——崔甸士別娶的「夫人」，以反義詞「使女」反問祗從；因「夫人」這個名號，已是她的專有名詞，是不能分享的，又蹦出一個以「夫人」為名的人威脅到她的專有地位——獨一性。張翠鸞沒考慮到崔甸士的身份已大不相同，一見面就明知故問地質問他得官為何不派人來接她，另一個頂著「夫人」頭銜的人也破口大罵。崔甸士為安撫「夫人」真個不顧情面地對付張翠鸞，如：

> （崔甸士云）左右，你道他真個是夫人那？不與我拿翻，不與我洗
> 剝，不與我著實打，你須看我老爺的手段，著你一個個充軍！（連
> 做拍案，祗從拿倒，打科）……你要乞個罪名麼？這個有。左右，
> 將他臉上刺著「逃奴」二字，解往沙門島去者。（《臨江驛》二折，
> 卷四，頁 2654～2655）

「拿翻」／「洗剝」／「著實打」都是崔甸士為了讓「夫人」確定自己的地位，確知翠鸞不是「夫人」的手段。更甚的是翠鸞要正其「夫人」之名與實，崔甸士卻將她冠以「逃奴」之名；為了穩固現今的地位官聲，他真的做到翻臉無情的地步，說不認就不認。連「夫人」也有些動搖了，要留她做「丫頭」，崔甸士還是抵死不認，如：

> （搽旦云）相公，莫非是你的前妻？敢不中麼？不如留他在家，做
> 個使用丫頭，也省得人談論。（崔甸士云）夫人不要多心，我那裡有
> 前妻來？（《臨江驛》二折，卷四，頁 2656）

張翠鸞的官家小姐脾氣，讓她吃盡了苦頭，不但被毒打被刺字，解送到沙門島的路上更是備賞艱辛。當原本溫順的張翠鸞，堅持自己的身份地招致禍害，在臨江驛遇上了失散的廉訪使父親，有了仗恃，她氣焰熾張，對她父親說她要親自領著祗從去拿崔通（崔甸士），方才出得了胸中的怨氣。她一見崔通果然囂張地命人剝去他的冠帶，將他鎖了起來，無行的崔通這時才提到夫妻情份，如：

> （崔甸士云）小娘子，可憐見！可不道「夫乃婦之天」也。（正旦唱）

【快活三】我揪將來似死狗牽，兀的不「夫乃婦之天」？任憑你心
能機變口能言，（帶云）去來，（唱）到俺老相公行說方便。（崔甸士
云）我早知道是廉訪使大人的小姐，認他做夫人可不好也！（《臨江
驛》四折，卷四，頁 2666）

翠鸞將他披枷帶鎖，像拖拉死狗般對待，報復他的毒打和刺字。這時，崔通
像當初拋棄她娶試官女的心態一樣，早知她是大官的女兒，當初應認她當「夫
人」。

受盡屈辱的翠鸞，看在救命恩人崔文遠（崔通之伯父）的面上，勸父親
饒了崔通，與一心想殺害她的崔通重做夫妻，但翠鸞居然想要在試官之女（搽
旦）臉上刺字，如：

（正旦云）這是孩兒終身之事，也曾想來，若殺了崔通，難道好教
孩兒又招一個？只是把他那婦人臉上也刺「潑婦」兩字，打做梅香，
伏侍我便了。（《臨江驛》四折，卷四，頁 2668）

當初在她臉上刺「逃奴」的，是狼心狗肺的崔甸士，若要還報，應是衝著崔
甸士，她卻將怨氣仇恨，一股腦地全算在「夫人」——試官女的身上。還是
她父親張天覺明理些，但仍舊做了對試官女不公平的處置：「那婦人也看他父
親趙禮部的面上，饒了刺字，只打做梅香，伏侍小姐。」（四折，卷四，頁 2668）
本是高高在上、獨一無二的「夫人」，因翠鸞的出現居然眞的成了她之前反問
祗從的「使女」——「梅香」了。也無怪試官之女會哭著說：

（搽旦哭云）一般的父親，一般的做官，偏他這等威勢，俺父親一
些兒救我不得。我老實說，梅香便梅香，也須是個通房。要獨占老
公，這個不許你的。（《臨江驛》四折，卷四，頁 2668）

「夫人」雖然轉到了翠鸞的身上，但在實質上卻非獨一無二的，她這個「夫
人」是要和「梅香」（試官女）共事一夫的。在雜劇裡對試官女和張翠鸞有著
明顯失衡的不平對待，如：試官女在懷疑若翠鸞眞的是丈夫的前妻時，考慮
到旁人的議論，提議崔甸士將她留在府裡做個使用「丫頭」；但翠鸞的父親竟
只爲「潑婦」的罪名，就要讓她和崔甸士一起在大街上問斬，而崔甸士爲了
脫罪，說他情願休了試官女，和翠鸞重做夫妻，他的伯父崔老也做這樣的提
議。結果是依官位較大的張天覺的決斷，讓她做個「梅香」。她也算是個無辜
的受害人，當初是崔甸士跟她的試官父親說他「無婚」的，在翠鸞找上門時，
是崔甸士爲圓謊而拷打翠鸞，將她刺字發配的。雖然劇作家的筆下，對翠鸞

和試官女的處境有不公平的對待，但在「夫人」的名實分配下，翠鸞佔不了多大的便宜，但是無論如何，受益最大的是崔甸士。

在這場爭奪夫婿的爭執中，父親官職大小，竟成了決定勝負的籌碼。崔通爲了官位，娶了試官之女；爲保官位，要追殺張翠鸞。等翠鸞尋回高官親父，崔通爲了活命、爲了官位，再一次棄了妻子（試官女）。女主角父親官做得大不大，成了兩個女人之間「夫人」？或是「丫頭」？名實歸屬的關鍵。

在「帶來災禍的親眷──『父親』角色」，張翠鸞呈現的是溫順的性格，聽從「父」命，是她一直以來的慣性作風；在「『夫人』或『丫頭』──名實的堅持與爭奪」中，她展現的是官家小姐對其身份的執著，繼一連串的苦刑和折磨後，她與生父重逢，又攀回了上階層的身份和地位，她氣勢洶洶地要教訓薄情郎，性格扭曲變形，既將負心漢當死狗般拽，當父親要將崔甸士和他的「夫人」押赴通衢問斬時，她面無表情。當義父上場，第一次勸她饒了崔甸士時，她說「他是我今世仇家宿世裡冤，恨不的生把頭來獻。」一副不剁了崔甸士不罷休的模樣；但當義父第二次勸她時，她卻一下子轉了態度，理由竟只是怕恩人怨恨她，且馬上引義父見生父，改勸父親看在恩人面上，饒了崔甸士。但又妒恨地要將那個「夫人」也面上刺字，還是「潑婦」二字。心境態度倏地轉變，是否正好符合了她一向聽從「父」命的溫順本性？還是她執拗、專橫的性格被包覆在溫順的表象之內，只爲了「夫人」的頭銜，她可以諸事忍讓？夫妻關係的和諧，是爲了得嚐勝利的果實？

二、圓滿下的雙重道德標準

另一本《秋胡戲妻》也是論及夫妻關係的維持的，劇裡有兩個覬覦他人妻女的無賴角色一個是農家李大戶（淨扮），一個是一躍龍門身價百倍的書生（正末扮）秋胡；前者是明的，可稱爲顯性無賴，後者是暗的，可稱爲隱性無賴，但結局呈現了爲達到圓滿收場，而採用了明顯殊異的道德標準。

（一）李大戶調戲人妻的慘痛代價

《秋胡戲妻》劇的頭號顯性的大無賴是李大戶。李大戶諸事順遂，只是少了漂亮老婆替他撐門面，如其言：

> 家中有錢財，有糧食，有田土，有金銀，有寶鈔，則少一個標標致致的老婆。單是這件，好生沒興。我在這本村裡做著個大戶，四村

上下人家，都是少欠我錢鈔糧食的，倒被他笑我空有錢無個好媳婦，

怎生吃的他過！（《秋胡戲妻》二折，卷四，頁 2551）

他想老婆想得到處動腦筋，動到了秋胡之妻羅梅英的身上，原因很單純：第
一、羅梅英符合他「標標致致的老婆」的想望；第二、她的丈夫秋胡從軍去
了，十年未歸；第三、她的父親羅大戶本是財主，破敗成了窮漢，欠他四
十石糧食。光是第一、第二點就讓他垂涎了，加上第三點的助力，李大戶認
為成功可期。

　　一個光棍想娶老婆是很天經地義的，而且找上一個丈夫十年未歸的美貌
婦人，好像也理所當然，至少他沒去動那些丈夫在身邊的美貌婦人的念頭，
是羅梅英自身的處境讓她惹上這樣難堪的事來。只是李大戶居然看上了個貞
節烈女，才讓李大戶不但娶不到佳人，還倒賠了家產。

　　李大戶的無賴性格，是他出師不利的原因之一（主因是羅梅英的強烈道
德觀）。他先騙羅大戶他的女婿秋胡在軍中吃豆腐瀉死了（這個好笑的理由是
配合劇情打諢用的），再以羅大戶欠他四十石的糧食為要脅，要他將女兒改嫁
給他。李大戶的程序是先讓有夫之婦做了寡婦，無了夫主要較無爭議性（若
是有夫之婦沒經丈夫同意，就是強奪人妻，會吃上官司的，而寡婦改嫁就看
女子個人意願肯與不肯了）。但他是以欺騙的手段進行強娶的，羅大戶受逼不
過，只得答應。羅大戶也以欺騙的手段對付他的親家母，先假意前來探望，
再奉上三杯酒，等親家母喝了「肯酒」，又拿了一塊紅絹，說是給女兒做衣服，
親家母又不疑有他的接下了「紅定」；羅大戶才說出秋胡已死，李大戶要娶梅
英，她已喝了「肯酒」接了「紅定」同意了親事，要親家等著李大戶牽羊擔
酒來娶親。梅英還家，婆婆一逕地要她買胭脂搽搽臉，梅英還摸不著頭緒，
門前就吹吹打打地，梅英還以為是迎神賽會，等她的爹爹媽媽說是替她招女
婿，她才知道是怎麼回事。

　　李大戶高高興興地準備娶老婆，卻反被羅梅英好好地教訓一番，不是打
他，便是想要用指甲功抓破他的臉皮，如：

　　（李云）小娘子不要多言，你看我這個模樣，可也不醜。（做嘴臉，
　被正旦打科，唱）把這廝劈頭劈臉潑拳捶，向前來我可便摑撓了你
　這面皮！（帶云）這等清平世界，浪蕩乾坤，（唱）你怎敢把良人家
　婦女公調戲？（《秋胡戲妻》二折，卷四，頁 2555）

相對於羅梅英的自視其高，李大戶同樣地高估了自己，如：

（李云）兀那小娘子，你休鬧，我也不辱沒著你。豈不聞鸞鳳只許鸞鳳配，鴛鴦只許鴛鴦對？（《秋胡戲妻》二折，卷四，頁2555）

對羅梅英來說秀才書生才是人中鸞鳳，才能與「從小兒攻書寫字」〔註42〕的她相配；而李大戶卻認為有錢人才是身價非凡的人中鸞鳳，可與外貌「十分好」的她匹配。這是他們倆人因自身環境和教養的關係，導致兩人對「高」身價（份）的不同看法：李大戶出身農家，以物質的優渥與否來斷定一個人身價的高低；羅梅英自幼讀書，受傳統士大夫觀念的影響，接受了「萬般皆下品，惟有讀書高」的評價態度。她對李大戶貶抑她的說法，非常憤怒，要他去找和他身份相當的人去結親：「留著你那村裡鼓兒則向村裡擂！」。李大戶不知羅梅英嫌惡他的一身銅錢臭，還自抬身價地對她說：「似我這般有銅錢的，村裡再沒兩個。」（二折，卷四，頁2556）

羅梅英為了顯示自己身份與李大戶這樣的莊家大不相同，她與秦氏羅敷一樣，說了一會兒夫婿的謊〔註43〕，如：

哎！不曉事莊家甚官位？這時分俺男兒在那裡？他或是皂蓋雕輪繡幕圍，玉轡金鞍駿馬騎，兩行公人排列齊，水罐銀盆擺的直，斗來大黃金肘後隨，箔來大元戎帥字旗。回想他親娘今年七十歲，早來對土長根生舊鄉地。恁時節母子夫妻得完備，我說你個驢馬村夫為仇氣。那一日頭兒知他是近的誰狼虎般公人每拿下伊，（帶云）他道：「誰迤逗俺渾家來？誰欺負俺母親來？」（做推李倒科，唱）我可也不道輕輕的便素放了你！（同卜兒下）（石君寶《秋胡戲妻》二折，卷四，頁2556）

李大戶在劇裡是秋胡的分身，只是秋胡是讀書人，他是莊稼漢。他和秋胡角色是互相對照的，他求親不成就使壞，帶了一群「狼僕」準備上門搶親。梅英用「釣鰲客」和「使牛郎」分別譬喻秋胡和李大戶；「釣鰲客」她都不認了，「使牛郎」就更是休想。李大戶一見秋胡做了官，當下轉了態度，厚顏無恥地巴結他，說道：「我聞知你衣錦榮歸，特來賀喜。」一旁的羅大戶才知受了騙。秋胡判他「重責四十板，枷號三個月，罰穀一千石，備濟飢民。」李大戶娶妻不成賠上他自以為豪的家產，這是他覬覦他人妻子的代價。

〔註42〕媒婆對羅梅英說過的話，見《秋胡戲妻》一折，卷四，頁2545。

〔註43〕第四折時梅英曾唱道「不比那秦氏羅敷，單說得他一會兒夫婿的謊。」《秋胡戲妻》，卷四，頁2567。

（二）秋胡戲妻的圓滿結局

另一個隱性無賴是秀才書生出身的秋胡，做秀才是本本分分，一旦做了大官，嘴臉像極了有錢而自得的李大戶；他是另一個覬覦他人妻女的無賴。

他比羅大戶更無行的是他自有妻室，而且離家十年，全然不想嬌妻爲他侍養老母的辛勞，對一個不知是否有夫婿的採桑女不但言詞調戲，還動手動腳的，讓採桑的梅英罵他「則道是峨冠士大夫，原來是個不曉事的喬男女。」他也和李大戶一樣，看輕了梅英，以爲可以用一餅黃金打動她。這個舉動，卻讓秋胡更不如莊稼漢李大戶，因爲那餅黃金是魯君賜他養老母之資，他卻爲了逞色慾，輕易予人。錢財不是梅英所重視的，秋胡像李大戶一樣貶低了梅英的人格。求歡不成，秋胡竟動念要「一不做二不休」，抧的打死拒絕他的採桑女，卻被梅英罵他的祖宗八代。自討沒趣的秋胡，只好拿著那餅黃金去見老母及妻子。

無行的秋胡發現妻子就是桑園裡的採桑女，抵死不認有調戲婦女事，言辭狡辯。如：

> （做出門叫秋胡科，云）秋胡，你來！（秋胡云）梅英，你喚我做什麼？（正旦云）你曾逗人家女人來麼？（秋胡背云）我決撒了也，則除是這般。梅英，我幾曾逗人？（正旦唱）誰著你戲弄人家妻兒，迤逗人家婆娘？據著你那愚濫荒唐，你怎消的那烏靴象簡，紫綬金章？你博的個享富貴朝中棟樑，（帶云）我怎生養活你母親十年光景也！（唱）你可不辱沒殺受貧窮堂上糟糠！我捱盡淒涼，熬盡情腸，怎知道爲一夜的情腸，卻教我受了那半世兒淒涼！（石君寶《秋胡戲妻》四折，卷四，頁2565）

那餅引誘良家婦的黃金揣在婆婆的手中，是秋胡調戲他人妻女的確證，他卻依然否認到底，梅英因丈夫的無恥無行跟他要休書，正好李大戶來登門搶親。秋胡對欲強娶梅英的李大戶擺了官威，問他個重罪，藉著教訓一個無賴，想在妻子面前扳回局面。而秋胡自身便是一個隱性的特大號無賴，因爲李大戶的無賴是擺明了的，猶可防備；他是個看不出來，防不勝防的衣冠禽獸。

李大戶調戲他人妻女，被責打罰穀損失慘重，他爲他的惡行付出了代價，而秋胡的結局呢？梅英最後還是認了他，原諒了他的惡行，因其老母言：

> （卜兒云）媳婦兒，你若不肯認我孩兒呵，我尋個死處！（正旦唱）

> 謔的我慌忙，則這小鹿兒在心頭撞。有的來商也波量，（云）奶奶，
> 我認了秋胡也。（卜兒云）媳婦兒，你認了秋胡，我也不尋死了。（石
> 君寶《秋胡戲妻》四折，卷四，頁2567）

秋胡得妻子的原諒，是倚仗他七十老母的尋死尋活，如梅英所言：

> 【鴛鴦煞】若不爲慈親年老誰供養，爭些個夫妻恩斷無承望。從今
> 後卸下荊釵，改換梳妝，暢道百歲榮華，兩人共享。非是我假乖張，
> 做出這喬模樣，也則要整頓我妻綱。不比那秦氏羅敷，單說得他一
> 會兒夫婿的謊。（石君寶《秋胡戲妻》四折，卷四，頁2567）

因爲老母要侍養是梅英會原諒秋胡的第一個理由，不然夫妻早就因秋胡的見
色起意而恩斷義絕了；而第二個理由是「整頓妻綱」，「夫爲妻綱」她是要好
好地教訓他無行的丈夫。她在第二折爲嚇唬李大戶他們，假設性地說她丈夫
做了大官，而今眞如她所言，夫貴妻榮是元雜劇一貫的結局，爲此她又不得
不原諒秋胡。

　　秋胡和李大戶同樣是調戲人家妻女的無賴，卻因出身不同，而有不同的
下場。秋胡雖不知採桑女是他妻子而非禮挑逗，但他挑逗非禮的對象終究是
自家老婆，不像李大戶怎麼說都是調戲他人妻女。在道德批判上，兩人其實
應是同罪的，因爲秋胡本不知採桑女是他的妻子，所以依照動機目的而言，
他是挑逗他人妻女的，只是一旦究責時，對方是自己老婆，只要老婆肯原諒
就行了。秋胡因李大戶犯下和他一樣的罪，而重罰李大戶，他自己卻又如何？
所以筆者認爲這是圓滿要求下的雙重道德標準：李大戶是這本雜劇裡惟一的
惡人角色，在要求善惡分明的戲劇裡，惡人是一定要接受懲戒的；李大戶做
了秋胡的替罪羔羊，讓觀眾截然二分的賞善懲惡的道德觀得到印證。

　　實際上兩個無賴都做了覬覦他人妻女的事：李大戶嚴格地說非調戲，而
是想強求婚姻，他連肯酒紅定都齊備了，還著人吹吹打打來迎親；秋胡卻是
調戲婦人，一時色迷心竅，在桑園之中就想非禮採桑女，既無財禮也無鼓樂，
就想要採桑女「隨順」了他。就兩者的行爲比較，秋胡是行調戲之實的「隱
性無賴」（因其爲隱性，外表上看不出來，平時可以是個道貌岸然的君子，但
在四下無人時就成了一匹餓狼），李大戶的強娶，因梅英不認帳，將他的行爲
說成「調戲」，事實上娶親的陣頭裡除了梅英的父母，連她婆婆也算在內（她
一直叫梅英買胭脂搽粉），算是以「明媒正娶」──公開的方式進行，只是他
違背了當事人的意願，以強迫的方式進行，因此爲一「顯性無賴」。李大戶算

是公然犯了在大庭廣眾的面前拐騙強搶婚姻之罪，秋胡則是言行舉止皆輕薄無禮地對待一個落了單的美貌婦人。如圖 5-4-1：

圖 5-4-1：李大戶／秋胡之比較

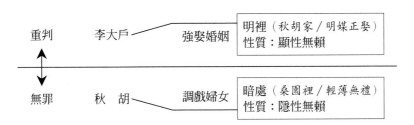

劇作家的評判是將在明裡——秋胡家公然強娶的李大戶重判處理，在暗處——桑園裡私下調戲婦女秋胡無罪化解；畢竟公開強娶的是他人妻女，私下戲弄的是自家老婆。秋胡站在夫主和官方立場是可以重判搶親騙婚的李大戶的，梅英站在老婆媳婦的立場，是不能太嚴苛要求丈夫的。再說這段情節，也只是為了強調梅英的節烈，不論明裡暗處都是謹守婦德的。如其詞云的一段：

> 到桑園糟糠相遇，強求歡假作痴迷。守貞烈端然無改，真堪與青史
> 標題。（石君寶《秋胡戲妻》四折，卷四，頁 2568）

不管是面對有錢的李大戶的公然地強娶，還是四下無人時一個好色的登徒子的拐誘，羅梅英都是不改其貞節操守，堅守婦德的。據劇末的「詞云」看來劇作家石君寶的創作目的，主要是頌讚羅梅英的節烈。

三、女人是弱者

在圓滿和諧的要求下，一些事情是要略去不再計較的，如丈夫的無情、被叛。人與人的相處，不能用「是非」來解決所有的問題，如《爭報恩》的李千嬌；人與人之間的情感的對待，也沒有「公平」可言。要維繫住彼此的關係，只有選擇原諒對方、忍讓對方，像《臨江驛》的張翠鸞、《秋胡戲妻》的羅梅英。

張翠鸞和羅梅英都將自己的處境，和最終還是原諒薄倖丈夫的結果，歸結於「女人是弱者」的宿命觀，認份地接受命運的擺弄。如：

> 【尾煞】從今後鳴琴鼓瑟開歡宴，再休題冒雨湯風苦萬千。抵多少
> 待得鸞膠續斷弦，把背飛鳥紐回成交頸鴛，隔墻花攀將做並蒂蓮。
> 你若肯不負文君白頭篇，我情願舉案齊眉共百年。也非俺只記歡娛

不記冤，到底是女孩兒的心腸十分樣軟。（《臨江驛》四折，卷四，
頁 2669）

（正旦云）罷、罷、罷！（唱）則是俺那婆娘家不氣長！（《秋胡戲
妻》四折，卷四，頁 2567）

張翠鸞說「到底是女孩兒的心腸十分樣軟」，將突然轉變態度原諒崔甸士的無
情狠毒，解釋為女人天性心軟的關係；說明溫順是她的本性，也是所有女人
的本性，將先前咬牙切齒憤憤地拖拉負心漢，及恨不得摘下他項上人頭的凶
狠模樣，都包藏在溫順的外衣下。羅梅英說「則是俺那婆娘家不氣長」，也是
將自己的妥協，歸因於身為女人的無奈；在性別上天生就吃了大虧，因此，
真的受了男人的天大委屈，也只好認了。李千嬌雖然沒有這樣的慨嘆，但她
為了一雙兒女，認了無情義的丈夫，卻也顯示了做為家庭中的女主人，為了
丈夫和兒女犧牲自己總是難免的。

　　劇作家對女性處境的看法，也代表了世俗對女性的要求。張翠鸞想在那
個「夫人」臉上刺「潑婦」二字；對崔甸士而言一個罵她精驢禽獸、對他唱
叫嘔氣的老婆的確是「潑婦」，但那個「夫人」從未對張翠鸞使壞過；張翠鸞
卻也站在崔甸士的角度去看試官女，稱她為「潑婦」，可見張翠鸞自以為是地
認為那個「夫人」應該用另一種態度面對丈夫已有妻室的事實，甚至應恭敬
地敬她為大姐。那個「夫人」應該更溫順一些，這也是劇作家的看法，他一
直以「潑婦」標記試官女。這也是一般觀眾的心態，大官之女強招婿，搶了
別人的老公，姿態就應該放低一些，不是像她這等唱叫疾揚的。世俗的正義
是同情受苦難的一方的，受苦的既是好人，在好壞截然二分的善惡觀裡，害
人受苦的就是惡人，有一些報應也是應該的。崔甸士雖也昧著良心另娶官門
女，但也是也意志力薄弱易受名利引誘罷了，他終究是「夫者婦之天」，天降
災厄人也只能逆來順受，丈夫既是婦人的「天」，他為女人帶來的一切苦難，
女人也只能認命地接受。就市井小民而言，為了家庭的圓滿，夫妻相處之道
應如此。誰教女人天生心軟、誰教女人「不氣長」呢！

第五節　元雜劇對女子的譬喻思維

　　婚姻模式、賢母模式、對書生的傾慕、對婚姻圓滿的讓步，寫的都是各
種形態的女子的樣貌，而對女子本身又呈現了什麼樣的譬喻思維呢？本節以

「女子是花」的植物隱喻以及「女子與容器隱喻」，探討劇作家們對女子抱持著什麼樣的態度與觀感。

一、植物隱喻「女子是花」

人是植物是我們文化中常見的隱喻概念，元雜劇裡更廣泛運用了這個隱喻概念。除了前文所引《老莊周》劇太白金星扮老人以展現頃刻花開、結果之術，將植物的生長和人的年壽相呼應之外，又如《梧桐葉》劇言道：「折夫妻斷梗飄蓬」（四折，卷八，頁 5426），句子的正常語序應爲「折斷梗夫妻飄蓬」；句中以將夫妻比做連理枝的譬喻作爲認知前提，「折斷梗」將枝葉折離樹幹主體，「夫妻」像「飄蓬」般分飛離散。這也是一種植物隱喻，位於「人是植物」這個大的結構隱喻下的次範疇。

人是植物的隱喻概念元雜劇裡大量運用在「女子是花」的概念隱喻上，這是「人是植物」的隱喻系統下的下層隱喻。例如《玉鏡台》劇男主角溫嶠對斟酒佳人的描述：「立一朵海棠嬌，奉一盞梨花釀，把我雙送入愁鄉醉鄉。……」（一折，卷一，頁 203～204）將「海棠嬌」和「立」並置在語句上，「立」的主體應是「人」，卻以「海棠嬌」替代了「人」，聚合關係上的替換〔註44〕，隱喻著「女子是花」。這樣的譬喻模式，亦出現在其他的旦本劇中，如《兩世姻緣》張玉蕭自比：「我是朵嬌滴滴洛陽花，呀！險些的露出風流話靶。」（三折，卷六，頁 4263）

雜劇裡「女子是花」的植物隱喻，筆者分別以語意屬上位的泛稱「花」，還有花的部分代全體的轉喻用法，如：「蕊」，以及屬下義的專有名詞，如：「牡丹」之屬，分別來討論女子植物隱喻的譬喻性思維。

（一）花的泛稱

「花」是在植物總名下的基本層次，一般人對「花」的認知，是先從泛稱開始的。雜劇裡以「花」喻「女子」的情形很普遍，有的是男性角色用來譬喻女子的，例如：「你不肯煙月久離金殿閣，我則怕好花輸與富家郎。」（關漢卿《謝天香》四折，卷一，頁 331）「則這春風一枝花解語」（王實甫《麗春堂》三折，卷三，頁 2117）。前兩句是錢大尹跟柳耆卿解釋他爲好友將謝天香護養

〔註44〕 雅克慎的二軸理論，「聚合關係」（paradigmatic relation）在同一語法位置上可以互相替換有聯想關係，可替代、選擇。見周世箴「語言學經典導讀」課程，〈雅氏（1956）二軸原文選讀〉（2001 年重排）課堂講稿。

在自家宅第的苦心；後一句是四丞相對前來陪伴他的歌妓瓊英的讚譽。

有的是女子自喻，如《秋胡戲妻》秋胡妻羅梅英自比好花：「你只待金殿裡鎖鴛鴦，我將那好花輪與你個富家郎。」（四折，卷四，頁 2566）；《菩薩蠻》蕭淑蘭自憐未受男主角的關注：「他全沒些惜花心」（三折，卷八，頁 5687）；《金線池》杜蕊娘自傲語：「倚仗著我花枝般模樣」（三折，卷一，頁 160）；《破窰記》劉月娥：「則我這好勝爺娘，故意嬌養，如花樣」（一折，卷三，頁 2131）。

這些都是女子用來譬喻自己的用詞，「花」在女子的認知概念裡是代表自身的譬喻詞。

也有的是女子用來譬喻女子的，如王實甫《西廂記》中紅娘譬喻她家的小姐鶯鶯：「玉精神，花模樣」（四本楔子，卷三，頁 2047），而染指她家小姐的張生則是「折桂客，偷花漢」（三本三折，卷三，頁 2039）。句裡的「花」都指涉鶯鶯，在「女人是花」譬喻概念的框架下映射小姐的美貌。

花的泛稱之譬喻，不但是男子對女子的用詞，女子對自己或女子對女子，也都用這樣的譬喻用法。

（二）花的部分代全體

「花」的部分也用在女子身上轉喻「花」，最常用的是「花」的中心「蕊」，如無名氏《鴛鴦被》李玉英以為張瑞卿對她虛情哄騙，嗔道：「你看我恰便似浪蕊浮花」（二折，卷八，頁 5802）；賈仲明《玉壺春》李玉壺驚覺自己為了李素蘭忘了讀書人的本業（科考大事）：「我為戀著春風蘭蕊嬌容放，嗨，早忘了秋日槐花舉子忙。」（二折，卷八，頁 5632）

「蕊」是花的構造中的主要中心成份，常用來轉喻「花」，李玉壺用屬於花開動作的動詞「放」搭配使用，更加深了花開的意象。也有以花的枝幹或香氣來轉喻「花」的，如無名氏《馮玉蘭》馮玉蘭對自己是弱質女流的比喻：「咱是個嫩蕊嬌枝一女人」（一折，卷九，頁 7006）就以枝幹為喻；《西廂記》張君瑞得親芳澤，以採花偷香為喻：「魚水得和諧，嫩蕊嬌香蝶恣采」（第四本一折，卷三，頁 2050）。

「嬌」、「嫩」是最常搭配使用的形容詞，在引文中「嫩」在前、「嬌」在後，「嫩 A 嬌 B」〔註45〕是常出現的詞組順序。前一句是女子自稱為「嫩蕊嬌

〔註45〕 「A」、「B」各代表不同的字，「嫩 A 嬌 B」如：「嫩蕊嬌香」。

枝」、後一句的「嫩蕊嬌香」是張君瑞之語。前者著重以花的生命的脆弱譬喻
女子的嬌姿弱質，無法面對風雨（環境變化）的柔弱；後者重在以花的外形
（美豔、香氣）譬喻美女的魅力，「嫩蕊」是以視覺欣賞的、「嬌香」是以嗅
覺評斷的，美豔的花朵及其迷人的香氣，招致蝶來攀採，正如漂亮的女人會
引人忍不住想追求一樣。一樣是花的部分代全體的轉喻，攝取的角度不同，
都有隱喻概念裡凸顯和隱藏的部份。

（三）花的下義詞——專名

「花」的下義詞，即以花的專名譬喻之，如以桃花、蘭花、牡丹譬喻女
子：如《玉壺春》劇直接以人名和花名符號的相等，隱喻人與花的同質性：「他
是李玉壺，我是素蘭，畫了一軸畫兒，畫著玉壺裡面插著一朵素蘭花兒。」（二
折，卷八，頁 5627～5628）李素蘭對玉壺生畫中的譬喻感到窩心，並因此對
兩人的情感也有份踏實感；李玉壺以人喻花的譬喻，也用在形容李素蘭睡著
時的模樣：「見一朵嬌蘭種，似風前睡海棠。」（二折，卷八，頁 5629）《謝天
香》劇錢大尹以花比美人、竹喻君子：「種得桃花放，砍的竹竿折。」〔註46〕
（一折，卷一，頁 310）諷刺好友柳耆卿重色輕友；並且將種花的譬喻延伸，
用在對謝天香的保護上：「你不肯煙月久離金殿閣，我則怕好花輪與富家郎；
因此上三年培養牡丹花，專待你一舉首登龍虎榜。」（四折，卷一，頁 331）。
《兩世姻緣》韋皋問張玉蕭是否是駙馬的親生女兒，玉蕭將主人的養育調教
之恩以栽花為喻：「俺主人培養出牡丹芽。」（三折，卷六，頁 4262）

百花中「牡丹」有嬌貴的意涵，用「牡丹」來形容的女子都被人護養在
深閨，如《謝天香》劇裡的謝天香和《兩世姻緣》劇裡的玉蕭女。

花的下義詞「桃花」「杏花」「梨花」「蓮花」「芙蓉」若用以譬喻女子身
體局部，大多是用來譬喻女子的臉（面），如李唐賓《梧桐葉》李雲英自憐之
語：「流泪眼桃花臉瘦」（一折，卷八，頁 5410）；《西廂記》形容崔鶯鶯的「杏
臉桃腮」（第四本一折，卷三，頁 2051）、「蓮臉生春」〔註47〕（《西廂記》第
二本一折，卷三，頁 1994）以及「珠帘掩映芙蓉面」（第一本一折，卷三，頁
1971）和「淡白梨花面，輕盈楊柳腰」（第一本四折，卷三，頁 1988）；《菩薩
蠻》蕭淑蘭自比：「杏臉胭消嬌淡淡，柳腰香褪弱纖纖。」（一折，卷八，頁

〔註46〕錢大尹對柳耆卿說的話，謝天香解釋為：「種桃花砍折竹枝，則道你重色輕君
　　　　子！」
〔註47〕崔夫人轉述孫飛虎形容崔鶯鶯的話。

5677）並對不解風情的張世英，道：「你也消不得俺嬌滴滴桃腮杏臉，香馥馥玉溫花艷。」（一折，卷八，頁 5679）

「杏臉桃腮」是較常用的譬喻詞，用兩種花的意象來組構，杏花是白色的用來形容女子面容的白皙，桃花是粉紅色的用來譬喻女子的腮紅。

（四）以人擬花

雜劇中還有出現以人擬花，即將人擬物化的轉喻現象，如《碧桃花》劇女主角叫徐碧桃，因其名為「碧桃」，也賦予她的行為狀態與「花」的生態相等的特質（開／落）：

> （正旦云）你孩兒是碧桃也！（唱）將小名兒道的明白，（徐端云）
> 你道是碧桃，他已死過三年了，你一向在那裡？（正旦唱）你孩兒
> 半開半落那荒郊外。（無名氏《碧桃花》四折，卷九，頁 6821）

「開」／「落」是花才有的生態，徐碧桃因魂魄附在碧桃花樹，故有這樣的陳述，這也是將女子擬物化為花的一種方式。劇中薩真人為眾人解說徐碧桃與碧桃花二者合一的因緣，道：

> 他回至房中，一口氣身亡了。你家將他尸首埋在後花園中。他陽壽
> 未絕，精神不散，墓頂上長出碧桃花樹來，他一靈兒附在碧桃樹上。
> 三年之後，張道南一舉及第，除授此縣知縣，在你舊衙中居住。那
> 夜風清月明，張道南閑行到碧桃樹邊，見花開的正好，折一枝向膽
> 瓶中插著。誰想碧桃就那夜向書房中與張道南作伴，雲來雨去，說
> 誓言盟，以此張道南看看至死。（《碧桃花》四折，卷九，頁 6823）

墓上生出碧桃花來，是藉由死亡將徐碧桃物化為「花」了，而碧桃花在雜劇裡常代表男女的歡愛（詳見附表八），更增添了徐碧桃因愛復生的可能，同樣的情節也出現在賣花三婆虛構的故事裡：

> 那小姐到的家中，一臥不起，害相思病死了。那小姐爺娘，捨不得
> 他，埋在這花園背後。他那一靈兒不散，怨氣難消，長起一棵樹來，
> 開的可是紅梨花。（《紅梨花》三折，卷五，頁 3514）

飽讀詩書的趙汝州還深信不移，可見人們是相信死後魂靈會依附在某件東西上的物化之說。謝金蓮被擬物化，喻為紅梨花。

二、女性的容器隱喻

小說戲曲中的女子，因受限於傳統對閨閣女子的要求，多半是處於狹小

的容器空間之中。筆者以元雜劇的人物提及的容器隱喻作爲範疇，主要討論的是女子與容器隱喻。

（一）謝天香的容器隱喻

女子是容器內之物，轉來轉去，總還是在容器之內。《謝天香》劇的名妓謝天香，指望嫁給柳耆卿爲妻，沒想到錢大尹替她樂籍裡除了名，著她在宅中做小夫人。她以自己是妓女出身，錢大尹是當代名儒爲由，想拒絕錢大尹的收納爲妾，謝天香道：

> 【煞尾】罷、罷、罷，我正是閃了他閔棍著他棒，我正是出了筝籃入了筐。直著咱在羅網，休摘離，休指望，便似一百尺的石門教我怎生撞？便使盡些伎倆，乾愁斷我肚腸，覓不的個脫殼金蟬這一個謊。（關漢卿《謝天香》二折，卷一，頁 319～320）

出了「筝籃」（樂坊）入了「筐」（錢大尹府），直著在「羅網」（錢大尹府）。這是謝天香對自己境遇的比喻，她只能在不同的容器間轉換，她是被拋擲的一方，沒有個人的自由意志，只能任憑人投擲（見圖 5-5-1、圖 5-5-2）。

圖 5-5-1：「出了筝籃入了筐」

圖 5-5-2：「直著羅網」——外力拋擲下進行

她提到的「脫殼金蟬」是從小容器中奮出譬喻，是自發性的舉動，但較費力，譬喻她想盡辦法欲從眼前的困境逃脫；可惜腸枯思竭也想不出個好藉口。以致於她雖然不情願，但身份低微，也只由著錢大尹，被收取至錢府的高門宅第。

（二）將女子視為玩物的容器隱喻

在這些旦本劇中，白樸的《墻頭馬上》劇，細讀之下，可見劇作家的巧思構局，它也寫男女幽會，卻不以西廂、東墻為名，而以墻頭馬上的空間位置，來點出男女的空間劃分。男的在「馬上」居「外」的開闊空間，「馬」又是可移動的交通工具；女的在「墻」內，居「內」的封閉空間，「墻」是個阻絕的界線，女子在密閉的空間，亦可說是容器內，受到保護，但也侷限了自由。這樣的空間配置——「墻頭馬上」，衍引自唐代詩人白居易的樂府詩〈井底引銀瓶〉，全詩如下：

> 井底引銀瓶，銀瓶欲上絲繩絕。石上磨玉簪，玉簪欲成中央折。瓶沈簪折知奈何？似妾今朝與君別。

> 憶昔在家為女時，人言舉動有殊姿。嬋娟兩鬢秋蟬翼；宛轉雙蛾遠山色。笑隨女伴後園中，此時與君未相識。妾弄青梅倚短墻，君騎白馬傍垂楊。墻頭馬上遙相顧，一見知君即斷腸。知君斷腸共君語，君指南山松柏樹。感君松柏化為心，暗合雙鬟逐君去。

> 到君家舍五六年，君家大人頻有言，聘則為妻奔是妾，不堪主祀奉蘋蘩。終知君家不可住，其奈出門無去處。豈無父母在高堂，亦有親情滿故鄉。潛來更不通消息，今日悲羞歸不得。

> 為君一日恩，誤妾百年身。寄言癡小人家女，慎勿將身輕許人！

〔註48〕

白樸承繼了原詩的空間配置：「妾弄青梅倚短墻，君騎白馬傍垂楊」及「墻頭馬上遙相顧」；在墻內的女子和墻外居馬上的男子。「墻頭」向外張望的女子、「馬上」向墻內窺視的男子，「遙相望」兩人保持距離彼此顧盼（有趣的是兩人身上或身後的植物意象：「青梅」和「垂楊」；「青梅」的青澀恰如女子的含苞待放的青春幼女形象，以「垂楊」為傍的男子，亦有以楊柳風姿映射男子風流倜儻的瀟灑模樣之寓意）。原詩的女子空間移動從自家「後園」到「君家舍」，在自家「後園」的她「舉動有殊姿」、「兩鬢秋蟬翼」、「宛轉雙蛾」，姿態嬌柔、樣貌美好且受人誇讚，並由「笑隨女伴」見其歡樂的女兒生活。空間轉至「君家舍」人見人誇的「小女兒」成了動輒得咎、受人譏諷的「小女人」，從前的美好都不復見了，更糟的是「出」了「君家舍」的「門」，走出

〔註48〕 朱建新編註，《樂府詩集》，頁213～214。

那個令她招惹是非的容器空間外，她一無依傍，沒有可以歸屬的空間。

白樸《牆頭馬上》劇，除了沿襲原詩「牆頭馬上」的空間配置外，另有很明顯的將女子視爲玩物的容器隱喻。筆者分述如下：

1. 男子的心態

《牆頭馬上》劇的男主角裴少俊將女子（李千金）視爲珍玩，而且是應收於「囊篋」這樣的容器中寶藏之。既令人愛不釋手，又可藏於私人的囊袋中，時時拿出來把玩一番。他將女子視爲內器內的東西，將女子以轉喻之擬方式擬爲可供珍玩在掌心之物，如：「這小姐有傾城之態，出世之才，可爲囊篋寶玩。」（一折，卷二，頁 741～742）容器內的珍玩是受到呵護、愛寵的，但也是受到拘束，失去自由的，依附男子存活的。

2. 從後花園到另一個後花園

李千金不但被裴少俊比做容器內的珍玩，劇作家也刻意地讓她從自家的後花園，到另一個後花園。如：

> （裴舍騎馬引張千上，云）……（做見旦驚科，云）一所花園，呀，
> 一個好姐姐！……（正末云）你看他霧鬢雲鬟，冰肌玉骨；花開媚
> 臉，星轉雙眸。只疑洞府神仙，非是人間艷冶。（《牆頭馬上》一折，
> 卷二，頁 740）

裴少俊第一次見到她，就在後花園這個密閉的容器空間內，還將她比做「洞府神仙」，「洞府」又是一個與世隔絕的密封的容器空間內。她在自家的後花園，受父母嬌寵，除了海闊天空的自由，她什麼都不缺。上巳日，大多王孫仕女，都去郊外玩賞，她卻因父母各自出門去了，只能和梅香到自家的後花園看花。心思早隨春景飛出牆外的李千金，渴望能跳脫出「後花園」這個容器空間之外。當她如願地隨裴少俊走出家園，卻又進入另一後花園內，如：

> （裴舍引院公上，云）自離洛陽，同小姐到長安七年也。得了一雙
> 兒女，小廝兒叫做端端，女兒喚做重陽。端端六歲，重陽四歲，只
> 在後花園中隱藏，不曾參見父母，皆是院公伏侍，連宅裡人也不知
> 道。（白樸《牆頭馬上》三折，卷二，頁 751）

李千金住另一個更不自由的容器內隱藏了七年。在自家後花園，雖也是容器內，但還可在「家」的容器範圍內走動；在另一個後花園（裴家），她的活動空間只有後花園，那是一個更隱蔽的容器。裴少俊眞得將她「囊篋寶玩」，成爲他個人的珍玩，裴家上下只有老院公知情。這樣的私密的隱蔽空間，帶

給李千金的除了愛情外，別無他物了。如圖 5-5-3：

圖 5-5-3：李千金的容器轉換

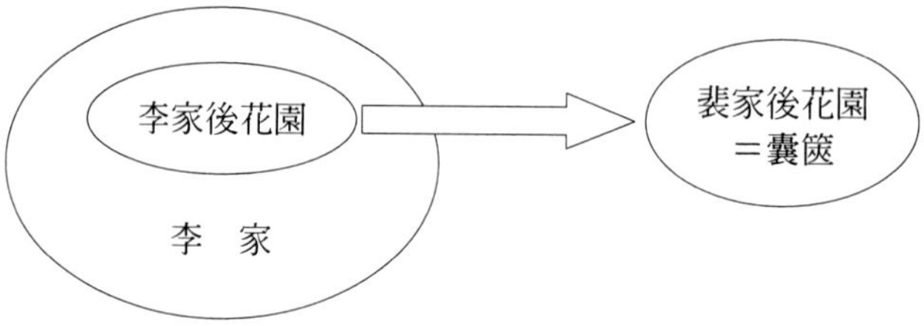

3. 自由不自在

在裴家後花園的書房中，那些個「不明白好天良夜」，李千金只想「甚日得離書舍」。一旦被裴尚書發現，趕離了後花園，身雖自由，心卻倍感孤單淒涼；待慣了攀籠的鳥，反而覺得心中大不自在。如：

> 【中呂·粉蝶兒】帘卷蝦鬚，冷清清綠窗朱戶，悶殺我獨自離居。
> 落可便想金枷，思玉鎖，風流的牢獄。（內做鳥鳴科，唱）誰叫你飛
> 出巴蜀，叫離人「不如歸去」（白樸《墻頭馬上》，卷二，頁 760）

李千金將裴家後花園譬喻作「金枷」「玉鎖」「風流的牢獄」，對自己的獨居感到落寞無依，反怪鳥兒不該「飛離巴蜀」，離開自己所屬的空間。

前所引白居易詩中的男子在心態上並無裴少俊的「囊篋寶玩」的珍藏收納的概念，反倒是以植物的耐寒長青譬喻他的情志堅定，打動了情竇初開的閨中少女從「後園」的容器空間裡自願地走出來與之私奔，向外至另一空間。而對一個空間的描述，「君家舍」是男方的家，私奔的少女進入的這個陌生的空間，對她是充滿挑剔和不滿的。「聘則爲妻奔是妾，不堪主祀奉蘋蘩」，她離開生長的容器空間的方式，是不見容於男方家長的，在這樣無情苛刻的空間裡，她努力了五、六年，終於茫然不知所之。出了這個容器，她沒有可庇護的場所，有家歸不得的原因，也在於當初走出成長容器的方式是不合世俗禮教的，而使她「潛來更不通消息，今日悲羞歸不得」，她只能消極地承受命運的安排。《墻頭馬上》的李千金卻不同於她，當裴尚書質疑她的出身時，李千金是敢於爲自己辯駁的。她無畏於裴尚書的威勢，直言她出身良好，德行並無偏差。裴尚書卻疑她是倡優酒肆之家，大談「聘則爲妻，奔則爲妾」，李千金辯說「這姻緣也是天賜的」，裴尚書卻借題發揮，給李千金出了難題，如：

夫人，將你頭上玉簪來。你若天賜的姻緣，向天買卦，將玉簪向石
上磨做了針兒一般細。不折了，便是天賜姻緣；若折了，便歸家去
也！（白樸《墻頭馬上》三折，卷二，頁756）

又以井底引銀瓶為難題，李千金無法一一做到，只得恨然離開裴家。

　　李千金比白居易詩中的女主角更傳奇的是居然在裴家後花園，可以一待
七年，還為裴少俊長養了一雙兒女。她被迫離開那個私密的小容器（裴家花
園），她還有成長的容器空間可回。只是父母已逝，偌大的家業，只她一個女
子居住，雖是自由的大容器空間（相較於裴家後花園），但對她而言，既不自
在又倍感冷清。不自在是源於容器太大，沒有包覆式的安全感；冷清是來自
內心的空虛，她放不下一雙兒女和不敢違逆父命的裴少俊。裴少俊高中後前
來尋她、裴尚書知她是故人女後攜孫前來認錯，這些情節是白居易詩中沒有
的大團圓式的收尾。白居易詩的主旨在詩的最後是教諭式的：「寄言癡小人家
女，慎勿將身輕許人！」，要女兒家慎勿未經父母之命而與他人私奔。

　　《墻頭馬上》的劇作家白樸是有意識要這麼翻案的，如在他們一家和好
時，正旦對裴尚書道：「父親，自古及今則您孩兒私奔哩？」（四折，卷二，
頁764）李千金舉了卓文君的例子說明，將她的行為合理化。而裴尚書在劇末
收結全劇時，道：

今日夫妻團圓，殺羊造酒，做慶喜的筵席。（詩云）從來女大不中留，
馬上墻頭亦好述，只要姻緣天配合，何必區區結彩樓。（白樸《墻頭
馬上》四折，卷二，頁764）

這時裴尚書也把私奔合理化為「姻緣天配合」。裴尚書的態度雖然轉變了，但
他的認知觀點是前後一致的，他還是著重在一個人的出身門第：如果她是倡
優酒肆之家，就別提什麼姻緣天配合；如果是官宦人家的小姐，做出這樣的
事，真只能緣於姻緣天賜定的關係了。

第六節　小　結

　　婚戀劇是旦本劇的主要重心，故置於本章第一節討論之。無論是良賤婚
姻或者是良家婚姻，成合的關鍵都在於男方的功名。良賤婚姻和良家婚姻裡
模式的套用，讓觀眾一下就能掌握狀況，「蘇卿與雙漸」、「謝天香」、「西廂」、
「破窯」，每一種模式都有相應的劇情結構與人物，讓觀眾易於掌握情節的發
展，在熟悉的劇情模式中欣賞戲劇的表演，這些因素在一定程度上影響了雜

劇創作，畢竟元雜劇在當時，只是市井小民閒暇時的消遣娛樂。「良賤婚姻與功名」與「良家婚姻與功名」都有一些基本的情節元素，如男女雙方（「情愛中人」或有婚約關係者）及對倆人的姻緣具有成合或干擾因素的外力，這些外力有的是「撮合姻緣的外力」、有的是「干擾姻緣的外力」。就對倆人姻緣具有成合或干擾因素的外力來看：「良賤婚姻與功名」的第一類「蘇漸雙卿」模式的雜劇故事中，「干擾姻緣的外力」有多金商人及妓院虔婆這兩個元素，這一類裡少了「撮合姻緣的外力」；第二類「謝天香」模式則有「撮合姻緣的外力」而無「干擾姻緣的外力」；第三類其他類型裡《曲江池》劇「干擾姻緣的外力」只有妓院虔婆這個元素在，《金線池》和《兩世姻緣》同時具有這兩種外力，但在「干擾姻緣的外力」中也只有妓院虔婆在。妓女與書生，身份懸殊的有情男女，能夠結合的關鍵在於男方的功成名就。「良家婚姻與功名」的類型中，有婚姻約定（約定形式有：指腹爲婚、自小訂親及繡球招親）的男女雙方，女方家庭的社會地位高於男方，男方的經濟狀況大多是家業破敗，有的甚至一貧如洗，在這種因素下「撮合姻緣的外力」和「干擾姻緣的外力」兼具。良家婚姻裡最能明顯看出功名對婚姻的影響的是離合模式中的《拜月亭》和《臨江驛》，《拜月亭》劇男方的功名挽回了倆人的婚姻，《臨江驛》劇男方的功名反倒斷送了婚姻，婚姻的完滿仗恃的卻是女方父親的功名官位。男方的功名在婚戀題材的雜劇裡，無論良賤婚姻或良家婚姻，都是男女雙方離散聚合的重要關鍵。

第二節對於「賢母」模式的討論可以看出：「賢母」是儒家傳統下的價值取向，劇作家透過創作以「賢母」爲主題的雜劇，傳遞固有的價值判斷，也爲「女性」的「母親」角色立下典範。在女性主義提頭的今日，更印證了人們（包括女性本身）對女性母職的要求與期許是整個文化社會的產物；不同的時代、不同的文化，母職的內涵也有所不同，但對女性擔任母職的要求卻歷久不變。元雜劇的劇作家更通過對典範的讚揚，來加強傳統母職──「賢母模式」的宣揚。中國文化社會所要求的「賢母」，不但要教子義理、讀書進取，還要以超高的道德標準期許「賢母」，在養育前家兒他人子時，不但要一視同仁地善待他人子，還必須在危急時義捨親子。就人類動物天性的本能而言，義捨親子的「賢母」和溺女之「非賢母」，都能狠下心腸棄捨親生子女的生命，都是基於文化社會的影響。在這樣高度道德化的社會期待下，驅使「賢母」心甘情願地義捨親子；同樣地就「孝子」的孝行而言，如：焚兒救母的

張屠夫妻（《小張屠》）和二十四孝中〈郭巨埋兒〉的郭巨夫婦，也是受文化社會的影響，促使他們捨子孝親，做違背本能天性卻合乎人倫社會事親期待下的孝行。這些行為皆出自於文化社會的影響，一如「母職」的產生；「賢母／非賢母」的認同亦來自文化社會。

　　第三節的討論中元雜劇裡處優勢的小姐們，敢於主動追求自己的理想佳偶，她們對於擇偶和婚姻的態度，是以司馬相如和卓文君為理想的典型：

> 而上層社會有文化教養的女子則往往著眼於才貌雙全：不僅要作夫
> 妻，而且能成「知己」。他們常常以卓文君自許，除了欽佩卓文君敢
> 於決定自己終身大事的大膽之外，還稱許她和司馬相如是才子、才
> 女，又會吟詩，又會彈琴，可謂知己知音，而這正是封建社會仕女
> 們最理想的結合。〔註49〕

卓文君的榜樣，給這些謹守閨訓的女子們，找到了合理的辯解。劇作家們對其大膽的行為是給予正面肯定的，她們也是劇作家們創作出來的理想伴侶——有情、有義、敢愛、敢恨；一心一意只在「書生」身上。為了窮秀才，可以不顧一切，像張倩女（《倩女離魂》）那樣魂魄相隨；像裴小蠻（《㑇梅香》）、董秀英（《東墻記》）般花前月下。現實世界的窮秀才，就像梅香口中說的「一世不能發跡」。元初廢除了自隋唐以來儒業得以晉身的科舉考試，儒生的青雲路、上天梯不見了，無法仕進的儒生社會地位下降。搦筆為生的文人們，是大多元雜劇作家們生活寫照，他們處在下層社會，那些可望而不可即的名門淑媛、上廳行首（名妓）們，在他們的筆下是不計貧富，傾慕才華的多情女子。反觀「書生」角色，劇作家是以負面形象來描繪書生的。而在隱喻概念裡，以世俗觀點貶抑書生的語詞「窮酸餓醋」，在不同的雜劇裡，筆者看到了相同的評價。Lakoff & Johnson（1980）〈第五章隱喻與文化的整體相合性〉中提到：

> 一個文化中最基本的價值，是與此文化中的多數基本觀念之譬喻結
> 構具整體相合性。（周師譯注，2006年，頁43）

元雜劇裡代稱「窮秀才」的「窮酸」、「酸丁」、「窮酸餓醋」的譬喻詞，呈現了這個譬喻概念的整體相合性。又如《玉梳記》由虔婆口中道出的「醋瓶子」、「酸黃荽」，這些從「酸」味延伸出的譬喻，顯示了「窮酸餓醋」及其他相關的「酸」味描述，它們在元雜劇的隱喻系統中具有整體相合性。以旦角的眼

〔註49〕　么書儀，〈白樸劇作的社會內涵〉（1997），頁130。

光看「書生」在容器之間的轉換，且角以「黃塵」、「青霄」爲喻（《倩女離魂》），相對於象徵上位的「青霄」，「黃塵」屈居於下，兩個位置高低不同的容器隱喻「書生」外在身份與社會地位變化。「書生」在其空間移動遷徙之間的「管道隱喻」裡，顯現了其爲功名與婚姻的載符的宿命性，當他所背負的載體一一落實，他的價值才被肯定。一旦空有載符而無載體，書生一文不名，即爲虔婆與梅香口中的「窮酸餓醋」。

合乎民間對正義的期待的，不一定合於律法，第四節討論雜劇裡爲了圓滿的結局，所做的一些扭曲與變形，如《臨江驛》張翠鸞爲了團圓扭曲、壓抑了自己的性格；《爭報恩》的李千嬌也在子女性命受要脅之下原諒了無情夫婿；這些都歸因於女孩兒心腸軟、婆娘家不氣長等女人是弱者的宿命。《秋胡戲妻》劇作家更以雙重的道德標準，看李大戶的下場和秋胡戲妻的結局；李大戶爲覬覦他人妻而付出慘痛的代價，秋胡調戲良家婦女卻因對象是自己的老婆而得到圓滿的結局。「子母完備，夫婦諧和」是元雜劇要求的圓滿結局，也符合觀眾的期待，在這圓滿要求下，犧牲忍讓都是值得的，這也是市井小民能認同的生活態度。

在雜劇裡將「人是植物」概念大多運用在度脫劇裡，如《城南柳》、《升仙夢》、《岳陽樓》，都將植物擬人爲柳樹精、桃（梅）樹精，就像《翫江樓》和《老莊周》引渡者會刻意施展傾刻開化結果之術，盼能藉植物之盛衰曉悟被渡者頓通大道。而且本劇或者是末本劇，以男女婚戀爲題材的雜劇，通常會在「人是植物」的概念系統之下，將「女子」譬喻做「花」，或者藉物魅之說，將女子擬物化爲花。這是第五節討論的元雜劇對女子的譬喻思維之一——「女子是花」的植物隱喻。在「女子是花」的譬喻裡，嬌、嫩是花的總體形態；艷麗是花的本色；香是花特有的氣味。花的這些特質是人對它的觀察，也是作家們對女子賦予的期望——身爲女子該有的特質。花的重要部位「蕊」最常拿來轉喻整朵花，在各色各樣的花中桃、杏被使用的頻率較高，而牡丹因其貴氣而常用來形容被人呵護的女子。女子的身體部位裡「臉／面」被拿來形容的情形也較多。

以花爲女子的概念，大概也是因花的美麗和嬌弱，像花的女子也需要人的憐惜，劇中憐惜女子的方式，有像錢大尹般納入側室，也有像裴少俊般寶玩於囊篋之中，兩者都用「容器」來保護女子，而受庇護的空間，也是不自由的；這兩個明顯的女子與容器隱喻——《謝天香》劇的謝天香及《墻頭馬

上》劇的李千金，都將女子視做容器內的物品。而女子自身有時受限於文化社會賦予的觀念，在認知上也以容器爲屛障，一旦失去屛障，有悵然的失落感，像脫序失群的孤島。由於女子本質上如花般嬌弱，是應居處於一個安全的庇護容器空間之內的，一如錢大尹對謝天香的收藏。而就女子本身而言一個能安頓身心的空間是比自由重要的，一如敢於私奔的李千金她所企求的。習於被人庇護珍視的女子，一旦獲得自由反而更孤單無依、不知所從；這是元雜劇裡「女子的容器隱喻」的主要譬喻概念。

「女子是花」及「女子的容器隱喻」顯示了劇作家對女子的態度與觀感。劇作家認爲女子本該是被人呵護的，本該居處於一個安適的空間，這不單是男子的觀點，連劇中女子也具這樣的觀感。前文所述，書生在大小容器間轉移，他轉移的過程是自由的、且自發性的；謝天香的容器隱喻裡，女子在容器的轉移過程中是被動的，受外力驅使的。書生只有在從小容器（溫柔鄉）的離去，是被動的，被外力逼使的，其他容器的移動是自動的，也是自由的，但轉移之間，書生肩負的載體是沈重的，他們爲了婚姻與功名而不斷地轉移容器空間。閨閣中的女子，在容器轉移間屬自發性的，只有像李千金的從自家的後花園走出、還有像張倩女從自家門庭走出；不過李千金是在男性的陪伴下走出自家的後花園的、張倩女是以魂魄的形態走出家門的。跟書生獨自一個人自發性的離開家鄉是不相同的。上廳行首們的容器轉移，是被迫的、並出於無奈的：像賈仲明《玉梳記》裡顧玉香爲躲避商人柳茂英的逼婚而逃離家門；像無名氏《雲窗夢》的鄭月蓮因不肯接客而被轉賣。她們在容器轉換間不是出於個人意志的，而是被現實環境所逼。

旦本劇因其敘事主體爲女性，題材上以婚戀居多，而在婚戀劇裡又可顯而易見劇作家對女子的敬重與對書生的批判，劇作家們敬她們的才華、重她們對愛情的堅貞，在這一點上大多書生是比不上她們的。

第六章 結 論

　　Lakoff & Johnson《我們賴以生存的譬喻》書中談到的幾個重要的隱喻概念：「人生是旅行」、「容器隱喻」、「方位隱喻」、「觀念思想是食物」等幾個重要的概念隱喻。這些隱喻概念，在元雜劇也可以看到。關於這樣跨文化的隱喻現象，我們可以如此理解——因為認知是以人的身體經驗為基礎，故各個不同的文化之間還是有相通的經驗。

　　認知隱喻的範疇論，讓我們認識了語言的虛構性：我們以語言建構而成的世界，使我們產生了假象，認為我們用語言認識、劃分的經驗世界，是真實存在的。但是我們心中的範疇是我們的身體經驗和文化經驗劃分出來的，並不是自然真實世界的範疇。所謂的「客觀性」是不可能存在的，我們的認知受限於個體的身體經驗以及文化經驗。道家與佛家體悟出語言的詭譎，是來自載符與載體的不能相等。語言是線性的符號系統，思維卻是快速又跳躍的〔註1〕；語言符號只能勉強將我們紛雜的思維，擠縮成一個線性的規律，載符不能盡括所有的載體。若受限於語言符號而忽略了意涵的活潑性，智慧就不能通達。語言符號只是表意的工具，符號承載的意義才是真正的目的，捨

〔註1〕「Neurons that fire together, wire together.」（可以譯做「神經元一齊開火，一齊串連」）指的大腦神經元的連結方式：「突觸（synapse）是神經元以化學物質為訊號互相溝通的地方。學習可強化神經元之間的連結，一方面創造更多的連結，另一方面也加強它們的化學溝通能力。這些變化把涉及某個動作、感受或者念頭的神經元串接在一起」因此，人的大腦運作的方式本就不是以單一的或線性的方式進行。資料引用自輔仁大學語言學研究所「語言與認知經典翻譯」指導教授洪振耀之「重要譯者」介紹譯者王道還之【腦專輯】適當訓練可強化大腦功能，腦子越用越靈光，不用就生鏽」一文（網址：http://www.ling.fju.edu.tw/langcog/index2.htm）。

本逐末，一昧去探求工具的形式，而不深究內容，是反其道而行的。但是跳躍靈動的思維，若不透過文字記載，是會靈光逍逝的，語言符號還是具有可掌握的優勢。已經失去演出生命的戲曲──雜劇，我們只能透過其文本的閱讀過程中去認識它，語言符號在這時又是傳遞戲曲思維的工具。筆者以「元雜劇」的語言做爲解析雜劇所蘊涵的隱喻概念及其思維的媒介即源於語言超越時空的傳訊優勢。研究元雜劇的隱喻性思維，藉由雜劇文字表層的語言表達式，可以發掘出較深層的、屬認知層面的隱喻性概念及其思維。在本文的第二章筆者討論戲曲語言的演出態與閱讀態，這兩種型態是戲曲生命力的不同展現。元雜劇的戲曲生命，其光芒綻放是在元代，經由舞台搬演面對群眾；或者說是因其不斷與觀眾互動而具活潑的生命形態。據其商業繁榮及雜劇於民間勾欄瓦舍演出的情形，劇作家（書會才人）們是必須將題材、人物、賓白、曲詞，生活化、平民化的，在元雜劇的創作上是要盡力去調和雅俗文化的。劇作家依據演員實際演出及演出後的觀眾反應上，隨時修正創作的風格和方向，以迎合市場需求；而劇作家也適時借著演員的各種表述和故事情節的發展，教化觀眾以使裨益世道人心，也可趁機抒發個人懷抱。

　　元雜劇的文學生命藉雜劇文本而開展，延續至今，生命力來自透過文字的閱讀：抒情表意的曲詞、自然口語化的賓白和科介的動作提示；加上讀者豐富的想像力，也可想見其人如在目前。以「閱讀態」而論，元雜劇最生動的是它與其他文學殊異多樣的詞彙形態與功能。這些詞彙在曲詞裡運用，讀起來不但造成鏗鏘的韻律節奏，用於擬聲狀態亦有助於閱讀時情境的烘托。口語賓白裡語詞的諧音、俗諺語的搭配，恰如其分的言語等，使人物形象更趨鮮活。這些語言的運用彌補了閱讀上的缺憾，增添了想像的空間。雅俗階層之間本有成見與歧異在，雅層的士大夫對通俗文學是不屑爲之的。元代雜劇興盛，文人創作者多，在文學的現實面，書會文人已由少數的一群成爲大宗。面對這樣的平民化的趨勢，及商業利益的需求，這一群從事雜劇創作的文人，已是不容忽視的一群；鍾嗣成的《錄鬼簿》、夏庭芝的《青樓集》，他們替這群戲曲藝術家著之方冊的態度，就顯示了文化下移的趨勢，戲曲在雅俗之間搭起了橋樑。閱讀雜劇語言時，它的特殊形制呈現出的文學表象，令人不禁想一一探究；而文本蘊涵上，市井小民偏好的風格，及生活化的題材，使它豐碩可觀，筆者分別就其形制、內容爲「元雜劇」語言之隱喻性思維做總結性的說明。

第一節 元雜劇體制形式之隱喻性思維

元雜劇的體制形式是元雜劇語言所呈現的表層結構。在形式上，雜劇因其文體特殊，在它的體制上，有特殊的構成分子，論文的第三章就是以雜劇的「結構元素」探討它的隱喻概念，將於以下第一點說明之。而在戲劇的角色扮演上，依其主唱者所扮演的性別，而有「末本」雜劇和「旦本」雜劇之分，這是論文第四章、第五章所討論的內容。但是在形式方面，主唱者的視角：「末本」、「旦本」對雜劇而言，有何差異性？是接下來的第二點所要論述的。

一、元雜劇結構元素的隱喻性綜論

元雜劇是具結構隱喻性的文學作品，文本中存在著許多的文化符碼。在結構元素方面：行當與上、下場詩，都將人物視為符號來隱喻其性格及身份。行當包括了末、旦、淨（丑）三大類；「雜當」是人物身份的代碼，它分別可由末、旦、淨來扮演，例如《榮歸故里》劇「正末扮孛老」〔註 2〕、《竹葉舟》劇「外扮孛老」〔註 3〕、《浮漚記》劇「冲末扮孛老」〔註 4〕、《鐵拐李岳》劇「淨扮孛老」〔註 5〕，故而「雜當」不列入行當之內。在三大行當之中，末、旦是以角色的男、女性別而分，是人倫世界的基本圖式；淨行包括了丑在內，是以角色的性格奸壞或以其滑稽取鬧的功用而分的。從行當的分類上，可看出劇作家們習於採用二元對立的方式去劃分現實世界的人物，在舞台搬演時，明顯區別雜劇的角色，讓觀眾當下能辨識善惡，並引為警惕。「末－旦」的分別是來自性別的二元對立，「末－旦」和「淨」的區分是性格和扮相的二元對立：「末－旦」是好人或扮相上正派的人物、「淨」是奸惡之人，或扮相上滑稽突梯的人物；角色將現實人物群象以二元對立的方式類型化。這三大行當是認知模式的原型，作為角色人物範疇分類的依據。在各類行當的細目中，「搽旦」是跨類存在的，依其性別劃分隸屬「旦」行，據其外型扮相或性格又屬「淨」行。「搽旦」應是後出的角色，雜劇裡常與「淨」角搭配演出：劇中「淨」若扮男性角色，「搽旦」大多便是與他狼

〔註 2〕 「孛老」是雜劇裡的「老人家」角色，這裡的孛老是薛仁貴的父親薛大伯。（見楔子，卷五，頁 2941）

〔註 3〕 扮演陳季常之父，「外」是「末」行的細目。（見三折，卷六，頁 4066）

〔註 4〕 扮演王文用之父，「冲末」是「末」行的細目。（見楔子，卷八，頁 6127）

〔註 5〕 扮演小李屠之父。（見三折，卷五，頁 3210）

狠為奸的姦夫淫婦；劇中「淨」若扮「卜兒」,「搽旦」大多是以外型扮相來出乖賣醜,扮演較為年輕的小輩。為使觀眾能明白人物特性,甚至劇中人物的名字也是一種符號,代表了某一類人,如：蕭娥、王臘梅、柳隆卿、胡子傳。上、下場詩蹈襲,也是一種人物的符號性隱喻。「花有重開日、人無再少年」是老婦的上場詩；「月過十五光明少,人到中年萬事休」是李老的上場詩。做員外的、做公人的、店小二、官員、書生等等,各色各樣的人物都有其定式的上場詩,有的全然蹈襲、有的增改一兩個字、有的加以轉化；下場詩大多與劇情發展相關,故蹈襲的不多。人名可以符號化,元雜劇的故事情節也可符號化：有以人名轉喻故事情節的、也有以雜劇劇目代表情節的模式映射。這些符號的轉喻、映射,都有一個前提,必須是觀眾／讀者所熟知的,由此更可見元雜劇繁榮時期的故事的普及程度和受觀眾喜愛的程度。

在表演形式方面,插科打諢的詼諧或逗趣,除了調節演出的氣氛外,更寓意著戲就是戲的務實態度,在觀眾深陷悲苦、緊張、恐怖的情節之中,插科打諢沖淡了戲劇濃重的情緒氣氛,使觀眾透過笑聲,從這些情節中跳脫,產生疏離效果；讓觀眾清楚地自我觀照,提供了省思空間與嘲解人生,隱喻人生困境的「跳脫」方式。

雜劇結構中常在劇末用權威式的判語,讓劇情以團圓模式收結。權威式的判語裡有來自「上」的斷語,「上」的力量強化了人倫社會的上下尊卑之序；強力介入是百姓遭遇困阨時所期待的助力,讓劇情能團圓收結符合人們想望,這些助力可能來自清官能吏、非法正義或鬼神。在觀眾或劇作家的現實世界裡,能替人理冤雪枉的,若不能寄望人（清官／好漢）就只能寄望鬼神了。判語更具有點題的作用,點明故事的意旨,如《秋胡戲妻》劇,秋胡在劇末下的判語：

> （詞云）想當日剛赴佳期,被勾軍蓦地分離。苦傷心拋妻棄母,早十年物換星移。幸時來得成功業,著錦衣脫去戎衣。荷君恩賜金一餅,為高堂供膳甘肥。到桑園糟糠相遇,強求歡假作痴迷。守貞烈端然無改,真堪與青史標題。至今人過巨野尋他故老,猶能說魯秋胡調戲其妻。（石君寶《秋胡戲妻》四折,卷四,頁 2568）

判語中將秋胡戲妻的重點,強調在秋胡妻的貞烈上,與最後的「題目」「貞烈

婦梅英守志」呼應〔註6〕，表明淡化劇中對秋胡調戲婦女的無罪處理，乃導因
於雜劇的主要意旨是在對秋胡妻貞節的顯揚。

另外在劇末的團圓場面裡，總要加上殺羊造酒（或敲牛宰馬）的「筵席」，
「筵席」是中國人象徵團圓的符號，親朋歡聚一堂，隱喻了「圓滿」。雜劇的
「圓滿模式」以劇末權威式的判語和「做個慶喜的筵席」為其主要的結構表
徵。程式化的情節、科介，這些是元雜劇在結構上的隱喻性符號，它和行當、
上（下）場詩一樣，是類型化思維模式的結果。

二、末、旦本劇的題材與敘事角度

「末本」、「旦本」雜劇，不但劃分了主唱者扮演的角色的性別，也侷限
了大多劇作家對內容題材的選定。

末本劇題材方面描寫最多的是以英雄人物為主的歷史劇，在這類題材
裡，有三本旦本劇：一本是鄭光祖的《鍾離春》劇，正面描述一個智勇雙全
的奇女子；另外兩本都是無名氏的作品，《關雲長》劇正旦甘夫人是關羽的嫂
嫂，關羽保護甘糜二位夫人竭盡心力，以旦角側寫關羽的英雄氣概，主要是
寫他不欺暗室的胸襟，和在曹操上馬金下馬銀的曲意示好之下，富貴不能淫
的情志；《隔江鬥智》劇是藉孫吳的孫安小姐寫諸葛亮的謀略。其次是神道劇
（包括「度脫劇」在內），而這類題材的旦本劇亦較少，現存的有：《翫江亭》、
《張生煮海》、《西遊記》第一本及《張天師》。在旦本劇方面，題材與類型則
多以婚戀劇為主，以這類為題材的末本劇，與之相比算是少數，如《玉壺春》、
《揚州夢》、《百花亭》、《金錢記》、《玉鏡臺》是少數末本之婚戀劇；前三本
寫的是良賤婚姻後兩本描繪良家婚姻。

在這兩種不同性別主唱的雜劇裡，觀察兩者插入第三者的敘事觀點：以
英雄人物居多的末本劇裡，最常見的第三者是「探子」角色，他們的敘事
觀點一致，主要是頌讚英雄人物的表現；而以婚戀劇居多的旦本劇，主角雖
是正旦，但大多藉以寫書生形象，常見的插入的第三者是「嬤嬤」角色，她
們在劇中或間阻或成合男女主角，「嬤嬤」的功用在使劇情有所的轉變，如
《紅梨花》、《竹塢聽琴》〔註7〕的嬤嬤（或賣花三婆）虛扯了鬼魂之說，改變

〔註6〕 「題目」、「正名」是雜劇結構中最後的部分，該劇的「正名」為「魯大夫秋
胡戲妻」。筆者在本文中並未論及「題目」「正名」或「題目正名」的部分。
〔註7〕 《竹塢聽琴》的嬤嬤不是由「正旦」扮演，但一樣在劇中第二折對男主角秦
脩然說了鬼魂之事嚇得秦脩然急忙離開上京應試去。

了男女主角如膠似漆的現狀，劇情至此轉變；又如《菩薩蠻》的嬤嬤本想替小姐說親，沒想到反把張世英嚇跑，離開了女主角家。末本劇和旦本劇裡插入第三者的敘事觀點作用大不相同。選擇正末或正旦的敘事視角會影響敘述的重心，如具有相同情節的末本劇《村樂堂》和旦本劇《爭報恩》，對被丈夫不信任而含冤下獄的大夫人，有不同的描寫重心：末本劇主要是寫海門張仲的施義於婿、旦本劇則對受此屈辱的大夫人心理多有描繪。這兩本雜劇劇情結構相似，但在題材分類上《村樂堂》屬公案劇，《爭報恩》也有官司場面但因梁山泊好漢的介入而屬水滸劇。水滸劇多半醜化了女角，大妻總被小妾氣死，現存唯一的旦本水滸劇《爭報恩》也有大妻小妾的問題、也有姦夫淫婦的勾當，但姦夫淫婦謀害的對象由正末（丈夫）轉為正旦（大妻），姦夫也由外面的權貴或衙門差役改為自家府內的總管，若論寫作的高下因旦、末本的訴求不同各有千秋。末本劇強調的是「梁山泊」對公理正義的宣揚及好漢們的義氣，旦本劇雖也有這些訴求但更著重在家庭的圓滿和諧。末本劇做丈夫的落得家業破敗，只剩下一雙兒女，最終下場上了梁山，旦本劇除了上梁山劇情相同外，一家還是完聚的。就文化意涵而言，團圓的俗套卻是社會大眾的共同心理期待，李千嬌雖為愛兒性命原諒了趙通判，但也是性格的重義好施所致，就水滸劇而言旦本劇的處理比末本劇更能反映社會文化的性格與樣態。

以婚戀劇來說，末本的《百花亭》和旦本的《玉梳記》同樣能反映社會樣貌，《百花亭》正末王煥換上賣查梨條小販的行頭在大街小巷叫賣著各地名產，對這樣的行徑，小二用「不惜廉恥，權做下流」一語請王煥改扮身份，將傳統士大夫的階級意識並為一般大眾所認同的情形表露無遺；《玉梳記》則善用隱喻與轉喻將「窮酸餓醋」的俗語與「酸黃瓜」、「醋瓶子」結合構成對書生以「酸」性食物譬喻的文化概念系統。就這兩本婚戀劇而論，末、旦本的表現各有千秋。

故而末、旦本劇影響的是其寫作題村的侷限，但亦有作家從中尋求突破，不受末、旦本的影響，照樣有末本的婚戀劇、旦本的歷史劇的情形出現；末、旦本劇最大的差異在於描寫的重心會因敘事角度的擇取而不同，其高下優劣還是牽涉到作家本身的寫作風格，與末本或旦本敘事關係不大，但若以多數優勢而言，末本的歷史劇自然優於旦本、旦本的婚戀劇同樣的勝過末本。

第二節　元雜劇語言之隱喻模式

　　元雜劇語言的隱喻模式，筆者在論文第四章、第五章中分別論述末、旦本雜劇的隱喻模式，綜述於下：

一、末本劇隱喻模式綜論

　　在「英雄」的範疇討論中，武藝是諸多英雄屬性中最重要的一個（但不是絕對必要的屬性，有的英雄人物不具此屬性，如：諸葛亮）武藝的高下影響英雄受重視的程度，如尉遲恭、薛仁貴、狄青及伍子胥，其次智謀可以獨立為單一屬性，如孫臏。在英雄的範疇裡無法以傳統的共性說來界定，以雷可夫範疇論（1987）的「原型」及邊緣性成員，較能說明元雜劇裡的英雄成員。文本蘊涵的概念隱喻裡，歷史劇的英雄述寫重在天命思想。末本劇裡對「英雄」人物嚮往，常以其戰功突顯，最顯著的是在第三折或第四折轉換其他第三者，以「探子」作為敘事觀點的夾敘夾評，在讚揚英雄事蹟之外，敵方探子的述評，甚至摻雜了天命的思想。使歷史劇裡不但表現「英雄」人物的形象，還將成王敗寇歸結於命定，冀有心於大業者引以為鑑，而不可妄為。「伴哥」與英雄人物的互動為的是延宕劇情，製造緊張及期待效果。

　　天命思想也瀰漫在雜劇的仕隱劇中，以做不做官，在天不在人立論，使天下有才不得仕進的文人，有了可以安慰自己的理由。末本劇的書生藉功名顯揚自己，隱者以漁樵或道士的姿態出現。仕隱模式裡「人生是旅行」的隱喻概念，普遍於書生的仕進上，他以「仕路」為旅行的目標。官場是「容器隱喻」，「宦海升沈」的概念更是以容器內的液體內上升下降做為官場中升遷貶謫的隱喻概念。「是非海」是隱者對官場負面評價的隱喻概念。仕隱模式裡亦有著重在身體姿態的描寫，動作上有嚮往進入官場者，由下至上的「登」，而一心想遠離官場的人卻以「跳」的動作快速脫離；這是容器隱喻中對兩種不同心態的人肢體動作的描繪。「方位隱喻」裡因仕者和隱者的不同認知，對「上」／「下」，給予不同的內涵意義；仕者以「上」為達到做官的目，如「青雲」、「登」（仕版）；隱者是以逍遙隱逸的生活為最好最理想的，故隱於高山之上，以「上」是好的，如隱者「高臥」的身體姿態和隱喻概念，它是將地理高度等同於心理高度，而「躺下」的動作——「臥」，以其身體狀態隱喻心理狀態的悠閒。

　　水滸劇與包公劇裡地名或機關名轉喻了人及其所發揮的功效，「梁山泊」

與「開封府」一個在暗處一個在明處、一個是非法的盜匪集體一個是王法體制下的清官。「梁山泊」聚義相挺，重的是人與人之間的情義聯結，人際關係是以鎖鏈（環鍊）模式連結的，以眾人之力——人的力量去對抗世間的不公不義，為受屈的人抱不平；「開封府」由清官包待制一人之力捍衛司法公義，因之不免在百姓的想望中替包公增添了神性，日審陽夜審陰，一雙陰陽眼能見旁人不能見的鬼魂，在包公劇裡多半是為冤死的鬼魂報冤，還的是天地間應有的公平與正義。從多本包公劇對「智」的描寫，可見其對公平正義的看法與態度，為求天理昭彰化表王法的包待制竟也採用非法不義的手段對付不公不義的人與事，因此「開封府」名為王法機關，實與「梁山泊」一般無二，兩者實質上都是公理正義的代名詞。

度脫劇的性別意識濃重，父權思想籠罩在這類的雜劇裡。在度脫劇裡有顯而易見的「嚴父模式」存在，引渡者的性別單一，都是有男性角色擔任，標示了以男性為主的父權思想與社會結構，這個社會結構也影響到天上神界的構築——以人的社會映射神的社會。而引渡者大多亦有被引渡的身體經驗，得道成仙後再去引渡被渡者，在這種類似人倫父子的師生關係中，引渡者擔任「嚴父」的角色，驅策被渡者修道，甚至以惡境頭懲戒之。這些都是基於「嚴父模式」下的「愛之深，責之切」。

二、日本劇隱喻模式綜論

雜劇裡對女子的譬喻思維，最顯著的是「女子是花」的植物隱喻及女子與容器隱喻。「女子是花」是植物隱喻，以「花」與「女子」的同質性：嬌弱、美麗、惹人憐愛，做為隱喻映射的基礎，在角度攝取上，有依嬌弱外表為喻的、亦有重在花色與花香的。女子與容器隱喻中，謝天香和她一樣的上廳行首們，在容器與容器間受外力驅使拋擲。閨閣小姐裡，李千金是自發性地跟著裴少俊離開家這個容器，小姐們在容器空間轉移的機會不大——除了婚姻之故。

婚戀劇裡，「書生」是受到旦角敬重傾慕的，但在劇作家筆下形象不佳。其實也與女子對愛情的憧憬心理有關，女子受詩書、大曲影響，以為「寒儒」都是未來的大官顯要，以為「寒儒」都是才德相兼的，劇作家只是落實了女主角對「寒儒」的高期待的心理，她們盲目地使「寒儒」這個符號具的意義過度延伸；書生在劇作家筆下的負面形象，即來自世俗大眾對秀才書生

的觀感。兩種不同的筆調是來自兩種不同標準的審視。在情愛的付出上，男的愛情是以金錢功名計量的，「一春常費買花錢」到「床頭金盡」的窘態是他們對愛情的付出；女的愛情是以等待、與母親角色的對立與抗爭，甚至香消玉殞，是她們對愛情的付出。男的是以金錢和手捧功名（給女子夫人縣君的官誥）做爲愛情的表徵；女的是以堅心等待、對抗權威（金錢）犧牲生命來證明自己的愛情，在天平上等不等值？是以當時的社會價值與道德判斷爲主的。

在「觀念思想是食物」的隱喻概念裡，在現代漢語中有以「你口氣不好哦！」、「你說話好嗆！」等氣味來形容人在言語方面表現出來的無禮或挑釁意味。古人對「酸」有特別的感受，特別將它用在讀書人身上，元雜裡的「酸丁」、「窮酸」、「窮酸醋餓」都是指他們；在氣味使用的偏好上，中國人有特殊的文化意涵。雷可夫（Lakoff）提到隱喻具文化的整體相應性，元雜劇裡也在對書生的貶抑性稱呼中反應了這種特質，在不同劇本裡有相同或相近的用法。另一個和讀書人相關的，是「槐花」的文化意涵。「槐花」的文化意涵來自它開放的季節性，秋日綻放的黃色槐花正好搭配了考試的氣氛，成了試期的隱喻。如：「槐花黃，舉子忙」是《玉梳記》的虔婆趕荊楚臣上朝取應時的話，這個隱喻不只出現在這一本雜劇，又如《黃粱夢》呂岩上京趕考的上場詩，說道：

策蹇上長安，日夕無休歇。但見槐花黃，如何不心急。（《黃粱夢》一折，卷三，頁 1627）

《玉壺春》劇的李玉壺也道：

我爲戀著春風蘭蕊嬌容放，嗨，早忘了秋日槐花舉子忙。（《玉壺春》二折，卷八，頁 5632）

「槐花」做爲試期是因其季節而言，但同以「槐花」爲喻的雜劇，也顯示了隱喻的文化整體相應性。且本劇的旦角對「書生」尤其是「寒儒」有過高的期待，而劇作家對書生形象的描繪卻偏向於負面的，他們不顧禮教爲求事諧不惜向婢女下跪求助，大言不慚地誇耀自己的才學文章。整體而言且本劇中旦角的形象可愛又多情，劇作家們對這些才貌出眾的女子們著墨甚多，並給予敬重與同情。

「賢母模式」大多出現在寡母教子的劇中，女子能爲自己改換身份地位的，是「母親」角色的擔任，經由教子的成果，而達到受人尊崇的人生目的。

賢母基於社會所期盼的「母職」，教養的對象是「兒子」，使之成材；或者義捨親子，使自己無愧前賢（如魯義姑者）。和賢母相對的是「非賢母」，非賢母教養的對象是「女兒」，目的是讓「賠錢貨」賺錢；非賢母也有捨棄親兒的，但捨棄的性別也是「女兒」，目的是除掉一個可能危害家庭和諧的「賠錢貨」。「賢母／非賢母」教養的對象性別有異且目的不同，捨棄的對象也性別有異且目的不同；但兩者統一的是「賢母」配「兒子」、「非賢母」配「女兒」。她們對待兒子／女兒或者捨棄兒子／女兒的行為，根本上都是社會化的行為，是同一個文化社會的兩極化產物。

從「梁山泊」到「開封府」，還有「圓滿要求下的變形」，可以看出民間的公理正義觀：不義者是一定要被誅殺的，手段和方法不拘，只要使不義者獲得懲戒；而夫妻之間，做丈夫的無論如何地無情無義，為了家庭的和諧美滿，都是可以被原諒的；第三者無論是否無辜，都該好好教訓一番，若為姦夫淫婦更應當要不得好死的。民間觀點的正義並不代表司法的正義，只是以市井小民的簡單的邏輯概念，做顯而易見的判斷。戲劇的結局是為了滿足觀眾的慾望和快感，當斬殺不義時，憋了一肚子悶氣的觀眾終於得到了舒解，甚至享受大快人心的愉悅。夫妻關係就市井小民而言是天定的，小妾的算計、丈夫的無情，都在釐清冤枉時，應回復從前良好的婚姻關係才是，子母團圓、夫婦完聚是天下一大樂事，在此前提之下，插入的第三者應排除，違背丈夫的淫婦、勾搭人妻的姦夫都是罪該萬死的惡人，梟首示眾、萬箭穿心，都是他們該得的報應。

第三節　成果與展望

元雜劇豐富的文化內涵，源自於它兼容並蓄的博雜性。它受歷史文化影響：在體制上，受諸宮調等民間文學在根本的滋養；在語言上，因演出的口語性而雜揉了蒙漢語；在內容上，呈現社會生活的寫實面。元雜劇形式多樣、蘊含豐富。文學作品以語言為符號，傳遞作家思想，語言是表情達意的重要工具；自語言符號著手分析文學作品，也是研究文學作品必然的手段之一。認知語言學是立基於人類的經驗感知，從認知的角度觀看文學作品的隱喻思維，不僅可見語言符號的表層意思，更深入於文化的深層意涵。本論文以認知隱喻為基礎，探究「元雜劇」語言的概念系統，即以此觀察思維運作的模

式。本論文在主體探究的過程中，發現多采豐富的元雜劇，還可以提供未來延伸的發展空間。

一、本文探究的成果

本文的探究的成果分別以下三方面做一統整與報告：

（一）由身體經驗感知的隱喻是各民族語言思維的共性

身體經驗是最直接認知外物的方式，在這個共同基礎上，對於方位的「上」和「高」是給予正面肯定的，如雷可夫和詹森（1980）提到的在英語世界裡「上」是好的隱喻概念在元雜劇裡亦有相同的評價如：「平步青雲」、「上天梯」，以「上」來形容儒生對功名的仰慕期盼。「上」也是地位高的或具掌控權的，如來自「上」的判語，讓全劇團圓收結。這是身體經驗在方位隱喻上呈現的共性。

另雷可夫和詹森（1980）也提出了「人生是旅行」的隱喻概念，這是來自身體經驗的「源──路徑──目標」的認知模式，在元雜劇與之相應的是度脫劇的「正道」概念及仕隱劇的「仕途」概念。元雜劇裡也有「觀念思想是食物」、人是植物──「女子是花」和容器隱喻等以身體經驗為基礎的概念隱喻；而在「母親」模式方面，元雜劇裡亦有與西方世界的道德母親相應的賢母模式。

（二）以文化經驗而來的隱喻延伸具有各自文化中的特性

同樣隱喻概念但因其文化經驗的不同而延伸出具有各自文化特性的隱喻。就方位詞的「上」而言，因其位置「……之上」發展為位置之高度──「高」。「高」亦處於上方，但強調的是它的距離而非位置，元雜劇裡以「高臥」隱喻隱逸者，隱逸者處於「上」方的位置──「高」臥／枕／眠，身體所處的地理位置的高度等於一個人在塵世之間的心理高度。

另一個同樣的隱喻概念「觀念思想是食物」，亦具有文化殊異性；如「窮酸餓醋」一詞顯現了中國文化對「酸」味的譬喻偏好具文化殊異性，「酸」用來特指讀書人，如：「酸丁」、「酸氣」，而更「酸」延伸出「醋」及「醋瓶子」。在「人是植物」的隱喻概念裡，「女子是花」的植物隱喻更轉而以人擬物，死後物化成花之隱喻思維。而人是植物的隱喻僅出現在度脫劇的「紅顏三春樹」及柳精、梅（桃）精之植物精怪與為使被渡者開悟而施展的傾刻開花結果之術寓意著人是植物，單就男子而言的植物隱喻並不多見。由「筵席」隱喻「團

圓」更是來自歡聚親友的經驗，延伸出「人生是筵席」的隱喻概念，而有「天下無不散的筵席」之俗諺，「鴻門宴」、「呂太后的筵席」等來自歷史典故的語詞，更使「筵席」發展出中國人特有的文化意涵。

文化賦予女人的母職，在中國社會中，賢母模式是受尊崇的高階文化，教子成賢是其職責；然而義捨親子，卻硬生生以禮教捨斷了親屬血源的「天性」。這種「天性」的割捨，除了禮教洗腦下的「賢母」能因義之所驅，斷然為之外；受大環境文化體制重男輕女的觀念影響，「非賢母」的無知婦人，也能輕易割捨，她們的溺女行為也是社會文化的產物。「賢母／非賢母」都能做到捨棄親子，令人質疑所謂的「天性」——母親愛護子女的本能，有某些成分也是來自文化社會的期待〔註8〕。在表象不同的語詞中，其實具有相同行徑的，如：「梁山泊」和「開封府」，還有「賢母」與「非賢母」（溺女之母）。「賢母」模式之魯義姑「義捨親子」和「非賢母」裡溺女之母的「溺女」，就其行為的表現來說，都是棄置自家的親骨肉，都不能算是善盡母職的母親角色。中國社會產生了像「魯義姑」這樣令人不可思議的思維模式，而對另一種「親的原來則是親」（如《哭存孝》劇李存孝的感受）的私暱親兒之心是具負面的批判的——這是中國文化社會的整體觀感。

（三）元雜劇二元對立的思維運作是建立規則、典範的基本模式，也是建立社會文化價值的基本方式

語言確實反映了文化思維的模式。對於身體經驗感知而來隱喻，是各民族語言思維的共性；但以文化而來的隱喻延伸，則具有各自文化中的特性。二元思維是人類最基本的認知模式，善／惡、美／醜、福／禍，都是相對成組的思維模式，佛家和道家雖然渾同了它們，消弭語言在兩者之間的對立性，但在認知經驗世界之初，還是要以「可／不可」、「是／非」來進行認知的，二元對立的思維運作是建立規則、典範的基本模式，也是建立社會文化價值的基本方式。確分善惡，用於戲劇的教化意義上極為重要，它是建立起觀眾的價值觀和文化認同。在隱喻思維上角色的扮演具有傳遞訊息的重要意義，因此在角色上便要有鮮明的標記，註記角色所飾演的人物的善惡，導引觀眾向正確的方向去思考去學習。對市井觀眾而言，人物的類型化很容易自舊有

〔註8〕 亦即母親對子女的愛和父親對子女的愛，在所謂的「天性」上應是相同的（除了嬰孩剛出生時的女性荷爾蒙的本能作用外，母親是甚於父親的）；是文化社會對「母職」有過多的要求與期待。

的經驗系統中找到相似的人物類型，而很快地掌握了人物性格、甚至情節進展，觀眾的心境不致因劇情造成太大的起伏變動而不安，或者懸懸於心。類型化的人物、標誌性的角色，可以清楚劇作家的意向，清楚角色所扮演的人物，他的作為的是非善惡，再平庸、再魯鈍的觀眾都能接受劇作家訊息背後的意圖。行當、上（下）場詩，甚至是某些特定的人名，都有這種標誌性的符號意義。人物的善與惡、正經或滑稽確立後，忠、孝、節、義的觀念才能清楚地在角色的演述下為觀眾確知。插科打諢擔任了守住戲與現實分際的控管中樞，將觀眾從戲劇中跳脫出來保持距離感，戲與現實二分為的是能夠清楚地觀照自己的現實人生。

　　在內容上，隱喻模式雖具多樣性，但也不脫於傳統文化的譬喻觀，如人與植物之間的隱喻關係，是因身體接觸並感知外物而來的隱喻，受到實體經驗的影響。人與容器隱喻也是如此，但因文化性的男主外女主內的觀念影響，女人通常處於容器空間之內，受侷限於狹小的居處空間，在容器的轉換之間，男子多半是自發性的，而女人則多是受外力的逼使。男子的空間轉移，是受功名與婚姻之趨使，女人的空間移動則因愛情與婚姻趨使，在家與家之間轉換。女人在社會地位上的認知是和空間概念相關的，傳統社會認為家庭這個抽象的容器空間，才是女人該居處的位置；也因此《墻頭馬上》的李千金會有自由不自在之慨嘆，因她失去了「原生家庭」（父母已逝，她所居處的家，只是實體的冰冷的建築物）和與裴少俊、一雙兒女共有的「家庭」（裴少俊迫於父命休妻，裴尚書將她趕出裴家），女人本就該歸屬於「家庭」的，那才是女人在社會的抽象空間裡該待的地方。至現今，社會大眾所使用的語詞裡，諸如「野女人」、「野花／家花」之類，也蘊藏了傳統文化思維中對女子居處空間的認定：在「家庭」（婚姻）以外的女人，一如待在開放空間般，而社會大眾對開放空間的用詞——「野」，是具負面貶抑的情感色彩的；居處在這樣空間的女人，也必須面對社會大眾對她的負面批評。「開放空間」對女人而言，是個不適合的地方，它少了庇護和安全感，女人還是要在封閉的容器空間（室／家）內，才能適得其所，自在並得到社會大眾的認同。傳統文化（如元雜劇）對女人與容器空間的隱喻思維，時至今日，乃具有影響力。

二、本文延伸的議題

　　本論文的研究未盡之處，未來可作相關議題的延伸，如：

（一）元雜劇之語詞分類與隱喻延伸

本論文呈現了雜劇語言在體制形式上、在意涵上具重要性的隱喻概念及其思維運作上的認知模式。對較為細部的，如語詞的分類與延伸下的隱喻概念，則尚未論及，在這方面可以延伸的議題有很多，例如顏色與人物身份的關係、引用宋元話本小說中的用語以及具有聲情效用的語詞等。略述如下：

1. 關於人物身份與衣著顏色

在雜劇的語言裡，人物的身份是靠衣著去認識的，如：「布衣」＜＞〔註9〕「錦衣」，以部分代全體的轉喻模式，成為仕隱間文人和官員的身份代碼；「腰紫衣金」是以高官重臣的服飾顏色來轉喻其身份地位，《陳母教子》等雜劇，即以之轉喻該服飾代表的身份地位。另有以屋舍的顏色為喻的如：白屋客＜＞黃閣臣。諸如此類，是本文尚未探究的部分，希冀在未來的研究中有更進一步的探索。

2. 引自宋元話本小說中的用語

雜劇裡亦有借民間流傳的話本故事或小說情節裡的故事主角作為隱喻映射的情形，如：

> 【調笑令】你可便悄聲，察賊情。（正旦云）司公哥哥，你來！（張弘云）怎的？（正旦唱）比及拿王矮虎，先黔住一丈青。（《緋衣夢》三折，卷一，頁251）

王矮虎和一丈青是梁山英雄中的一對夫婦，比喻賊盜裴炎夫婦，由此可見水滸故事盛行；這類引用話本故事或小說情節也是研究元雜劇可以延伸的方向。

3. 具聲情效用的語詞

雜劇語彙多樣活潑，如本文第二章〈第二節元雜劇的閱讀態〉論及的「語言托起的綜合藝術」提到詞彙的擬聲與狀態時所概述的一些詞彙，可見雜劇中語詞的聲情效用，尤以ABB式重疊詞最具聲情效用增添文章的靈活度，本論文並未做詳盡且全面的描繪，這也是本論文未來可延伸的議題之一。

（二）散曲中與之相應的隱喻概念

筆者只針對「元雜劇」做了隱喻性概念的探究，在「散曲」方面也有與之相應的概念系統，如：「酒」、「垂釣」的隱逸意象在散曲中顯而易見，在「散

〔註9〕該符號表示符號前後的語詞具相對性。

曲」語言的隱逸外表下，常在譬喻中透露出仕進未遂，隱逸是迫於現實不得不選擇的道路。如白樸【仙呂】寄生草所言：

　　糟醃兩個功名字，醅渰千古興亡事。

「功名」和「千古興亡事」都是由書本裡所伸發出來的觀念或思想，都是存於人的腦海之中的抽象事物。在這個語言表達式裡隱喻著「人的身體是容器」、「觀念思想是容器內的東西」這兩個隱喻概念，並且結合用容器醃漬食物的概念呈現作家的意涵。我們以醃漬食物的概念來理解：內容物是容器內的醃漬物——即「功名」、「興亡事」，在人的身體容器內被醃漬了。「糟醃」是用酒醃漬（酒裡的糟粕未濾淨），曲中要用的含有渣滓的酒去浸漬「功名」這兩個字；「醅渰」也是用沒有濾清殘渣的酒去渰覆，對象物是「千古興亡事」。酒喝下肚就好像把藏在肚裡（其實是腦子裡）的「功名」、「千古興亡事」給淹沒了。這個隱喻是由身體是容器的隱喻概念延伸出來的隱喻，將酒喝下肚就好像倒入容器裡，容器裡除了酒，還有詩書所代表的功名與記載的千古興亡事在內，酒一入肚就浸漬了這些觀念思想。而這些思想像被糟粕和新醅醃漬的食物一樣，都是容器內被浸漬的內容物。從這個譬喻可見，作者白樸對「功名」和「千古興亡事」不是不在意，而是以酒麻痺自己，用酒去沈澱它們，讓自己能暫時將它們擱置在一邊，一但醒來又面臨功名未就的痛苦。

　　語言表達式下的隱喻思維，是作者真正的意旨。散曲中多的是這類曖昧不明的句子，潛藏於語句之內的才是作者的意圖。博論因主題與篇幅之限，未能做細部的審查，將語言的旨趣深度發揮，是本論文可以延伸發展的方向之一。

（三）小說戲曲語言之性別隱喻研究

　　雜劇語言明顯突出了性別的優勢與取得優勢發言權的一方的威權表現，如度脫劇明顯的威權——父權意識。

　　筆者在「元雜劇」的度脫劇裡，發現引渡者的身份性別清一色是男性角色，被渡者也多半為男性；女性的被渡者除本身為玉女被貶謫歷劫的人物外，無論「潔／不潔」的女性被渡者，都以凡間不潔的妓女作為歷劫超脫的主體。語言結構中有明顯的性別差異，以《劉行首》一劇為例，五世為童女身的鬼仙，自外於人倫之外，雖潔其身，但不循人倫正道而行，想要成仙，必須償她五世的債，投胎為凡人，並且為妓女，以其一世之不潔還報，才能超凡成

仙〔潔→不潔→超脫〕。現實中的人倫制度是以父系爲主，父權威勢掌控了人倫秩序，女子從父、從夫、從子，維繫了人倫秩序的穩固，女子的貞潔爲父權威勢所強調，確保子嗣、家產的傳承；但若潔身不嫁又動搖了人倫的根本（夫婦關係），也不合於父權威勢的建立，劉行首之前身鬼仙玉骨夫人挑戰了父權體制，因此不能飛昇得道，她必須回歸人倫秩序，爲她的潔身付出代價。在父權社會及其映射的神仙世界裡，不容許這種違反人倫秩序甚至對抗人倫社會的女子出現，故其須回歸人倫規範，才能晉身入亦爲父權體系所構建的仙界。因此筆者對小說戲曲中的性別語言有所期待，這是本論文可以繼續研究的另一個方向。

程麻稱元代開創了中國近代文化，其孕育出的元曲也啓發了後世的市井觀念，如：

> 稱其爲「中國近代文化開創時代」的說法，固然還難以被人們認同，但誰也無法漠視元朝確有其空前特殊的文化風格。……是由於游牧文化觀念排擠漢族士林文化，使社會空前平民化。其開放的文化條件、經濟和政治上的多族交融、五方雜處的生活環境等等，摧毀了士林和平民的嚴格界限。加上科舉之路阻塞不通，使得當時的文風迅速向城市平民階層傾斜，從而孕育出中國歷史上一種全新的通俗性藝術品類——曲詞，連帶地也使當時的文化染上了濃濃的世俗氣氛，說元代啓發了後世的中國近代市井觀念是不過分的。（1999年，頁67）

元朝的特殊文化風格是其平民化的文風，包含散曲在內的「元曲」是這一類文風的代表。本文討論的元雜劇形式的多元並具民間性色彩，語言的口語化貼近社會生活是它生命力的顯現。筆者探究元雜劇語言之隱喻性思維即就語言背後的概念思維做一番整理，本文尚未探究的部分，希冀在未來的研究中有更進一步的探索。

參考書目

一、**中文書目**（依作者筆劃順序排列之）

（一）專　書

1. 幺書儀，《元人雜劇與元代社會》，北京：北京大學出版社，1997 年。

2. 方齡貴，《元明戲曲中的蒙古語》，上海：漢語大詞典出版社，1991 年。

3. 王明蓀，《元代的士人與政治》，台北：台灣學生書局，1992 年。

4. 王忠林等，《中國文學史初稿》，台北：福記，1978 年。（修訂三版）

5. 王晶培譯，《語言學與文學》，台北：結構群，1989 年。（〔英〕雷蒙德·查普，中國文學語言研究會，《文學語言研究論文集》，上海：華東化工）

6. 王國維，《王國維戲曲論文集──《宋元戲曲考》及其他》，台北：里仁書局，1993 年。（1993 年初版，2000 年初版二刷）

7. 王憲鈿等譯，《發生認識論原理》（Jean Piaget 原著），北京：商務印書館，1989 年。（1981 年 9 月初版，北京五刷）

8. 中國大百科全書戲劇輯委員會，《中國大百科全書·戲劇》，北京／上海：中國大百科全書出版，1989 年。

9. 中國藝術研究院戲曲研究所編，《中國戲曲理論研究文選》（上）（下），上海：上海文藝出版社，1985 年。

10. 中國戲曲研究院編，《中國古典戲曲論著集成》（二）（元·夏庭芝《青樓集》、元·鍾嗣成《錄鬼簿》、明·無名氏《錄鬼簿續編》），北京：中國戲劇出版社，1959 年。（1959 年一版一刷，1960 年一版二刷）

11. 中國戲曲研究院編，《中國古典戲曲論著集成》（四）（明·何良俊《曲論》、明·王世貞《曲藻》、明·王驥德《曲律》、明·沈德符《顧曲雜言》、明·徐復祚《曲論》、明·凌濛初《譚曲雜箚》、明·張琦《衡曲塵

譚》），北京：中國戲劇出版社，1959 年。

12. 中國戲曲研究院編，《中國古典戲曲論著集成》（五）（明·魏良輔《曲律》、明·沈寵綏《絃索辨訛》、明·沈寵綏《度曲須知》），北京：中國戲劇出版社，1959 年。

13. 中國戲曲研究院編，《中國古典戲曲論著集成》（七）（清·李漁《閒情偶寄》、清·黃周星《製曲枝語》、清·毛先舒《南曲入聲客問》、清·黃圖珌《看山閣集閒筆》、清·徐大椿《樂府傳聲》、清·黃文暘《重訂曲海總目》、清·黃丕烈《也是園藏書古今雜劇目錄》），北京：中國戲劇出版社，1959 年。

14. 中華書局編輯部，《元曲選外編》，台北：台灣中華書局，1967 年。

15. 中華書局編輯部，《全元散曲》，台北：台灣中華書局，1986 年。

16. 文學評論編輯委員會，《文學評論》（第五集），台北：書評書目，1978 年。

17. 文學評論編輯委員會，《文學評論》（第六集），台北：書評書目，1980 年。

18. 古本戲曲叢刊編輯委員會，《古本戲曲叢刊》，北京：商務印書館，1958 年。

19. 古添洪，《記號詩學》，台北：東大圖書公司，1984 年。

20. 存萃學神編集，《宋元明清劇曲研究論叢》（共四集），香港：大東圖書出版，1979 年。

21. 朱居易，《元劇俗語方言例釋》，台北：台灣商務書局，1967 年。

22. 朱建新編註，《樂府詩集》，台北：正中書局，1936 年。（1984 年臺七版）

23. 任二北、青木正兒、唐圭璋，《元曲研究》（乙編）（《散曲之研究》、《元人雜劇序說》、《元人小令格律》），台北：里仁書局，1984 年。

24. 危芷芬、陳瑞雲譯，《女性心理學》（Bernice Lott 著），台北：五南書局，1996 年。

25. 汪堂家譯，《活的隱喻》，上海：上海譯文出版社，2004 年。

26. 李平、陳問、張志林、張華夏主編，《科學、認知、意識——哲學學認佑科學國際研討會文集》，南昌：江西人民出版社，2004 年第一版。

27. 李幼蒸，《人文符號學》，台北：唐山出版社，1996 年。

28. 李幼蒸，《語義符號學》，台北：唐山出版社，1997 年。

29. 李幼蒸，《文化符號學》，台北：唐山出版社，1997 年。

30. 李春祥，《元雜劇史稿》，開封：河南大學出版社，1989 年。

31. 李逸津等著，《國外中國古典戲曲研究》，南京：江蘇教育出版社，1999 年。

32. 李惠綿，《戲曲批評概念史考論》，台北：里仁書局，2002 年。

33. 李潤新，《文學語言概論》，北京：北京語言學院，1994 年。

34. 李澤厚，《批判哲學的批判——康德述評》，台北：谷風出版社，1986 年。

35. 杜芳琴、王政主編，《中國歷史中的婦女與性別》，天津：天津人民出版社，2004 年。

36. 杜國清譯，《中國詩學》（劉若愚原著），台北：幼獅文化，1977 年。

37. 杜聲鋒，《皮雅傑及其思想》，台北：遠流出版社，1991 年。（1988 年 10 月初版，1991 年 7 月三刷）

38. 束定芳，《隱喻學研究》，上海：上海外語教育出版社，2000 年第一版。

39. 束定芳，《語言的認知研究——認知語言學論文精選》，上海：上海外語教育出版社，2004 年第一版。

40. 岑麒祥，《語言學史概要》，北京：北京大學出版社，1988 年。

41. 何大安，《聲韻學中的觀念和方法》，台北：大安出版社，1991 年二版。

42. 余秋雨，《中國戲劇文化史述》，板橋：駱駝出版社，1987 年。

43. 吳宏一主編，《明清小說》，台北：黎明文化，1996 年。（明代卷——徐志平著；清代卷——黃錦珠著）

44. 吳潛誠總編校，《文化與社會》，台北：立緒文化，1997 年。（2004 年初版六刷）

45. 門巋，《戲曲文學：語言托起的綜合藝術》，桂林：廣西師範大學出版社，2000 年。

46. 尚學鋒、過常寶、郭英德，《中國古典文學接受史》，濟南：山東教育出版社，1999 年。

47. 周師世箴，《女人、火與危險事物：範疇所揭示之心智的奧秘》，George Lakoff 1987，1999 年。（周師譯稿 1999 年整理，2002 年重排，2005 年春季「語言學經典導讀」課堂教材）

48. 周師世箴，《More Than Cool Reason: A Field Guide to Poetic Metaphor》，George Lakoff & Mark Tumer 1989，1999 年。（周師譯稿 1999 年選譯，2000 年重排，2003 年秋季「隱喻與思維」課堂教材）

49. 周師世箴，《雅克慎（1960）原文選讀：「傳訊／溝通理論」》，周師譯稿，1999 年。（1999 年研究所課程教材選譯，2001 年重排）

50. 周師世箴，《語言學與詩歌詮釋》，台中：晨星出版社，2003 年初版一刷。

51. 周師世箴，《我們賴以生存的譬喻》（George Lakoff & Mark Johnson: 1980，周師譯註及導讀，國科會研究計畫 NSC91-2420-H-029-001），台

北：聯經出版社，2006 年。

52. 周法高，《中國語言學論文集》，台北：聯經出版社，1975 年。

53. 周貽白，《中國戲曲發展史綱要》，上海：上海古籍，1984 年。

54. 竺師家寧，《漢語詞彙學》，台北：五南書局，1999 年。

55. 金元浦著，《接受反應文論》，濟南：山東教育出版社，1998 年。

56. 季國平，《元雜劇發展史》，台北：文津出版社，1993 年。（揚州師範學院博士論文，1991 年）

57. 姚天放，《中國戲劇美學的文化闡釋》，北京：中國人民大學出版社，1997 年。

58. 姜永泰，《戲曲藝術節奏論》，北京：文化藝術出版社，1990 年。

59. 胡壯麟，《認知隱喻學》，北京：北京大學出版社，2004 年。

60. 胡潤森，《戲劇元素論》，天津：天津社會科學院出版社，2000 年。

61. 俞建章、葉舒憲，《符號：語言與藝術》，台北：久大出版社，1992 年。（1992 年 3 月再版）

62. 徐征等主編，《全元曲一一十二冊》，河北：河北教育出版社，1998 年。

63. 高辛勇，《形名學與敘事理論：結構主義的小說分析法》，台北：聯經出版社，1987 年初版。

64. 馬威，《戲劇語言》，台北：淑馨出版社，1991 年。

65. 索緒爾，《普通語言學教程》，台北：弘文館，1985 年初版。

66. 恩斯特·卡西勒（Ernst Cassirer）著，于曉等譯，《語言與神話》，台北：桂冠圖書，1990 年。

67. 特侖斯·霍克斯（Terence Hawkes）著，高丙中譯，《論隱喻》，北京：昆侖出版社，1992 年。

68. 曹逢甫、蔡立中、劉秀瑩著，《身體與譬喻——語言與認知的首要介面》，台北：文鶴出版，2001 年。

69. 梁玉玲等譯，《女人、火與危險事物——範疇所揭示之心智奧秘》，台北：桂冠圖書，1994 年初版一刷。（Lakoff 1986）

70. 梁伯傑譯，《文學理論》（Rene&Wellek 原著），台北：大林出版社，出版時間不詳。

71. 郭成偉點校，《大元通制條格》（附錄：《元史·刑法志》、《新元史·刑法志》），北京：法律出版社，2000 年。

72. 郭偉廷，《元雜劇的插科打諢藝術》，北京：中國社會科學出版社，2002 年。

73. 許子漢，《元雜劇聯套研究——以關目排場為論述基礎》，台北：文史哲出版社，1998 年。

74. 許子漢，《元雜劇的聲情與劇情》，台北：里仁書局，2003 年。

75. 耿湘沅，《元雜劇所反映之時代精神》，台北：文史哲出版社，1987 年。

76. 國立清華大學中國語文學系編，《小說戲曲研究》（第二集），台北：聯經出版社，1989 年。

77. 崔希亮，《語言理解與認知》，北京：北京語言文化大學出版社，2001 年第一版。

78. 黃天驥主編，《中國古代戲曲與古代文學研究論集》，北京：中華書局，2001 年。

79. 黃宣範，《語言學研究論叢》，台北：黎明文化，1974 年。

80. 黃宣範，《翻譯與語意之間》，台北：黎明文化，1976 年。

81. 黃亞平，《典籍符號與權力話語》，北京：中國社會科學出版社，2004 年。

82. 黃新生譯，《媒介分析方法》（Arthur Asa Berger Media Analysis Techniques），台北：遠流出版社，2000 年。（1994 年新版一刷，2000 年新版四刷）

83. 黃慶萱，《修辭學》，台北：三民書局，1988 年增訂再版。

84. 陳本益，《漢語詩歌的節奏》，台北：文津出版社，1994 年。

85. 陳定家、汪正龍等譯，《虛構與想像：文學人類學疆界》（〔德〕沃爾夫岡‧伊瑟爾著），長春：吉林人民出版社，2003 年。

86. 陳萬益等編，《歷代短篇小說選》，台北：大安出版社，1996 年二版。

87. 曾永義主編陳芳英助編，《中國古典文學論文精選叢刊——戲劇類》（一），台北：幼獅文化事業，1980 年。（1980 年初版，1984 年再版）

88. 曾永義主編陳芳英助編，《中國古典文學論文精選叢刊——戲劇類》（二），台北：幼獅文化事業，1980 年。（1980 年初版，1981 年再版）

89. 曾永義，《詩歌與戲曲》，台北：聯經出版社，1988 年。

90. 曾永義，《戲說戲曲》，台北：聯經出版社，1997 年。

91. 曾永義，《元人散曲選詳注》，台北：學海出版社，1992 年再版。（與王安祈合著）

92. 馮瑞龍，《元代愛情悲劇研究》，香港：華漢文化事業公司，1992 年。

93. 游順釗，《視覺語言學》，台北：大安出版社，1991 年。

94. 程麻，《中國心理偏失：圓滿崇拜》，北京：社會科學文獻出版社，1999 年。

95. 程湘清主編，《宋元明漢語研究》，濟南：山東教育出版社，1992 年。

96. 張方譯，《講故事：對敘事虛構作品的理論分析》（第二章），台北：駱駝出版社，1997 年。

97. 張敏，《認知語言學與漢語名詞短語》，北京：中國社會科學出版社，1998
    年初版。

98. 張君玫譯，《母職的再生產：心理分析與性別社會學》（Nancy J. Chodorow
    著），台北：群學出版，2003 年。

99. 張庚，《戲曲藝術論》，台北：丹青圖書公司，1987 年。

100. 張淑香，《元雜劇中的愛情與社會》，台北：長安出版社，1980 年。

101. 張維耿、黎運漢，《現代漢語修辭學》，台北：書林出版社，1991 年。
     （1991 年 9 月初版，1997 年 10 月三刷）

102. 賀昌群、孫楷第，《元曲研究》（甲編）（《元曲概論》、《元曲家考略》），
     台北：里仁書局，1984 年。

103. 葉長海，《曲學與戲劇學》，上海：學林出版社，1999 年。

104. 楊家駱，《金元雜劇初編》，台北：世界出版社，1962 年。

105. 楊家駱，《金元雜劇二編》，台北：世界出版社，1962 年。（1988 年三版）

106. 楊家駱，《金元雜劇三編》，台北：世界出版社，1975 年。

107. 楊家駱，《金元雜劇外編》，台北：世界出版社，1974 年再版。

108. 楊家駱，《元九十五家小令類輯》，台北：世界出版社，1978 年三版。

109. 齊滬揚，《現代漢語空間問題研究》，上海：學林出版社，1998 年。（1998
     年 10 月一版，1999 年 8 月二刷）

110. 廖奔，《中國古代劇場史》，河南：中州古籍，1997 年。

111. 廖奔，《中國戲曲史》，上海：上海人民出版社，2004 年。

112. 廖炳惠，《形式與意識型態》，台北：聯經出版社，1990 年。（1993 年初
     版二刷）

113. 廖藤葉，《中國夢戲研究》，台北：學思出版社，2000 年。

114. 寧繼福，《中原音韻表稿》，吉林：吉林文史出版社，1985 年。

115. 趙毅衡，《文學符號學》，北京：中國文聯，1990 年初版一刷。

116. 趙艷芳，《認知語言學概論》，上海：上海外語教育出版社，2001 年。
     （2004 年初版三刷）

117. 蔣星煜，《中國戲曲史索穩》，濟南：齊魯書社，1988 年。

118. 劉大杰，《中國文學發展史》，台北：華正書局，1987 年。

119. 劉潤清，《西方語言學流派》，北京：外語教學與研究出版社，1995 年。
     （1995 年 4 月初版，1999 年 5 月四刷）

120. 鄭昭明，《認知心理學》，台北：桂冠圖書，1993 年。（1993 年初版一刷，
     2002 年修訂四刷）

121. 鄭傳寅，《中國戲曲文化概論》，武漢：武漢大學出版社，1993 年。（2003

年二版修訂版，台北：志一出版社，1995年）

122. 鄭騫，《北曲套式彙錄詳解》，台北：藝文印書館，1993年。

123. 盧元駿，《曲學》，台北：黎明文化事業出版，1980年。

124. 繆小春譯，《超越模塊性——認知科學的發展觀》（A・卡米洛夫・史密斯著），上海：華東師範大學出版社，2001年。

125. 謝國平，《語言學概論》，台北：三民書局，1985年。

126. 謝雲飛，《文學與音律》，台北：東大圖書公司，1978年。

127. 龍榆生，《詞曲概論》，北京：北京出版社，2004年。

128. 蕭啟慶，《元代史新探》，台北：新文豐出版社，1983年。

129. 蕭啟慶，《蒙元史新研》，台北：允晨文化，1994年。

130. 顏天佑，《元雜劇八論》，台北：文史哲出版社，1996年。

131. 聶石樵主編，《古代文學中人物形象論稿》，北京：北京師範大學出版社，2000年。

132. 薛絢譯、吳嘉苓導讀，《母性》（Sarah Blaffer Hrdy 著），台北：新手父母出版社：城邦文化發行，2004年。（Mother Nature: A History of Mothers, Infants, and Natural Selection, 1999）

133. 簡政珍，《語言與文學空間》，台北：漢光文化，1989年初版。

134. 譚達先，《講唱文學・元雜劇・民間文學》，台北：貫雅文化，1993年初版。

135. 羅康寧，《藝術語言和語言的藝術》，湖南：湖南師範大學，1991年。（1991年10月初版，1991年12月一刷）

136. 蘇國榮，《中國劇詩美學風格》，台北：丹青圖書公司，1987年。

137. 羅錦堂，《錦堂論曲》，台北：聯經出版社，1979年。（第二次印行）

（二）學位論文

1. 江佩珍，《閱讀賈寶玉——從語言溝通的角度探討小說人物塑造》，東海大學中國文學研究所碩士論文，2003年。

2. 江碧珠，《關漢卿戲曲語言之派生詞與重疊詞研究》，淡江大學中文研究所碩士論文，1994年。

3. 李明懿，《現代漢語方位詞「上」的語義分析》，國立臺灣師範大學華語文教學研究所碩士論文，2000年。

4. 林碧慧，《大觀園隱喻世界——從方所認知角度探索小說的環境映射》，東海大學中國文學研究所碩士論文，2002年。

5. 邱秀華，《國語中「時間就是空間」的隱喻》，國立中正大學語言學研究所碩士論文，1998年。

6. 桂甫，《隱喻的重要性：試論隱喻在文學中的角色》，國立臺灣大學外文研究所碩士論文，1993 年。

7. 許淑子，《性別、主體、對話：重讀關漢卿旦本劇》，國立臺灣師範大學國文系在職進修碩士論文，2002 年。

8. 郭效仙，《女性雜誌廣告中隱喻與轉喻之應用與分析》，靜宜大學外國語文研究所碩士論文，1994 年。

9. 陳潔瑩，《隱喻與喻於產品設計之應用研究》，成功大學工業設計研究所碩士論文，1994 年。

10. 張淑惠，《《詩經》動植物意象的隱喻認知詮釋》，東海大學中國文學系碩士論文，2005 年。

11. 張國樑，《論認知背景的理論》，輔仁大學哲學研究所碩士論文，1996 年。

12. 楊晨輝，《隱喻之哲學內涵》，中正大學哲學研究所碩士論文，2001 年。

13. 劉秀瑩，《身體部位譬喻現象與文化差異》，清華大學語言研究所碩士論文，1997 年。

14. 劉靜怡，《隱喻理論中的文學閱讀——以張愛玲上海時期小說爲例》，東海大學中國文學所碩士論文，1999 年。

15. 鄭柏彥，《元雜劇敘事研究》，東華大學中國語文研究所碩士論文，2003 年。

16. 蔡立中，《中文裡關於身體部位器官的譬喻現象》，清華大學語言研究所碩士論文，1994 年。

17. 蔣建智，《兒童故事中隱喻框架和概念整合：哲學與認知的關係》，中正大學哲學研究所碩士論文，2001 年。

18. 龍珍珠，《《全元曲》雜劇賓白研究》，台灣師範大學國文所教學碩士班碩士論文，2004 年。

19. 簡隆全，《元散曲隱逸意識研究》，東海大學中國文學所碩士論文，1995 年。

（三）期刊論文

1. 王力堅，〈「興」與「隱喻」——中西詩學審美追求比較〉，《天津社會科學》第四期，1995 年，頁 81～83。

2. 王松亭，〈隱喻的感悟及其文化背景〉，《外語學刊》（黑龍江大學學報）第四期（總第八十六期），1996 年，頁 63～66。

3. 王昊，〈論元雜劇與法律文化〉，《安徽教育院學報》第十九卷第四期，2001 年，頁 52～55。

4. 王廣新，〈論元雜刻官吏形象的喜劇審美價值〉，《海南師範學報》總第七

卷第二十四期（1994 年第二期），1994 年，頁 45～49。

5. 王夢鷗，〈文人想像與感情隱喻〉，《中外文學》第七卷九期，1979 年，頁 4～14。

6. 石毓智，〈《女人、火與危險事物——範疇揭示了思維的甚麼奧秘》評介〉，《國外語言學》第二期，1995 年，頁 17～22。

7. 田荔枝，〈漢語比喻與傳統思維方式〉，《山東大學學報》（哲學社會科學版）第四期，1994 年，頁 24～30。

8. 李荃，〈隱喻的解讀〉，《修辭學習》第一期（總第七十三期），1996 年。

9. 李祥林，〈戲曲研究需要納入性別意識〉，《上海藝術家》第二十一期，2000 年，頁 79～82。

10. 李怡嚴，〈隱喻——心智的得力工具〉，《當代》第一七七期，2002 年，頁 56～65。

11. 李怡嚴，〈隱喻——心智的得力工具〉（續），《當代》第一七八期，2002 年，頁 120～141。

12. 李福印，〈從修辭到跨學科：隱喻研究管窺〉，《語文建設通訊》第六十四期，2000 年，頁 50～56。

13. 束定芳，〈隱喻的語用學研究〉，《外語學刊》（黑龍江大學學報）第二期（總第八十四期），1996 年，頁 35～44。

14. 束定芳，〈試論現代隱喻學的研究目標、方法和任務〉，《外國語》（上海外國語大學學報）第二期（總第一○二期），1996 年，頁 9～16。

15. 束定芳，〈論隱喻的本質及語義特徵〉，《外國語》（上海外國語大學學報）第六期（總第一一八期），1998 年，頁 10～19。

16. 束定芳，〈論隱喻的詩歌功能〉，《解放軍外國語院學報》第六期，2000 年，頁 12～16。

17. 束定芳，〈論隱喻的認知功能〉，《外語研究》第二期，2001 年，頁 28～31。

18. 束定芳，〈論隱喻的運作機制〉，《外語教學與研究》（外國語文雙月刊）第二期，2002 年，頁 98～106。

19. 林書武，〈《隱喻：其認知力與語言結構》評介〉，《外語教學與研究》第四期（總第一○○期），1994 年，頁 62～63。

20. 林書武，〈《隱喻與認知》評介〉，《外語教學與研究》第四期（總第一○四期），1995 年，頁 70～72。

21. 林書武，〈隱喻的一個具體運用——《語言的隱喻基礎》評述〉，《外語教學與研究》第二期（總第一○六期），1996 年，頁 66～70。

22. 林書武，〈R. W. Gibbs 的《思維的比喻性》評介〉，《外語教學與研究》第

二期（總第一一〇期），1997 年，頁 66～68。

23. 林書武，〈國外隱喻研究綜述〉，《外語教學與研究》第一期（總第一〇九期），1997 年，頁 11～19。

24. 卓新賢，〈從認知角度看詞義在隱喻中的上揚〉，《四川外語學院學報》第二期，2002 年，頁 66～69。

25. 吳秀華，〈元曲研究的新奉獻——寫《全元曲》出版之後〉，《河北學刊》，1999 年 4 月，頁 110～112。

26. 周可，〈文學符號性初探〉，《江西大學學報》第二期，1989 年，頁 86～89。

27. 周可，〈從符號學的角度看隱喻的生成〉，《福建外語》（季刊）第二期，2000 年，頁 12～15。

28. 胡壯麟，〈認知與語篇產生〉，《國外語言學》第二期，1993 年，頁 1～6。

29. 胡壯麟，〈語法隱喻〉，《外語教學與研究》第四期（總第一〇八期），1996 年，頁 1～7。

30. 胡壯麟，〈詩性隱喻〉，《山東外語教學》第一期，2003 年，頁 3～8。

31. 胡金望，〈元雜劇中所反映的文人心態特徵〉，《安慶師範學院學報》，1994 年 1 月，頁 27～29。

32. 段庸生，〈生命自救與元雜刻藝術法則〉，《重慶師院學報哲社版》，1994 年 1 月，頁 41～42

33. 唐玉環，〈漢語性別表達的隱喻投射〉，《益陽師專學報》第二十三卷第五期，2002 年，頁 29～31。

34. 馬珏玶，〈宋元話本敘事視角的社會性別研究〉，《文學評論》第二期，2001 年，頁 97～106。

35. 孫國成、周月亮，〈元曲研究史上的里程碑——《全元曲》〉，《河北學刊》，1999 年 1 月，頁 107～112。

36. 黃宣衛，〈語言是文化的本質嗎？——從認知人類學的發展談起〉，《國立台灣大學考古人類學刊》第五十三期，1998 年，頁 81～104。

37. 黃宣範，〈隱喻的認知基礎〉，《中外文學》第二卷五期，1973 年，頁 9～19。

38. 黃愛華，〈試論隱喻思維的認識論意義〉，《學術月刊》第十二期，1993 年，頁 2～7。

39. 陳登，〈試論比興與 metaphor 在中西詩學意義上的差異〉，《外國語》（上海外國語大學學報）第五期（總第九十九期），1995 年，頁 23～26。

40. 陳建森，〈元雜劇「演述者」身份的轉換與「代言性演述干預」〉，《華南

師範大學學報》（社會科學版），2001 年 6 月，頁 38～45。

41. 陳道明，〈從習語的可分析性看認知語言學的隱喻能力觀〉，《外國語》
（上海外國語大學學報）第六期（總第一一八期），1998 年，頁 20～
26。

42. 陶文好，〈論 Up 的空間和隱喻義認知〉，《外語學刊》第四期，2000 年，
頁 13～18。

43. 越洋，〈論漢字符號的隱喻性徵〉，《邏輯與語言學習》第六期（總第二九
五期），1993 年，頁 46～50。

44. 華劭，〈從符號學角度看轉喻〉，《外語學刊》（黑龍江大學學報）第四期
（總第八十六期），1996 年。

45. 張會森，〈論隱喻〉，《修辭學習》第五期（總第六十五期），1994 年，頁
12～14。

46. 楊君，〈西方隱喻修辭理論簡介〉，《修辭學習》第四期（總第七十期），
1995 年，頁 46～48。

47. 楊成虎，〈隱喻解釋的語義協調論〉，《外語學刊》第四期，2000 年，頁
19～22。

48. 趙維森，〈中國古典詩詞中隱喻系統高度發達的原因〉，《中國人民大學學
報》第六期，2000 年，頁 116～121。

49. 簡政珍，〈隱喻及換喻──以唐詩為例〉，《中外文學》第十二卷第二期，
1983 年，頁 6～18。（附林文月講評，頁 19～21）

50. 劉正光，〈萊柯夫隱喻理論中的缺陷〉，《外語與外語教學》第一期，2002
年，頁 25～29。

51. 劉承宇，〈語篇隱喻的符號學與認知理據〉，《外語與外語教學》第五期，
2002 年，頁 58～60。

52. 劉筱紅，〈中國古代性別回避禮制的建立〉，《婦女研究論叢》，1996 年 2
月，頁 38～41。

53. 諶華玉，〈OVER 概念意義的隱喻化延伸擴展〉，《外國語》（上海外國語
大學學報）第六期（總第一一八期），1998 年，頁 27～31。

54. 應雨田，〈比喻型詞語的類型及釋義〉，《中國語文》第四期（總第二三五
期），1993 年，頁 295～300。

55. 嚴世清，〈隱喻理論史探〉，《外國語》（上海外國語大學學報）第五期（總
第九十九期），1995 年，頁 27～31。

56. 張會森，〈文學作品語言的理論與實踐〉，《求是學刊》第一期，1992 年，
頁 89～93

57. 鄒光明，〈文學語言論〉，《華中師大學報》第六期，1989 年，頁 97～103。

58. 趙代君，〈論文學語言的特徵〉，《南京師大學報》第四期，1992 年，頁 91～95

59. 齊滬揚，〈文學語言的認可性〉，《暨南學報》第三期，1992 年，頁 134～140。

60. 齊登紅、李哲，〈轉喻語言的隱喻性與認知〉，《西安外國語學院學報》第三期，2001 年，頁 27～29。

61. 劉大為，〈論語言的情感表現〉，《華東師大學報》（哲學社會科學版）第六期，1985 年，頁 55～64

62. 劉曉文，〈文學語言的雙重品性──「有限手段的無限運用」〉，《北京師大學報》第四期，1992 年，頁 96～103

63. 張世英，〈思維與想像──兼談中國古典詩〉，《北京大學學報》（哲學社會科學版）第五期，1997 年，頁 113～120、159。

64. 廖秋忠，〈《語言的範疇化：語言學理論中的典型》評介〉，《國外語言學》，1991 年，頁 17～26。

65. 廖思湄，〈隱喻的語義模糊現象探究〉，《綿陽師範高等專科學校學報》第六期，2002 年，頁 28～29。

66. 趙豔芳，〈語言的隱喻認知結構──《我們賴以生存的隱喻》評介〉，《外語教學與研究》第三期（總第一〇三期），1995 年，頁 67～72。

66. 蔡英俊譯述，〈修辭語言（一）：明喻與隱喻〉，《國文天地》第二十一期，1987 年，頁 72～75。

67. 潘文國，〈語言再定義：人類認知世界及進行表述的方式和過程──對洪堡特動態語言學思想的回歸〉，《語文建設通訊》第六十九期，2002 年，頁 33～36。

68. 羅瑞球，〈概念隱喻理論和漢語成語運用中的隱喻性思維結構〉，《廣西社會科學》第七期，2003 年，頁 106～108。

69. 鐘明彥，〈模糊理論略述──兼論「訓詁」內涵的模糊思考〉，《興大中文學報》第十五期，2003 年，頁 312～354。

二、外文書目

1. Ahrens, Kathleen. 1999. *MAPPLNG IMAGE-SCHEMAS AND TRANSLATING METAPHORS*. In Papers form The Paper of the Pacific Asia Conference on Language, Information and computation. Taipei.

2. Ahrens, K., Li-li Chang, Ke-jian Chen, Chu-ren Huang. 1998. *MEANING REPRESENTATION AND MEANING INSTANTIATION FOR CHINESE NOMINALS*. In paper form COMPUTATIONAL LINGUISTICS AND CHINESE LANGUAGE, Processing. Volume 3. No.1 p.45-65. Taipei.

3. Hawkes, Terence. 1972. *METAPHOR*, Routledge.

4. Lakoff, George. 1986. *WOMEN, FIRE, AND DANGEROUS THINGS*, Chicago: The university of Chicago Press.

5. Lakoff, George. 1993. *METAPHOR AND THOUGHT*, In paper form *CONTEMPORARY THEORY OF METAPHOR*, Ed. Andrew Ortony, Cambridge: Cambridge University Press.

6. Lakoff, George. 1996. *MORAL POLITICS: HOW LIBERALS AND CONSERVATIVES THINK*, Chicago: The University of Chicago press. (2002 2nd ed.)

7. Lakoff, George & Johnson, Mark. 1980. *METAPHORS WE LIVE BY*, Chicago: The university of Chicago Press. Ortony, Andrew ed.

8. Lakoff, George & Turner, Mark. 1989. *MORE THAN COOL REASON: A FIELD GUIDE TO POETIC METAPHOR*, Chicago: The University of Chicago Press.

三、網址（站）

1. http://www.cns11643.gov.tw/web/index.jsp（全字庫）

2. http://cls.admin.yzu.edu.tw/swjz/openwin2.html（國科會數位博物館先導計畫——搜文解字）

3. http://www.ling.fju.edu.tw/langcog/index2.htm（輔仁大學語言學研究所「語言與認知經典翻譯」，指導教授洪振耀）

4. http://www.sinica.edu.tw/~tdbproj/dict/（教育部重修國語辭典修訂本）

5. http://www.sinica.edu.tw/ftms-bin/kiwi.sh（中央研究院平衡語料庫）

附　錄

附錄一：雜當的行當

（一）卜　兒

　　以「卜兒」角色而言，在劇中人物是年老的婦人，可老旦扮之，亦可以淨扮之，以搽旦扮的也有，但不多。「老旦扮卜兒」的有《醉思鄉王粲登樓》（楔子，卷六，頁 3771）王粲母，亦有《桃花女破法嫁周公》（楔子，卷七，頁 4758）之石婆婆，他們都是年老的婦人，王粲母是受過禮教訓練的老婦，而石婆婆是鄉下老婦較沒啥見識。還有《玉簫女兩世姻緣》（一折，卷六，頁 4249）韓玉簫之母，身份雖是虔婆，但對有情人並未加以間阻。

　　「淨扮卜兒」則是多半是以間阻有情人的虔婆角色居多。但在《相國寺公孫合汗衫》中的「淨卜兒」是正末扮的張義妻，戲中張孝友之母趙氏，由富家奶奶一變至乞兒，她和丈夫張義乞討度日，但她不肯開口乞食，多賴丈夫乞討給她，在街上遇官人施齋濟貧，她見了「小末」（張孝友之子，依養父名陳豹）道：

> 這官人好和那張孝友孩兒廝似也。仔細打看，全是我那孩兒。我對
> 那老的說去，著他打這弟子孩兒。（三折，卷五，頁 2006）

又和老伴保證，絕不會看錯人時，說道：

> （卜兒云）我的孩兒，如何不認得？我這眼不喚做眼，喚做琉璃葫
> 蘆兒，則是明朗朗的。（三折，卷五，頁 3006）

等到發現認錯人時，她又改了口說：

> （卜兒云）我道不是了麼！（正末云）可不道你這眼是琉璃葫蘆兒？

（卜兒云）則才在寺門前擠破了也。（三折，卷五，頁 3007）

這個趙氏老婆子，雖和使壞的虔婆不同，但在行當的選擇上，不以「老旦」扮之，而以「淨」扮之，大概因其扮相不佳，衣衫襤褸又做乞兒，且在言詞上有時要些嘴皮子之故吧！在《馬丹陽度脫劉行首》第二折（卷七，頁 5358）的卜兒，是以搽旦扮的，她是劉行首的母親，阻撓馬丹陽勸度劉行首出家；另有《荊楚臣重對玉梳記》第一折（卷八，頁 5573）以及《杜蕊娘智賞金線池》第一折（卷一，頁 143），搽旦所扮演的卜兒屬虔婆角色，前者是顧玉香之母後者是杜蕊娘之母。

（二）孛老

「孛老」是劇中老年人（男子）的角色，如以其為主唱即以「正末」扮之，如《榮歸故里》薛仁貴之父，即為「正末扮孛老」（楔子，卷五，頁 2941）。其他如「外扮孛老」，見《陳季卿誤上竹葉舟》（三折，卷六，頁 4066）陳季卿之父，「冲末扮孛老」見《朱砂擔滴水浮漚記》（楔子，卷八，頁 6127）劇，王文用之父；兩者同是孛老，「外扮孛老」的陳季卿之父是個員外，因兒子陳季卿久去不見音信，在家懸念，最積極的行動是往長街打探兒子下落；而「冲末扮孛老」的王文用之父，被白正推落井底害死，心有不甘，往地曹告狀，是較有氣性的老人家。「淨扮孛老」如《呂洞賓度鐵拐李岳》（三折，卷五，頁 3210）劇之李屠（小李屠之父，即岳壽借屍還魂者之父）。在劇中李屠即「淨扮孛老」的角色，並非奸壞之人，只是在劇中與岳壽妻爭還陽的兒子，並告官叫屈；大概因其為屠戶出身，且在劇中有些小聰明，跟蹤借子屍還魂的岳壽至岳孔目家，故以「淨」扮之。

（三）邦老

「邦老」因其身份不是盜賊即為匪寇，故皆為「淨」角扮之。

（四）嬤嬤

「嬤嬤」一角，多為大戶人家的老僕婦，在劇中以「正旦」扮之者如《包待制智賺生金閣》的「嬤嬤」（第二折），為劇中主唱者，本為龐衙內做說客，勸導李幼奴；後同情李幼奴遭遇罵了龐衙內，被龐衙內壓殺在八角琉璃井內〔註1〕。《蕭淑蘭情寄菩薩蠻》第二折，亦以「正旦扮嬤嬤」〔註2〕替小

〔註1〕 《包待制智賺生金閣》為末本劇，第一折正末為郭成；第三、四折正末為包拯；第二折卻以「正旦扮嬤嬤」改由「正旦」主唱。此「嬤嬤」為龐衙內家

姐蕭淑蘭拿寄情詞作〈菩薩蠻〉給館賓先生張世英，嬤嬤爲劇中主唱者。「嬤嬤」又有以「淨」角扮的，如：

> （淨扮嬤嬤上，云）……（梁府尹打耳暗科，云）可是這般。（嬤嬤云）領相公的言語，須索書房中走一遭去。（下）（嬤嬤上，見科）（正末云）嬤嬤，你那裡去來？（嬤嬤云）我與人家送殯去來。（正末云）你與誰家送殯去？（嬤嬤云）秀才不知，這裡有王同知家一個舍人，被這北門竹塢草庵一個年小的道姑死了，他魂靈纏繞著那個舍人，那舍人如今死了。那庵裡道姑他是鬼怪，但見年少的男子漢，他就纏死了才罷。（《秦脩然竹塢聽琴》二折，卷五，頁3319）

嬤嬤奉命說謊騙秦脩然，拆散了一對有情人。大概因這個原故，是由「淨」角扮。

（五）孤

「孤」的身份是官吏，有以「淨」扮，有以「外」扮。在雜劇中以「淨」扮「孤」時，這個官員通常都是昏官，如《河南府張鼎勘頭巾》二折，先上場的「淨扮孤」，是個糊塗官，一切由趙令史發落。其上場詩：「官人清似水，外郎白如面。水面打一和，糊塗成一片。」並聽劉平遠的渾家說了一推話後，說：「他口裡必律不剌說了半日，我不省的一句。張千，與我請外郎來。」（卷五，頁3112）同樣的情形出現在《灰闌記》第二折：

> （淨扮孤引祗從上，云）小官鄭州太守蘇順是也。（詩云）雖則居官，律令不曉。但要白銀，官事便了可惡這鄭州百姓，欺侮我罷軟，與我起綽號，都叫我模棱手，因此我這蘇模棱的名，傳播遠近。我想近來官府盡有精明的，作威作福，卻也壞了多少人家；似我這蘇模棱，暗暗的不知保全了無數世人，怎麼曉得！……（搽旦云）小婦人是馬均卿員外的大渾家。（孤做驚起科，云）這等，夫人請起。（祗從云）他是告狀的，相公怎麼請他起來？（孤云）他說是馬員外的大夫人。（祗從云）不是什麼員外，俺們這裡有幾貫錢的人，都稱他做員外，無過是個土財主，沒品職的。……（孤云）這婦人會說話，想是個久慣打官司的，口裡必力不剌的說上許多，我一些也不懂的，快去請外郎出來。（《包待制智賺灰闌記》二折，卷

的嬤嬤。（卷四，頁2246）

〔註2〕蕭公舉家的管家嬤嬤。（卷八，頁5681）

五，頁 3412～3414）

「淨」扮的「孤」通常是冤獄的製造者，因其顢頇誤判了許多官司，他們通常在第二折出場，上場之後，定又多個清官或能吏幫冤屈者伸張。在《河南府張鼎勘頭巾》劇第二折出現了「外扮府尹」，他赴任三日，看到王小二的文件，前官判定，問成死罪。雖然趙令史說「只等大人判個斬字，拿出去殺了」，但因張鼎見王小二叫屈，說他葫蘆提，他限張鼎三日問成此案，比起前官雖不至於高明，但至少未屈斬無辜，算得是個清官。

（六）都 子

即「乞兒」，在《散家財天賜老生兒》劇第二折（卷四，頁 2201），由「淨」角扮演。劉從善在開元封散錢，有大小都子和劉九兒前去請鈔，大都子交待劉九兒 [註3]，將兒子小都子另做一戶，好多要些錢鈔，要來再來分；但錢到手後，劉九兒卻不認帳，說兒子是他的，不肯和大都子對分，二人在門前鬧了起來，引得劉從善勘問一番。

（七）其 他

劇中人物有時不是以雜當的角色出現，有時直接標示人物姓名或官職，如以「淨」扮之，則多會使壞，耍計倆，如：

> （淨扮楊太守）無錢只圖名，回家沒結果。我就不去搞，妻子肯饒我？某乃楊太守是也。自幼讀了幾句兒書，之乎者也，哄得一舉及第。也是祖宗積慶，又蒙王安石丞相抬舉，直做到黃州太守之職。此恩未報，近日丞相有書來，說蘇軾學士恃才欺慢，見今安置黃州，著我置他。我想來蘇軾是一代文人，豈可輕易壞他！只是在此窮鄉僻邑，薪水不給，又是嚴冬臘月，凍餓死了。等他來謁見，只是不理他便了。（《蘇子瞻風雪貶黃州》三折，卷五，頁 3287）

劇中楊太守與王安石同路，對待主人翁蘇軾的態度狠絕，不給薪俸，要他一家在寒冬臘月凍餓死。與蘇軾素無冤仇，只為討好上司，就做出這等惡毒之事來，故以「淨」扮之。有時人物的身份相同，但在劇中的角色性質不同，作用不同，亦以不同的行當扮之。如《秦脩然竹塢聽琴》（楔子，卷五，頁 3310）的道姑是以「老旦扮老道姑」，因其為官夫人的身份，與丈夫失散

〔註3〕 「劉九兒」在《布袋和尚忍字記》（一折，卷二，頁 1178）是叫化頭的名字，以「淨」扮之，問看財奴劉均佐要少他的一貫錢。

才隱遁至庵堂棲身，且守禮端正，不同於其他的三姑六婆；而《玉清庵錯
送鴛鴦被》（楔子，卷八，頁 5790）的道姑是以「丑扮道姑」，她在李府尹和
劉員外之間做管道，替李府尹借錢，後來又在劉員外與李玉英之間媒合婚
事，卻誤扯上另一段姻緣，出家者心不靜不清，多惹是非淌渾水，故「丑」
扮之。

附錄二：其他英雄人物

　　筆者將「其他人物」分兩類：「因其武藝或將才」或「因其智謀或忠誠」
被稱之爲「英雄」者。如下：

（一）因其武藝或將才

1. 呂　布

　　《虎牢關》、《連環計》都提到這號令正義之士頭痛的人物──呂布。他
認賊子董卓爲義父，雖武藝高強，卻是不忠不義之人。在《虎牢關》，他是人
人聞之色變的厲害角色。張飛對孫堅和曹操等人描述呂布道：

> 【迎仙客】呂布那三叉紫金冠上翎插著那雉雞，他那百花袍鎧是唐
> 猊。那一匹沖陣馬遠觀恰便似火炭赤。（孫堅云）他怎麼與我廝
> 殺？使什麼兵器來？（正末唱）垓心裡馬馱著人，鞍心裡手搯定
> 戟。（孫堅云）我看來，那廝力怯膽薄也。（正末唱）覷了他英勇神
> 威，（云）那呂布似一員神將。（孫堅云）可是那一員神將？（正末
> 唱）恰便似托搭李天王下兜率臨凡世。（《虎牢關》三折，卷六，頁
> 3888～3889）

關羽對張飛驚告呂布的神力，說：

> （關末云）兄弟，你不知他靴尖點地，有九牛二虎之力？休要放他
> 小歇！（《虎牢關》楔子，卷六，頁 3894）

《虎牢關》裡的呂布威風神勇，是個讓袁紹手下大軍無一可敵的厲害人物；
在《連環計》他一樣令王允頭痛。王允面對董卓和呂布他對天嘆息道：

> 空著我王司徒實丕丕忠孝雙持，怎當他董太師惡狠狠威權獨擅，更
> 和那呂溫侯氣昂昂智勇兼全。（《連環計》二折，卷八，頁 6024）

最後一折王允說呂布有「蓋世威」（四折，卷八，頁 6049）、「膽力」（四折八，
頁 6050）。

　　呂布只有在《連環計》中可算是配角人物，在其他的雜劇裡他是反派人

物，是「英雄」們矢志要消滅的頭號敵人。呂布的英雄特質有英勇神威、膽力及具九牛二虎之力，更兼有難過美人關的特質。

2. 趙　雲

《黃鶴樓》劇第一折正末為趙雲。周瑜設宴黃鶴樓，邀劉備赴宴，劉備招趙雲與劉封商議是否可行？趙雲力阻，其言：

> 【天下樂】無捻指黃鶴樓敢番做戰場，我想，那周瑜有智量，明晃晃列著刀共槍。魚不可離了水，虎不可離了網，他可敢安排著惡戰場。（《黃鶴樓》一折，卷七，頁4724）

從這可以看出趙雲不單是武將，也具智謀。但劉備仍聽劉封的建議前去赴宴。

在《黃鶴樓》劇的趙雲的英雄特質，除了三國故事眾所皆知的忠義外，在此又加上了智謀。劇中並未顯示趙雲的勇猛。

3. 謝　玄

《破苻堅》劇的謝玄在第三折領兵要與秦苻堅對抗時，他自己言道：

> 憑著俺武略文韜，播得個名揚顯貴。（《破苻堅》三折，卷二，頁1480）

謝玄得勝而回，謝安稱選他「智勇機變」（四折，卷二，頁1485）。連鍾山的神靈蔣神也被桓冲稱譽「盡忠心正直為神」（四折，卷二，頁1486）。

謝玄展現的英雄特質是文武雙全、智勇機變。

4. 趙匡胤

羅貫中的《風雲會》寫的是開國君王趙匡胤，他不但上承天命（第一折苗光裔的開基帝主說），而且藉王全斌之口說他文武全才，智勇過人（楔子），石守信禮聘他，授殿前都點檢一職，受到軍中弟兄愛戴。劇中第二折寫他為人忠義，眾將拱他為帝，他不願踰越，至周朝太后策詔他才受禪。第三折寫他之勤政，雪夜訪趙普商議國事。

趙匡胤的英雄特質帶於文武全才、智勇過人及義氣。（忠誠則未必具有）

（二）因其智謀或忠誠

1. 伊　尹

《伊尹耕莘》劇伊尹以陣式打敗了敵軍，其言：

> 【仙呂·賞花時】俺這裡耀武揚威膽氣雄，勒馬橫槍豪氣冲。……

> 憑著我方略立奇功，使不著你軍雄將勇。……則消的一陣定疆封。
>
> 　（《伊尹耕莘》楔子，卷六，頁 3718）

第四折為眾官加官封賞的殿頭官也稱讚他「善機謀」，代聖命封他為太師左相。

　　伊尹的英雄特質是善機謀。

2. 孫　臏

　　《馬陵道》劇的孫臏被同門師弟龐涓陷害，刖足拘禁要他寫《六甲》天書。孫臏裝瘋與齊國卜商逃出魏國，投效齊國拜為軍師，統領雄兵會合各國大將，與龐涓決戰，齊公子田辟疆言其妙算「鬼神莫測」（四折，卷八，頁 5976）。

　　孫臏的英雄特質在其智謀。

3. 豫　讓

　　《豫讓吞炭》劇寫的是忠義士豫讓。劇中寫豫讓的忠誠，苦勸智伯不可吞併趙氏，智伯已說再有苦諫的定行斬首，豫讓卻還是力諫並於第一折的【金盞兒】曲詞中說：「忠臣不怕死，怕死不忠臣」。因其忠心屢勸主上之過，導致主上智伯翻臉要殺他，韓、魏二君勸阻以未出師先斬家臣於軍不利，智伯才暫且饒他。他能洞見時局，明辨是非，不但具智謀，且有正義感。他為報主公之仇，多次謀刺趙襄子失敗，只乞得趙襄子的衣服碎分彌補遺憾。趙襄子因其忠義要重用他，他卻說道：

> 【二煞】士為知己死，女為悅己容。（云）豫讓蒙俺主君知愛，超出
> 流輩，今日安忍背主事仇？（唱）我怎肯做諸侯烈士每相譏諷？我
> 怎肯身又手降麾下，我寧可睜眼舒頭伏劍鋒。枉了你閑唧噥，折末
> 官高一品，祿享千鍾。（《豫讓吞炭》四折，卷六，頁 4000）

豫讓的英雄特質是忠誠、正義、又具智謀，又於他多次謀刺趙襄子可見其勇。

4. 韓厥、公孫杵臼、程嬰

　　《趙氏孤兒》劇死了一大堆的忠義之士，比較有特別描繪的是於第一折由正末扮演的韓厥，和第二、三折也是為正末演述的公孫杵臼及擔任救孤保孤角色由「外」扮演的程嬰。

　　第一折的韓厥雖為屠岸賈手下的大將，在大義當前他明辨是非，選擇幫助正義的一方，如：

（正末云）程嬰，我若把這孤兒獻將出去，可不是一身富貴？但我韓厥是一個頂天立地的男兒，怎肯做這般勾當！（唱）【醉中天】我若是獻出去圖榮進，卻不道利自己損別人？可憐他三百口親丁盡不存，著誰來雪這終天恨？（帶云）那屠岸賈若見這孤兒呵，（唱）怕不就連皮帶筋，捻成虀粉。我可也沒來由，立這沒眼的功勛章」（《趙氏孤兒》一折，卷四，頁2719）

韓厥將軍與趙氏一門無任何干涉，只因見程嬰的忠心而感動，將軍以義氣為重，他答應放了程嬰，來個捨命陪英雄，如：

> 【醉扶歸】你為趙氏存遺胤，我於屠賊有何親？卻待要喬做人情遣眾軍，打一個回風陣，你又忠我可也信，你願肯捨殘生，我也願把這頭來刎。（《趙氏孤兒》一折，卷四，頁2720）

這樣痛快地捨棄了自己的生命，只為與相同的靈魂相伴，重義而輕生死，如：

> 【賺煞尾】能可在我身兒上討明白，怎肯向賊子行捱推問！猛拚著撞階基圖個自盡，便不留得香名萬古聞，也好伴鉏麑共做忠魂。你、你、你要殷勤，照覷晨昏，他須是趙氏門中一命根。直待他年長進，才說與從前話本。是必教報仇休亡了我這大恩人。（自刎下）（《趙氏孤兒》一折，卷四，頁2720）

而閑居在太平莊的公孫杵臼，本可安然度過餘年，卻為這椿事淌了渾水，他是以義與信為做人的標準，如：

> 有恩不報怎相逢，見義不為非為勇，（程嬰云）老宰輔既應承了，休要失信（正末唱）言而無信言何用？（程嬰云）老宰輔，你若存的趙氏孤兒，當名標青史，萬古留芳。（正末唱）也不索把咱來廝陪奉，大丈夫何愁一命終，況兼我白髮鬢鬆。（《趙氏孤兒》二折，卷四，頁2726）

面對程嬰擔心他的無辜受牽累，及在奸臣拷打可能的從實攀供，公孫老大夫堅毅地說道：

> 我從來一諾似千金重，便將我送上刀山與劍峰，斷不做有始無終。
> （《趙氏孤兒》折，卷四，頁2726）

而公孫杵臼這麼做的原因只為了當孤兒報仇之日——誅殺了奸臣並其九族，「恁時節才不負你冒死存孤報主公，便是我也甘心兒葬近要離路傍冢。」（二

折，卷四，頁 2727）——當他人沉冤還報日，也是他心甘瞑目之時。

　　自始至終串連劇情存孤捨子的程嬰，他曾是「趙盾堂上賓」，為主公的知遇之恩，忠義以報，是所有該劇人物裡，最令人動容的一個，也因此讓韓厥、公孫杵臼肯捨命以赴。

　　5. 張　良

　　《圯橋進履》第一折的喬仙（道號扯虛）說張良「忠孝雙全」（一折，卷二，頁 1374），其後上場的太白金星專管人間善惡貴賤忠孝之事，並述說行忠孝者有陰騭，他扯了一大套道理後，才說到張良：

> 此人有盡忠之心，要與韓國報仇，被人所逼，逃災避難，到此山中，雪迷遍野，迷蹤失路。此人有忠烈之心，貧道與他大道也。（《圯橋進履》一折，卷二，頁 1376）

而黃石公會贈天書予張良，也是因他的忠烈感動天庭所致（二折，卷二，頁 1380）。第三折，張良在【滾繡球】曲詞中對韓信誇耀說：「論六韜學那姜呂望、論機見似齊孫臏、論敢勇似伍員、論慷慨仿李牧、論志氣勝管夷吾、論節義學伊尹扶湯、論踴躍不讓藺相如、論戰敵不讓齊田單。」張良此舉是要韓信信任他，讓眾將聽他調撥。

　　張良的英雄特質在智謀，及劇中誇大了使他得受神助的重要人格特質——忠孝。

　　6. 王　允

　　《連環計》中的王允，是位忠心謀國的大司徒。他的忠誠如第一折【混江龍】中所說：「則為這漢家宇宙，好著俺兩條眉鎖廟廊愁。」（一折，卷八，頁 6015）又如他和太尉楊彪在【賺煞】中所言：

> 攬這場強熬煎，自尋些閑僝僽，少不的三五夜蒼顏皓首。（楊彪云）人年不滿百，常懷千歲憂。司徒，我和你這煩惱何時是了也？（正末唱）那些個百歲常懷千歲憂，搜尋遍四大神州。運機籌，這功績難收，可惜萬里江山一旦休。……（《連環計》一折，卷八，頁 6019）

王允除了忠心憂國之外，亦有智謀，他知義女貂蟬是呂布妻後，設下連環計，讓董卓呂布父子失和，呂布歸順皇朝功其剿滅董卓。

　　王允的英雄特質是忠誠、有智謀。

附表一：行當與人物

行	角色	人　　物	雜劇名・折數	註　　　解
旦	正旦	鄧夫人 莽古歹（小番）	《鄧夫人苦痛哭存孝》・一二四 《鄧夫人苦痛哭存孝》・三	以旦腳為獨唱者稱旦本雜劇，主唱者稱正旦
		王婆婆	《包待制三勘蝴蝶夢》・楔子	
		趙盼兒	《趙盼兒風月救風塵》・一	
		杜蕊娘	《杜蕊娘智賞金線池》・楔子	妓女（上廳行首）與落魄書生相戀
		譚記兒	《望江亭中秋切鱠旦》・一	第三折扮魚販張二嫂
		王閏香	《錢大尹智勘緋衣夢》・一	一二四折的正旦身份
		茶三婆	《錢大尹智勘緋衣夢》・三	第三折之正旦由茶三婆擔任（正旦扮茶三婆）
		端雲／竇娥	《感天動地竇娥冤》・楔子	竇娥本名端雲，但此處作正旦，他本有做「俫兒」
		謝天香	《錢大尹智寵謝天香》・楔子	妓女（上廳行首）
		裴興奴	《江州司馬青衫淚》・一	引梅香上
		顧玉香	賈仲明《荊楚臣重對玉梳記》・一	
		蕭淑蘭	《蕭淑蘭情寄菩薩蠻》・一	引梅香上
		扮嬤嬤	《蕭淑蘭情寄菩薩蠻》・二	
	旦	劉倩英	《溫太眞玉鏡台》・一	溫嶠表妹被騙婚
		李素蘭	《李素蘭風月玉壺春》・一	引梅香上
		二旦扮姬妾	《錢大智寵謝天香》・三	錢大尹家侍妾
		二旦扮仙子	《劉晨阮肇誤入桃源》・二	引侍女上
	外旦	宋引章	《趙盼兒風月救風塵》・一	
		三人：張嬤嬤、李姈姈、閔大嫂	《杜蕊娘智賞金線池》・二	張嬤嬤自稱三人是「杜蕊娘姨姨的親眷」
	搽旦	扮卜兒（杜母）	《杜蕊娘智賞金線池》・一	杜蕊娘親母
		扮卜兒（顧母）	《荊楚臣重對玉梳記》・一	
	旦兒	白姑姑（道姑）	《望江亭中秋切鱠旦》・一	白士中姑母
		童嬌蘭	《鐵拐李度金童玉女》・一	金安壽妻，兩人原為金童玉女下凡
	老旦	夫人（溫嶠姑母）	《溫太眞玉鏡台》・一	劉倩英之母

類	角色	人物	劇目	說明
		扮卜兒（裝興奴之母）	《江州司馬青衫淚》·一	
		扮卜兒	《李素蘭風月玉壺春》·一	李素蘭之養母
		扮王母	賈仲明《鐵拐李度金童玉女》·一	
		崔氏	《蕭淑蘭情寄菩薩蠻》·一	蕭淑蘭之嫂
	貼旦	陳玉英	《李素蘭風月玉壺春》·三	第二個行首，李素蘭之友
	小旦	扮金童、玉女	《劉晨阮肇誤入桃源》·二	
	小旦	（小妾）	《劉晨阮肇誤入桃源》·楔子	桃源洞仙子侍從
	魂旦	竇娥鬼魂	《感天動地竇娥冤》·四	亦為主唱者
末	正末	喬公 司馬徽 關公 溫嶠	《關大王獨赴單刀會》·一 《關大王獨赴單刀會》·二 《關大王獨赴單刀會》·三 《溫太真玉鏡台》	以末腳為獨唱者稱為末本雜劇，主唱者稱正末
		白士中	《望江亭中秋切鱠旦》·一	稱正末，不唱，但為劇中男主角
		劉晨（某）	《劉晨阮肇誤入桃源》·一	
		李斌（別號玉壺生）	賈仲明《李素蘭風月玉壺春》·一	引琴童上，少數末本劇演書生妓女之愛情
		扮金安壽	《鐵拐李度金童玉女》·一	
	末	韓輔臣	《杜蕊娘智賞金線池》·楔子	落魄書生與妓女相戀
	沖末	王大、王二	《包待制三勘蝴蝶夢》·楔子	
		周舍	《趙盼兒風月救風塵》·一	
		魯肅	《關大王獨赴單刀會》·一	
		王員外（王得富）王半州	《錢大尹智勘緋衣夢》·一	王閨香之父
		竇天章	《感天動地竇娥冤》·楔子	竇娥之父
		柳耆卿	《錢大尹智寵謝天香》·楔子	
		白樂天	《江州司馬青衫淚》·一	
		太白金星（吾）	《劉晨阮肇誤入桃源》·一	引青衣童子上
		張世英	賈仲明《蕭淑蘭情寄菩薩蠻》·一	男主角
	副末	地方	《包待制三勘蝴蝶夢》·一	告知王家三兄弟父親被人打死
	外扮孛老	王老漢	《包待制三勘蝴蝶夢》·楔子	到長街市上替三個孩兒買紙筆歇息擋住葛彪馬頭，被葛彪打死

	外扮李老	李榮祖（李十萬）叫化李家	《錢大尹智勘緋衣夢》‧一	
	外	包待制	《包待制三勘蝴蝶夢》‧二	
		安秀實	《趙盼兒風月救風塵》‧一	
		阮肇	《劉晨阮肇誤入桃源》‧一	
		扮蕭公	《蕭淑蘭情寄菩薩蠻》‧一	蕭淑蘭之兄長
	外扮孤	李公弼	《趙盼兒風月救風塵》‧四	鄭州守
	外	石府尹（石敏字好問）	《杜蕊娘智賞金線池》‧楔子	媒人
		李秉忠（沖上）	《望江亭中秋切鱠旦》‧四	奉命查清真相的都御史
		王府尹	《溫太眞玉鏡台》‧四	設水墨宴和會兩口兒
		扮州官	《感天動地竇娥冤》‧四	繼任桃杌之官，桃杌升作太守
		扮鐵拐李	《鐵拐李度金童玉女》‧一	
		錢大尹（錢可道）	《錢大尹智寵謝天香》‧一	「老夫自幼修髯滿部，軍民識與不識，皆呼爲波廝錢大尹」
	外末	賈浪仙、孟浩然	《江州司馬青衫湘》‧一	
		扮唐憲宗	《江州司馬青衫湘》‧楔子	引內官上
		元微之	《江州司馬青衫湘》‧三	
淨		葛彪	《包待制三勘蝴蝶夢》‧一	
		公人	《包待制三勘蝴蝶夢》‧一	捉拿殺人賊王家兄弟
		楊衙內	《望江亭中秋切鱠旦》‧二	花花太歲
		官人賈虛	《錢大尹智勘緋衣夢》‧二	
	副淨	張驢兒	《感天動地竇娥冤》‧一	
	丑	王三	《包待制三勘蝴蝶夢》‧楔子	
		小閑	《趙盼兒風月救風塵》‧三	挑籠上
			《江州司馬青衫湘》‧二	
		張千	《感天動地竇娥冤》‧四	竇天章冠帶引丑張千、祇從上
		扮怜兒	《荊楚臣重對玉梳記》‧一	同正末上，稱其姐夫
		扮吏	《感天動地竇娥冤》‧四	
		寄書人	《江州司馬青衫湘》‧二	小人是江州的一個皁隸
雜		茶博士	《錢大尹智勘緋衣夢》‧三	

	賽盧醫	《感天動地竇娥冤》‧一	欠蔡婆錢而起意殺之
	扮孤	《感天動地竇娥冤》‧二	楚州太守桃杌
	公人	《感天動地竇娥冤》‧三	鼓三通、鑼三下科（行刑時）
	劉一郎	《江州司馬青衫淚》‧二	由丑扮小閑引上
	卜兒（宋母）	《趙盼兒風月救風塵》‧一	宋引章親母
	卜兒（蔡婆婆）	《感天動地竇娥冤》‧楔子	竇娥的婆婆
	張千	《包待制三勘蝴蝶夢》‧二	官吏
		《錢大尹智寵謝天香》‧楔子	開封府樂探執事管僧尼道俗樂人，來叫謝天香新官到任，準備參官去。
		《杜蕊娘智賞金線池》‧楔子	官吏
		《望江亭中秋切鱠旦》‧一	楊衙內身邊的走狗（官吏）衙內稱他為「親隨」
		《錢大尹智勘緋衣夢》‧二	官吏
	梅香	《杜蕊娘智賞金線池》‧一	杜蕊娘的婢女
		《溫太真玉鏡台》‧一	婢女
		《錢大尹智勘緋衣夢》‧一	王閨香之婢女
	祗候	《包待制三勘蝴蝶夢》‧一二	官吏
		《望江亭中秋切鱠旦》‧四	白士中的官吏
		《感天動地竇娥冤》‧二	太守桃杌領上
		《錢大尹智寵謝天香》‧四	柳騎馬引祗候上
		《感天動地竇娥冤》‧四	竇天章引上
	院公	《望江亭中秋切鱠旦》‧一	白老夫人差他送信警告白士中楊衙內要取他首級
	官媒	《溫太真玉鏡台》‧二	
	贊禮、鼓樂	《溫太真玉鏡台》‧三	贊禮即唱贊歌兼做司儀者
	嬤嬤	《錢大尹智勘緋衣夢》‧一	王員外家的僕人
	外郎	《錢大尹智勘緋衣夢》‧二	
	官人（錢可道）	《錢大尹智勘緋衣夢》‧二	「老夫因滿面胡髯，貌類波斯，滿朝皆呼老夫為波斯錢大尹」，頁243（卷一）
	孛老	《感天動地竇娥冤》‧一	張驢兒之父
	劊子	《感天動地竇娥冤》‧三	磨旗、提刀

附表二：末本雜劇題材分類

劇　目					劇中主角與正末		全元曲卷次
總類	次類	簡稱	全　名	作者	主角	正末（主唱者扮演之角色）	
公案	包公案	魯齋郎	《包待制智斬魯齋郎》	關漢卿	張珪	張珪	卷一
		金鳳釵	《宋上皇斷金鳳釵》	鄭廷玉	趙鶚	趙鶚	卷二
		後庭花	《包待制智勘後庭花》	鄭廷玉	包待制	李順（一二折）／包待制（三四折）	卷二
		生金閣	《包待制智賺生金閣》	武漢臣	包待制	郭成（楔子一折）／嬤嬤（正旦二折）／包待制（三四折）	卷四
		陳州糶米	《包待制陳州糶米》	無名氏	包待制	張懺古（一折）／包待制（二三四折）	卷九
		盆兒鬼	《玎玎璫璫盆兒鬼》	無名氏	楊國用	楊國用（一折）／窰神（二折）／張懺古（三四折）	卷九
		神奴兒	《神奴兒大鬧開封府》	無名氏	神奴兒	李德仁（一折）／老院公（楔子二三折）／包待制（四折）	卷九
		合同文字	《包龍圖智賺合同文字》	無名氏	包待制	劉天端（楔子一折）／劉安住（二三四折）	卷九
	其他	村樂堂	《海門張仲村樂堂》	無名氏	張仲	張仲（一四折）／曳剌（二折楔子）／令史張本（三折）	卷九
		勘頭巾	《河南府張鼎勘頭巾》	孫仲章	張鼎	劉員外（第一折楔子）／張鼎（二三四折）	卷五
		魔合羅	《張孔目智勘魔合羅》	孟漢卿	張鼎	李德昌（楔子第一二折）／張鼎（三四折）	卷五
		延安府	《十探子大鬧延安府》	無名氏	李圭	李圭（廉使）	卷九
神道	度脫	忍字記	《布袋和尚忍字記》	鄭廷玉	布袋和尚	劉均佐	卷二
		岳陽樓	《呂洞賓三醉岳陽樓》	馬致遠	呂洞賓	呂洞賓	卷三
		黃粱夢	《邯鄲道省悟黃粱夢》	馬致遠	呂洞賓	鍾離權（一折）／高太尉（楔子）／院公（二折）／樵夫（三折）／邦老（四折）	卷三
		任風子	《馬丹陽三度任風子》	馬致遠	馬丹陽	任屠（風子）	卷三

	度柳翠	《月明和尚度柳翠》	李壽卿	月明和尚	月明和尚	卷四
	老莊周	《老莊周一枕蝴蝶夢》	史九散人	莊周	太白金星（一四折）／道士（楔子）／李府尹（二折）／三曹官（三折）	卷四
	鐵拐李岳	《呂洞賓度鐵拐李岳》	岳伯川	呂洞賓	岳孔目	卷五
	蔡順奉母	《降桑椹蔡順奉母》	劉唐卿	蔡順	蔡順	卷五
	劉行首	《馬丹陽度脫劉行首》	楊景賢	馬丹陽	王重陽（一折）／馬丹陽（二三四折）	卷七
	城南柳	《呂洞賓三度城南柳》	谷子敬	呂洞賓	呂洞賓（楔子一二四折）／呂扮漁翁（三折）	卷七
	藍采和	《漢鍾離度脫藍采和》	無名氏	漢鍾離	藍采和（許堅）	卷三
	東坡夢	《花間四友東坡夢》	吳昌齡	蘇東坡	佛印（一二四折）／盧山松神（三折）	卷三
	竹葉舟	《陳季卿誤上竹葉舟》	范康	陳季卿	陳季卿（楔子）／呂洞賓（一二四折）／漁翁（呂扮）（三折）	卷六
	野猿聽經	《龍濟山野猿聽經》	無名氏	猿猴	樵夫（余舜夫）（一折）／猿猴（二折）／秀士（袁遜字舜夫）（三折楔子四折）	卷九
	劉晨阮肇	《劉晨阮肇誤入桃源》	王子一	劉晨	劉晨	卷八
	升仙夢	《呂洞賓跳柳升仙夢》	賈仲明	呂洞賓	柳樹精（一折）／柳景陽（柳樹精投生為人）（二三四折）	卷八
	金童玉女	《鐵拐李度金童玉女》	賈仲明	鐵拐李	金安壽	卷八
警世	看錢奴	《看錢奴買冤家債主》	鄭廷玉	賈仁	周榮祖（楔子二三四折）／增福神（一折）	
	崔府君	《崔府君斷冤家債主》	鄭廷玉	崔府君	張善友	卷二
	唐三藏	《唐三藏西天取經》	吳昌齡	唐三藏	尉遲恭／老回回	卷三
	東窗事犯	《地藏王證東窗事犯》	孔文卿	岳飛	岳飛（楔子一折）／呆行者（二折）／虞候（何宗立）（楔子四折）／岳飛魂子（三折）	卷五

		小張屠	《小張屠焚兒救母》	無名氏	張屠	張屠（一二四）／李能（鬼急腳）（三折）	卷八
		來生債	《龐居士誤放來生債》	劉君錫	龐居士	龐居士	卷八
		浮漚記	《朱砂擔滴水浮漚記》	無名氏	王文用	王文用（楔子一二折）／太尉（三折）／魂子（四折）（王文用的鬼魂）	卷八
		劉弘嫁婢	《施仁義劉弘嫁婢》	無名氏	劉弘	劉弘	卷九
		鎖魔鏡	《二郎神醉射鎖魔鏡》	無名氏	二郎神	哪吒（一三五折）／天神（二折）／探子（四折）	卷九
仕隱	仕宦	裴度還帶	《山神廟裴度還帶》	關漢卿	裴度	裴度	卷一
		薦福碑	《半夜雷轟薦福碑》	馬致遠	張鎬	張鎬	卷三
		麗春堂	《四丞相高會麗春堂》	王實甫	樂善	樂善（右丞相）	卷三
		貶黃州	《蘇子瞻風雪貶黃州》	費唐臣	蘇東坡	蘇東坡	卷五
		王粲登樓	《醉思鄉王粲登樓》	鄭光祖	王粲	王粲	卷六
		赤壁賦	《蘇子瞻醉寫赤壁賦》	無名氏	蘇東坡	蘇東坡	卷八
		漁樵記	《朱太守風雪漁樵記》	無名氏	朱買臣	朱買臣（一二四折）／張憨古（三折）	卷九
	隱逸	陳摶高臥	《西華山陳摶高臥》	馬致遠	陳摶	陳摶	卷三
		七里灘	《嚴子陵垂釣七里灘》	宮天挺	嚴光	嚴光	卷五
歷史	英雄	單刀會	《關大王獨赴單刀會》	關漢卿	關羽	喬公（一折）／司馬徽（二折）／關羽（三四折）	卷一
		單鞭奪槊	《尉遲恭單鞭奪槊》	關漢卿	唐元帥（李世民）	唐元帥（李世民）（楔子一折～三折）／探子（四折）	卷一
		西蜀夢	《關張雙赴西蜀夢》	關漢卿	劉備／關羽／張飛	劉備使臣（一折）／諸葛亮（二折）／張飛魂子（三四折）	卷一

		襄陽會	《劉玄德獨赴襄陽會》	高文秀	劉備	劉琦（一折）／王孫（二折）／徐庶（三折楔子四折）	卷二
		諕范叔	《須賈大夫諕范叔》	高文秀	范雎	范雎	卷二
		澠池會	《保成功徑赴澠池會》	高文秀	藺相如	藺相如	卷二
		楚昭公	《楚昭公疏者下船》	鄭廷玉	楚昭公	楚昭公	卷二
		圯橋進履	《張子房圯橋進履》	李文蔚	張良	張良	卷二
		破苻堅	《破苻堅蔣神靈應》	李文蔚	蔣神	王猛（一折）謝玄（二折楔子三四折）卷二	
		說鱄諸	《說鱄諸伍員吹簫》	李壽卿	伍員	伍員	卷四
		三奪槊	《尉遲恭三奪槊》	尚仲賢	尉遲敬德	劉文靜（一折）／秦叔寶（二折）／尉遲敬德（三四折）	卷四
		氣英布	《漢高祖濯足氣英布》	尚仲賢	英布	英布（一～三折）／探子（四折）	卷四
		趙氏孤兒	《趙氏孤兒大報仇》	紀君祥	程嬰	（沖末）趙朔（楔子）／韓厥（一折）／公孫杵臼（二三折）／程勃（四五折）（趙氏孤兒）	
		晉文公	《晉文公火燒介子推》	狄君厚	介子推	介子推（一三折楔子）閹官／（王安）（二折）／樵夫（四折）	卷五
		博望燒屯	《諸葛亮博望燒屯》	無名氏	諸葛亮	諸葛亮	卷八
		榮歸故里	《薛仁貴榮歸故里》	張國賓	薛仁貴	薛大伯（楔子二四折）（仁貴之父）／杜如晦（一折）／伴哥（三折）（開場是禾旦唱）	卷五
		貶夜郎	《李太白貶夜郎》	王伯成	李白	李白	卷五
		周公攝政	《輔成王周公攝政》	鄭光祖	周公旦	周公旦	卷六
		伊尹耕莘	《立成湯伊尹耕莘》	鄭光祖	伊尹	文曲星（楔子）／伊員外（一折）／伊尹（二三楔子四折）	卷六
		虎牢關	《虎牢關三戰呂布》	鄭光祖	劉備／關羽／張飛	張飛	卷六

		老君堂	《程咬金斧劈老君堂》	鄭光祖	程咬金	秦王李世民（一二四折）／探子（三折）	卷六
		追韓信	《蕭何月夜追韓信》	金仁杰	韓信	韓信（一至三折）／呂馬僮（四折）	卷六
		豫讓吞炭	《忠義士豫讓吞炭》	楊梓	豫讓	豫讓（智伯家臣）（一三折）／張孟談（趙襄子家臣）（二折）	卷六
		霍光鬼諫	《承明殿霍光鬼諫》	楊梓	霍光	霍光	卷六
		不伏老	《功臣宴敬德不伏老》	楊梓	尉遲敬德	尉遲敬德	卷六
		黃鶴樓	《劉玄德醉走黃鶴樓》	朱凱	劉備	趙雲（一折）／禾倈（二折）／姜維（三折）／關羽（四折）	卷七
		孟良盜骨	《昊天塔孟良盜骨》	朱凱	孟良	楊令公（一折）／孟良（二三折）／楊和尚（四折）	卷七
		風雲會	《宋太祖龍虎風雲會》	羅貫中	趙匡胤	潘美（楔子）／趙匡胤（一～三折）／趙普（四折）	卷七
		凍蘇秦	《凍蘇秦衣錦還鄉》	無名氏	蘇秦	蘇秦	卷八
		馬陵道	《龐涓夜走馬陵道》	無名氏	孫臏	孫臏	卷八
		摩利支	《摩利支飛刀對箭》	無名氏	薛仁貴	薛仁貴（一二折楔子四折）／探子（三折）	卷八
		風魔蒯通	《隨何賺風魔蒯通》	無名氏	蒯文通	張良（一折）／蒯文通（二四折）／妝痛子（三折）	卷八
		連環計	《錦雲堂暗定連環計》	無名氏	王允	王允	卷八
		衣襖車	《狄青復奪衣襖車》	無名氏	狄青	王環（一折）／劉慶（二折楔子四折）／探子（三折）	卷八
		小尉遲	《小尉遲將鬥將認父歸朝》	無名氏	小尉遲	宇文慶（一折）／尉遲敬德（二三四折）	卷九
		蔛丸記	《閥閱舞射柳蔛丸記》	無名氏	延壽馬	唐介（一折）／延馬壽（二三四折楔子）	卷九
		存孝打虎	《雁門關存孝打虎》	無名氏	安敬思（李存孝）	陳敬思（楔子一折）／李存孝（二三折）／探子（四折）	卷九

		其他	梧桐雨	《唐明皇秋夜梧桐雨》	白樸	唐玄宗	唐玄宗	卷二
			漢宮秋	《破幽夢孤雁漢宮秋》	馬致遠	漢元帝	漢元帝	卷三
			抱妝盒	《金水橋陳琳抱妝盒》	無名氏	陳琳	殿頭官（楔子）／陳琳（一二楔子三四折）	卷八
婚戀	婚姻		玉鏡台	《溫太眞玉鏡台》	關漢卿	溫嶠	溫嶠	卷一
	戀情		百花亭	《逞風流王煥百花亭》	無名氏	王煥	王煥	卷九
			揚州夢	《杜牧之詩酒揚州夢》	喬吉	杜牧之	杜牧之	卷六
			金錢記	《李太白匹配金錢記》	喬吉	韓翃	韓翃	卷六
			玉壺春	《李素蘭風月玉壺春》	賈仲明	李斌	李斌（李玉壺）	卷八
世情	發跡變泰		遇上皇	《好酒趙元遇上皇》	高文秀	趙元	趙元	卷二
			獨角牛	《劉千病打獨角牛》	無名氏	劉千	劉千（一二三折）／出山彪（四折）	卷八
	家庭		酷寒亭	《鄭孔目風雪酷寒亭》	楊顯之	鄭孔目	宋彬（楔子四折）／趙用（一二折祇候）／張保（三折）	卷四
			虎頭牌	《便宜行事虎頭牌》	李直夫	山壽馬（小千戶）	山壽馬（小千戶）（一三折）／金住馬（二折）	卷三
			老生兒	《散家財天賜老生兒》	武漢臣	劉從善	劉從善	卷四
			合汗衫	《相國寺公孫合汗衫》	張國賓	張義	張義	卷五
			趙禮讓肥	《宜秋山趙禮讓肥》	秦簡夫	趙禮	趙禮	卷七
			殺狗勸夫	《楊氏女殺狗勸夫》	蕭德祥	楊氏女	孫二	卷七
			翠紅鄉	《翠紅鄉兒女兩團圓》	高茂卿	韓弘道	韓弘道（楔子一二四折）／院公（第三折）	卷八
			九世同居	《張公藝九世同居》	無名氏	張公藝	張公藝	卷九

朋友	范張雞黍	《死生交范張雞黍》	宮天挺	范巨卿	范巨卿		卷五
	東堂老	《東堂老勸破家子弟》	秦簡夫	東堂老	東堂老（李茂卿）		卷七
	羅李郎	《羅李郎大鬧相國寺》	無名氏	羅李郎	羅李郎		卷九
	鯁直張千	《鯁直張千替殺妻》	無名氏	張千	張千		卷八
水滸	雙獻功	《黑旋風雙獻功》	高文秀	李逵	李逵		卷二
	同樂院	《同樂院燕青博魚》	李文蔚	燕青	燕青		卷二
	李逵負荊	《梁山泊李逵負荊》	康進之	李逵	李逵		卷五
	黃花峪	《魯智深喜賞黃花峪》	無名氏	李逵／魯智深	楊雄（一折）／李逵（二三折）／魯智深（四折）		卷九
	還牢末	《都孔目風雨還牢末》	無名氏	李孔目	李孔目（榮祖）		卷九

附表三：「英雄」劇故事情節大綱

劇作家	雜劇名	主要英雄人物	次要英雄人物	正末（旦）及故事情節大綱	卷數
關漢卿	單刀會	關羽	無	一折：喬公／二折：司馬徽／三、四折：關公 一折：魯肅安排下機謀於江下排宴邀關公赴宴，宴中索討荊州，找喬公商議，喬公以關公英勇萬萬不可；二折：魯肅請司馬徽做伴客，司馬徽不肯，且魯肅又聽他說關公英勇開始有些怕了；三折：關公受邀知必有詐，但仍帶周倉一人赴單刀會，關平隨後接應；四折，筵席中兩人機鋒相對，魯肅要索荊州，魯肅的甲兵未動，關平的援兵已埋伏四週，請關公上船，關公毫髮無傷回去。	卷一
	單鞭奪槊	尉遲恭	無	楔子／一二三折：正末唐元帥（李世民）／四折：探子 楔子一二折：李世民收伏尉遲恭；二折遇小人元吉段志賢，元吉記恨欲報復，說他要重回山後，將他下在牢中。三折：單雄信追殺唐元帥，被尉遲恭單鞭奪槊。四折：探子述說他英勇戰況，本在唐營受元吉鳥氣的尉遲恭顯英雄。	卷一

高文秀	襄陽會	劉備	徐庶	一折：劉琦／二折：王孫／楔子、三折、楔子、四折：徐庶	卷二
				一折：劉備向劉表借荊州，劉表請赴襄陽會。表次子劉琮欲殺之，長子劉琦勸劉備逃離。二折：二孫奉二公子命偷盜劉備的馬，被劉備發覺。劉備向王孫解釋因言「立長不立庶」得罪二公子才致如此，王孫聽後反送劉備出城。蒯越、蔡瑁追不上劉備，將王孫執縛見二公子。楔子：劉備逃離遇司馬徽，馬言其少運籌之士，劉備待問，司馬已不見蹤影，迷蹤失路到龐德公處賜徒兒寇封與他爲子，又舉薦徐庶，劉備派趙雲請徐庶下山，徐庶因老母在堂不肯遠離，其母勸子進取，徐庶才先行下山，說到了新野再來取老母。三折：曹操以曹仁爲將許褚來下戰書，徐庶憑其神機妙算調兵遣將。楔子：曹仁曹章敗陣，曹章被關羽擒拿見軍師。四折：大軍得勝，劉備讚其智謀不在管、樂之下。開筵席慶賀軍師，犒賞眾將。	
	澠池會	藺相如	廉頗	楔子／一折／二折／三折／楔子：藺相如	卷二
				楔子：秦昭公以十五座城池要換趙國的和氏璧，藺相如願護璧至秦交換；一折：秦昭公觀看玉璧似無心履行諾言，藺相如請先將著玉璧回驛亭，等秦王商議好再公開獻璧，秦王不疑他，藺相如卻連夜出秦關逃回趙國，粉粹秦王美夢。秦王和白起設計安排澠池會；二折：藺相如完璧歸趙，受封爲上大夫，廉頗因其無汗馬之功，而不願與之同位。昭公邀成公澠池會，藺相如自告奮勇要護成公前往，並賭上自己的人頭，廉頗說若無事而回他面搽紅粉、劍去髭鬚。三折：澠池會上秦王令人舞劍助興，藺相如以一人舞劍冷清爲由，也舞劍，卻舞向秦王，逼令秦王送他主從二人出澠池。二人安然而退。楔子：相如君臣回國，成公安排筵席，廉頗妒恨喝了酒氣忿之下帶祇從小路抄行，打了相如一頓。此時秦王卻謀發兵攻趙事。廉頗派呂成去藺相如處探他被打之後可有報復之意。四折：藺相如對呂成說秦國不對趙國動兵即因趙有他文武二人，若兩人相鬥對國家沒有好處。廉頗知情後往相如府負荊請罪。正值秦軍來犯，廉頗領兵對恃打了場勝仗，成公安排筵席君官賜賞，成公著文臣武將永保皇朝萬年。	
李文蔚	圯橋進履	張良	無	一折：扮虛道人（喬仙）唱了四曲【上小樓】正末張才才上／二折：楔子、三折、四折：張良	卷二
				一折：喬仙上場介紹張良打諢。太白金星上場指引張良。二折：黃石公上場言明要傳三卷奇書與張良。張良寄食在財主李仁家中，李仁勸張良去圯橋求卦以卜前程。貨卜先生算他日當卓午遇賢人，張良於圯橋邊見一個老先生，憊履橋下要他取來則他爲	

			徒。張良內心幾番掙扎後，指他下橋取履，黃石公約五日後圯橋相會。張良來晚了，黃石公非常生氣，再約五日後圯橋見。五日後張良三更前後便在橋上等待，黃石公欣然，又儦履如前，張良取來。黃石公傳與他三卷天書。楔子：財主李仁爲張良準備酒食盤費，衣服鞍馬，在長亭送別。三折：張良於劉邦麾下果受重用，拜爲軍師，爲報李長者之恩命人去接他。丞相蕭何與他商議平陽魏豹、西洛申陽之事，張良不用軍馬，要憑他三寸不爛之舌說其降漢。張良見申陽，其大夫陸賈言其爲舌辯之士不可輕放。申陽命人綁縛張良，送與魯公，由陸賈爲使押解之。張耳奉韓信之命假爲魯公大將助申陽拒沛公大將樊噲，灌嬰奉張良命打著楚字旗假爲楚將項莊，陸賈不疑有他將張良交與灌嬰，灌嬰趁機拿下陸賈。張耳、樊噲裡應外合智擒了申陽。季布、鍾離昧奉魯公命與張耳、灌嬰、樊噲等將戰，戰敗而走。四折：眾將慶功，丞相蕭何奉聖命至帥府加官賜賞。	
	破苻堅	謝玄	無	一折：王猛／二折、楔子三、四折：謝玄 一折：苻堅見江東微弱欲興兵大進，軍師王猛以爲不可，陽平公符融亦以爲不可；大將梁成、慕容垂都願領兵前往。苻堅派二人揮軍南下。二折：晉大司馬桓冲與王坦之商議，王舉薦謝安可舉賢拜將。謝安向王坦與其侄謝玄可掛印爲帥，令謝玄至前廳觀他與王坦之下棋，王將掛帥事告知，謝玄策叔父求一計，謝安寫一「退」字。要他自己參詳。謝玄領命下場。楔子：謝玄帥師紮營鍾山，領眾將至蔣神廟燒香，伏望神靈陰助。蔣神因本爲護國之神理合相助，亦率本部神兵相助。三折：苻堅和謝玄對陣，謝亦言苻堅兵百萬，而其只十萬，少不敵眾，教他先退兵過淝水河那邊，待他回去商議後再來投降。苻堅不疑有他退兵過河，蔣神奉上帝敕令陰助晉國，將滿山草木，皆爲晉兵，讓苻堅的兵大亂。苻堅聽得吶喊以爲晉兵趕來，又被鬼兵圍住，力盡困乏，而回馬逃，謝玄亦因破苻堅鳴金收兵。苻堅悔恨不聽苻融之勸，梁成、慕容垂反責他差點送了他們的性命，叫他收拾方物，準備進貢不要再提馬鞭填塞過江南。四折：捷報傳回，桓冲向謝安道賀舉薦之功，謝玄與眾將回朝由桓冲加官封賞。	卷二
王實甫	麗春堂	四丞相樂善	無	一折：四丞相 一折：左丞相徒丹克寧奉聖命，教文武官員都到御園中赴射柳會，由他爲押宴官，射著著有賞。李監軍爲搶功錦袍玉帶，要先射卻不中。四丞相一射中的得了獎品。李圭不服，明日飄到香山設宴，他準備拿八寶珠衣賭四丞相的錦袍玉帶。二折：香山設宴李圭以八寶珠衣和四丞相賭雙陸，沒想到四丞相	卷三

				卻以先王賜劍爲賭注。李圭不服，與四丞相再賭，許輸了誰抹黑臉，結果四丞相輸了，李圭居然眞要他捺黑臉，四丞相出拳打下李圭的兩個門牙來，押宴官上奏君王。三折：四丞相被貶濟南歇馬，當地府尹原是他的下屬帶酒肴歌女去與他解悶。後聖人念及他往日功勞，又値草寇作亂，命左相差使命請他還朝。使命請他帶幾個舊時頭目收捕草寇，若收伏了時，依舊還他右丞相之職。府尹爲他送行。四折：四丞相還家著回舊時衣裳，左丞相也來奉聖命加官賜賞，眾臣與他慶賀，聖人著李圭到他面負荊請罪，李圭下跪，四丞相因聖人饒了他也不和李圭記仇了。眾人在麗春堂上歡慶。	
李壽卿	說鱄諸	伍員	鱄諸	一折／二折／三折／楔子／四折：伍子胥（員） 一折：費無忌妒恨伍奢，用計害他全家被殺，大兒子伍尚也被騙來殺害，費欲再將伍員騙來殺害，楚公子芈建抱子芈勝先奔樊城去警告伍員。伍員打跑了來騙他的費得雄，和公子投奔鄭國；二折：費無忌派神射手養由基追殺，養由基咬斷箭頭射伍員，放他逃脫。鄭國反爲楚公要害他們，公子芈建死於亂軍之中，伍員抱芈勝要投奔吳國。遇浣紗女將粥飯與他充饑，他要浣紗女殘漿勿漏，不要走漏了他的行蹤。浣紗女爲使他放心抱石投江。逃到江邊，漁翁闔丘亮搭載他，他也請漁翁殘漿勿漏，漁翁托其子後刎頸而亡。三折：伍員到吳國借兵，正遇吳國有事不允，流落在丹陽縣吹簫，鄉里人因他醉酒打攪，幾個壯漢要趕他走，遇好漢鱄諸救助。正待言謝見一婦人披衣拄杖教訓大漢，後知是其妻奉老母遺命而如此。伍員曲意結交冀望鱄諸助他報仇。鱄諸血氣男兒果應允，但其妻不許，他執意要去，其妻自刎而亡。楔子：伍員得吳國之助興兵伐楚，楚國大敗，拿住費無忌鞭屍平王。四折：伍員要報鄭國當日陷害之事，鄭子產貼告示但有人能勸退伍員官封萬戶賞賜千金。漁翁子村廝兒揭榜，果說服伍子胥罷兵，芈勝在吳王的幫助下回楚國即位，而當年浣紗女之母浣婆婆伍子胥也以養贍他下半世衣飯爲報。	卷四
尙仲賢	三奪槊	尉遲恭	無	一折：劉文靜／二折：秦叔寶／三、四折：尉遲恭 一折：建成和元吉在高祖面前毀損尉遲恭，劉文靜爲他辯解，敘說他的英勇善戰與功蹟，說他單鞭奪槊殺了單雄信，救了小秦王。二折：齊王元吉又去找秦叔寶，秦叔寶又將尉遲恭的英勇再敘說一遍，說齊王要和他相持定栽了跟頭。三折：尉遲恭自述功蹟，卻著人陷害，他氣得要在交鋒時打死元吉，回報元吉坑陷他的冤仇。四折：兩人交鋒他先讓元吉出手，他氣忿之下要打死元吉，唐元帥前來拉住勸阻，但尉遲還是將元吉打死。皇上還是因其戰功赦免了他。	卷四

	氣英布	英布	無	一、二、三折：英布／四折：探子／英布	卷四
				一折：隨何向劉邦請命帶二十人往使九江勸降同鄉有八拜之交的英布。隨何要英布顧念交情不要綁他，勸他項王疑心重要自思量。恰遇楚使，英布要隨何躲在屏風後，不料隨何說他已歸漢，跳出殺楚使，逼使英布降漢。二折：英布跟隨何降漢不見漢王出迎，卻見他濯足相見。氣得英布要回去，但隨何以項王多疑回去必不保命，英布進退兩難想自刎被隨何勸下，教他等重用之日。三折：漢王故意輕慢他，再設宴款待，讓他歡悅。英布仍不快，又請眾將陪侍，後又敕封爲九江侯，破楚大元帥，漢王拜送牌劍替他推車。英布揚眉吐氣好不威風，眾將領命攻項王。四折：探子上場報戰況。後英布上場漢王慶功設筵。	
紀君祥	趙氏孤兒	程嬰	韓厥／公孫杵臼	楔子：冲末趙朔／一折：韓厥／二、三折：公孫杵臼／四、五折：程勃（趙氏孤兒）	卷四
				楔子：晉國大將屠岸賈妒恨趙盾，先以鉏麑謀刺不成，又以西戎國獒犬能辨忠奸，放獒犬撲咬趙盾，殿前太尉提彌明劈殺獒犬，靈輒救趙盾走。趙盾滿門誅盡殺絕，駙馬趙朔被屠岸賈詐傳靈公之命賜死，公主因禁在府。一折：公主生下小廝兒怕難逃屠岸賈的殺害，委託程嬰，自縊而亡。程嬰將孤兒藏在藥箱中帶出，遇把守府門的韓厥，韓厥雖識破仍大義放走程嬰，自刎而死。二折：程嬰至太平莊與公孫杵臼謀議救孤兒，程嬰用自己的老來子替換孤兒，至奸賊處以爲救親兒免無辜受累爲由向屠岸賈出首孤兒行蹤。三折：屠岸賈信以爲眞，領卒子至太平莊索孤兒，公孫杵臼否認，屠岸賈嚴刑逼供，搜出孤兒（程嬰之子）剁了三劍，公孫杵臼撞階基身死。屠岸賈收程嬰子（孤兒）爲義子，讓程嬰爲其門下客。四折：孤兒長成，認賊做父，名喚程勃。程嬰因己年邁怕有些好歹，此兒終不知身世。將前事畫成手卷，若孩兒問起再一一道來。程勃見手卷果問原由，程嬰將畫中事一一道來，當故事說完再告訴他，自己就是存孤棄子的老程嬰，趙氏孤兒就是他。程勃一聽哭著立誓定報這血海深仇。五折：程勃將趙盾滿門被屠岸賈陷害之事告於悼公，悼公因屠岸賈兵權太重，命晉國上卿魏絳對程勃傳暗暗的自行捉拿。屠岸賈不知情喚程勃爲屠成，程勃表明身份爲趙氏孤兒捉住奸賊，程嬰同他一同去見主公，由魏絳代主公下斷、封賞。	
張國賓	榮歸故里	薛仁貴	無	楔子／二、四折：李老（薛大伯）／一折：杜如晦／三折：伴哥	卷五
				楔子：莊家出身的薛仁貴不做莊農生活，每日刺槍弄棒，一日他揭了黃榜拜別父母要去投義軍，父母	

				阻止不了他的決心只好讓他投軍。一折：高麗王因唐將秦瓊已死而無顧忌，派摩利支前去單挑唐軍名將。唐將張士貴與之交鋒時大敗，有一白袍小將三箭定了天山殺退了遼兵，張士貴冒認功勞，徐茂功不相信，要白袍小將薛仁貴來對質。杜如晦監軍證實了薛仁貴的戰功，但張士貴渾賴是他的。徐茂公請二人在百步外射金錢，各射三箭定功勞，薛三箭俱中，徐茂公奉聖命賜他爲天下兵馬大元帥，賜御酒三杯，薛醉了睡著了，夢中回鄉探父母。二折：仁貴回家受父親杖責，責他十年才還家。仁貴說他是私離邊庭探望父母，張士貴領卒子來拘拿他，正與父母哭別，夢醒方知並未還鄉，徐茂公見其煩惱，仁貴述思家之情，徐茂公替他奏知聖人衣錦還鄉，還將女兒賜他爲妻。三折：禾旦伴哥述莊家風情見踏馬而來的薛仁貴，仁貴向伴哥問薛大伯家的薛驢哥還問他的父母可有人侍養？伴哥罵離家不歸的薛驢哥，才知眼前的官人，告訴他父母的期盼。四折：薛仁貴回家父母俱歡喜，又見他爲元帥娶英國公之女，一家團聚和樂之際，徐茂公奉聖命到來賜賞家人。	
鄭光祖	伊尹耕莘	伊尹	無	一折：伊員外／二、三折、楔子、四折：伊尹 一折：趙淑女富貴閨女感夢生子，生有異香，但父母謂其未嫁生子恐人議論，棄置空桑裡。王留、伴哥拾獲交付伊老員外，伊老外員外收養之。二折：方伯因履癸失政，無故興兵，欲率師征伐，聞義水有莘有賢人伊尹派汝方去征聘，伊尹以山野村夫推辭，隱士兄弟余章勸其仕進，伊尹跟汝方離去。三折：伊尹與方伯說兵略，方伯請伊尹親臨戰陣。楔子：履癸手下副將赾入巢與方伯大將費昌戰，伊尹擺下奇門陣，敵將赾入巢、陶去南倒戈逃命去了。四折：殿頭官奉命與眾官加官賜賞。殿頭官謂伊尹爲肱股良臣，說他行兵察風雲、辨氣色、善用機謀，伊尹升爲太左相。	卷六
	智勇定齊	鍾離春	無	正旦：鍾離春 一折：晏嬰替齊公子解夢說其午時三刻必遇淑女賢人。鍾離春的嫂嫂埋怨沒人幫忙做家事，其父命她跟嫂嫂去採桑餵蠶。二折：齊公子去野外射中兔子，兔子卻帶箭逃走，齊公子追趕在後，看到採桑女問兔子，卻被斥責他馬踏禾苗。晏嬰見其出言非俗正是應夢賢人，替齊公子議婚，鍾離春要他們擇良日親迎過門。楔子：秦國著玉連環命使送入齊，故能解則免貢，不能解則統征伐；燕國孫操命入著蒲琴入齊，彈響蒲琴齊爲上邦，彈不響則爲下國。齊公子無法，聽晏嬰之議請出夫人。鍾離春彈響蒲琴在使臣背上刺字，解開玉連環在使命臉上刺字。氣得兩國會合伐齊。三折：無鹽女鍾離春擺下陣法，殺	卷六

	虎牢關	張飛	劉備／關羽	正末：張飛 一折：冀王袁紹調天下諸侯聚集河北，要至虎牢關生擒呂布。天下英雄無人能敵，曹操用話激劉關張三兄弟前去戰呂布，沒想慓暴的張飛應說要去，其他兄弟也只好應允，曹操拿書呈叫他們前往虎牢關見孫堅將軍。二折：三兄弟到孫堅那，卻因職位低不受重視。張飛耐不住性得罪孫堅要被處斬，正巧曹操運糧草回救下張飛，令他去戰呂布，劉備、關羽也分別出戰。三折：孫堅與呂布戰敗逃入密林，呂布得其衣袍鎧甲叫楊奉去董卓跟前獻功，楊奉卻將東西被張飛奪了去。呂布點將挑戰劉關張。張飛回營假意稱讚孫堅與呂布戰得好將他敗逃事抖出，孫堅不認，張飛將其衣袍鎧甲丟還與他。孫堅氣得本待殺張飛，曹操勸止。正好呂布索戰，挑劉關張三人，兄弟們前去應戰。楔子：呂布不敵三人勇猛逃離，兄弟前去追趕。四折：劉關張戰退呂布，聖人大喜著元帥袁紹加官賜賞。	卷六
	老君堂	程咬金	秦叔寶	楔子、一、二、四折：李世民／三折：探子 楔子：因洛陽王世充殺了唐的使命，劉文靜奉聖命教元帥（李世民）為總兵官，袁天罡李淳風為諫議大夫，馬三寶段志玄為先鋒剿殺之。一折：徐懋功為魏王李密軍師，李密怕唐軍征伐洛陽會危及他的金墉城，軍師差程咬金去巡綽邊境，若唐軍來也好有防備。唐軍來到北邙山，元帥出探，袁天罡以其百日內有大災勸阻，元帥不聽，他去偷觀金墉城，遇程咬金追殺，逃入老君廟，秦叔寶也趕來看，勸程咬金饒他一斧，將他綁見魏王。二折：劉文靜見李密以唐主敕諭要魏王放了秦王，魏王將他一併收押。後魏王著徐懋功大赦囚犯，單不放秦王及劉文靜，秦叔寶勸之，魏徵改「不」字為「本」放了他二人。楔子：李密亡家喪國，秦王奉命南征蕭銑，單挑之，秦王勝，蕭之大將高熊在唐元帥回截殺，馬三寶至清風嶺接應元帥，與高熊交戰將其刺死得勝而歸。三折：探子向軍師李靖報告這一場好廝殺。四折：唐軍班師回朝，殿頭官安排筵席前來接風慶賀，李靖將投降的程咬金執縛見秦王由秦王決斷，秦王親釋其縛重用之。使命上場傳聖喻下斷。	卷六
金仁杰	追韓信	韓信	無	一～三折：韓信／四折：呂馬童 一折：韓信風雪潦倒受眾人訕笑受胯下之辱，漂母救濟他。二折：投奔霸王不用，投劉邦亦不受重用，黯然離去，被蕭何追回。三折：韓信因蕭何之薦，	卷六

（表首行接上欄）敗秦姬輦和吳起，秦姬輦不服要單挑，鍾離春應戰，秦姬輦不敵敗走。四折：秦和十一公子至臨淄尊齊為上國，齊公子請夫人出來，並召其父母加官賜賞，各國歸順，尊順為上邦，齊公子道都是夫人的汗馬之勞。各國公子到來同來慶賀作結。

				得見劉邦掛了帥印，用智謀攻打項羽，並在烏江口安排漁夫只說「渡人不渡馬」逼他羞愧自刎。四折：霸王果如所料自刎烏江，呂馬童感傷悼念。	
楊梓	豫讓吞炭	豫讓	無	一、三、四折：豫讓／二折：張孟談（趙氏之說客扮智伯使命） 一折：晉國智伯蘭台設宴會韓趙魏三君，恃兵馬強盛，向三家索地，韓魏各獻萬家之邑，獨趙君不與。智伯毀辱趙君，趙君逃席而去。智伯還要伐之，家臣豫讓以為不可，智伯不聽，攻伐趙氏。二折：智伯與韓魏合力攻趙，引水灌晉陽城，趙襄子勸韓魏相助以免趙氏亡後難及韓魏。二折：趙氏說客張孟談扮智伯使命，後表明身份勸韓魏助趙，韓魏負責決堤灌智伯軍營，趙氏趁機攻伐，果大敗智伯將之斬首，三家平分他的土地。三折：豫讓為替智伯報仇躲在廁房內伺機行刺，趙襄子覺有異派人搜索，捉住豫讓，趙襄子見其忠義要收他為家臣與他高車駟馬，他不肯。趙襄子惜其忠義放了他。四折：豫讓漆身吞炭裝做癩啞，被眾小兒戲弄，同為智伯家臣的絺疵勸豫讓罷手，兩人相見同悲泣，絺疵勸他主人已沒，他改變形容，何苦如此？豫讓以其忠心不肯罷手。時趙襄子至，絺疵避之，豫讓潛伏於橋下，趙襄子馬至橋邊三策三卻，想橋下必有歹人，派人搜捕又抓住了豫讓。豫讓請趙襄子脫下衣服讓他碎剁以報君恩，死而無恨，趙襄子允之。豫讓自刎而死，趙襄子旌表其忠義。	卷六
	不伏老	尉遲恭	無	正末：尉遲恭 一折：聖天子設功臣筵席，著房玄齡為主宴官，徐茂公為壓宴官，如有人攪鬧亂席先斬後奏。眾老將謙讓席，主宴官以功勞簿論功行賞，沒想到後生小輩李道宗一走來就喝酒簪花，氣得尉遲恭打落他的門牙。房玄齡依令要斬尉遲恭，眾將勸他饒了老尉遲。房玄齡雖饒他不死，仍上報聖人。二折：尉遲恭被貶去職田莊閑居，眾公卿為他餞行。三折：尉遲恭聽說高麗王興兵下戰書，單挑尉遲恭出馬。尉遲聽說裝有風疾，徐勣來請他出馬並探病的虛實，尉遲裝病推辭。徐派小兵妝做高麗小軍，去莊上要男的餵馬女的補襖。氣得尉遲當下打了小軍，被徐茂公逮個正著，只得領兵出征。四折：尉遲恭與高麗大將肋金牙相持，生擒了他。徐茂公傳聖命加官賜賞。	卷六
朱凱	黃鶴樓	趙雲／張飛／劉備	諸葛亮	一折：趙雲／二折：禾俫（淨扮姑兒亦有唱【豆葉黃】和【禾詞】）／三折：姜維／四折：張飛 一折：周瑜差魯肅送書信宴請劉備過江至黃鶴樓上赴碧蓮會，趙雲勸阻，劉封勸進。劉備決意著三五騎人馬前往。二折：諸葛亮叫關平著暖衣、拄拂子	卷七

				至黃鶴樓爲伯父送去；又命姜維扮做漁翁，手心上寫「彼驕心喪，彼醉在逃」提醒劉備；又派關雲長、張飛接應。關平向禾俵問路，關平急著趕路。三折：關平至黃鶴樓送暖衣而回，周瑜命人把手樓門不許人上下，除有令箭。姜維扮漁翁至黃鶴樓獻一對金色鯉魚，周瑜不疑有他放他上樓，他在一旁切鱠趁周瑜打盹，舒手心與劉備看。周瑜醒來見兩人似有異狀趕漁翁下樓。周瑜又打盹兒恐劉備偷令箭逃走，將身上的令箭折斷丟入江中。劉備正著急以拂子撾地，覺內有藏物，拔開一看是一枝令箭（昔日諸葛亮跟周瑜要來鎮壇的）。劉備拿箭下樓逃走了。周瑜醒來領兵追趕。四折：關張二人與曹操征戰回來不見劉備，孔明要他們問劉封，劉封嚇得說不干他事是父親堅意要去的，張飛將劉封吊了起來，去見軍師，正好劉備無恙而回，勸他饒了劉封，張飛要和東吳廝殺算帳，孔明勸說才向東吳借兵破曹，既主公無事就算了，殺羊宰馬做一個慶喜的筵席。	
	孟良盜骨	孟良	楊和尚	一折：楊令公／二三折：孟良／四折：楊和尚 一折：楊景（六郎）鎮守三關，父親楊令公和七郎鬼魂托夢，說他們的屍骨被掛在昊天寺的塔尖上，每日輪一百個番兵日射三箭讓他疼痛不已，教楊景來救他們的屍首。二折：楊景醒來未知真假，恰好家中有太君寄書來，夢象亦與楊景同。楊景派孟良去取，他亦隨後接應。三折：二人取得了骨殖，孟良請楊景先走他斷後。四折：楊景至五台山興國寺投宿，遇楊和尚，兄弟兩人相認。楊景將取骨殖事告知楊五郎。番將韓延壽趕至，要寺裡獻出楊六郎，不然滿寺和尚不留活口。楊和尚騙番將去刀槍脫鎧甲下馬入寺內，楊和尚關上三門打殺了番將。寇準奉聖命迎楊令公和楊七郎的骨殖。孟良報知在興國寺做七盡夜的大道場，帶著孟良上五台山並宣聖命賜黃金高築墳台，還蓋廟千秋祭享。	卷七
羅貫中	風雲會	趙匡胤	無	楔子：石守信唱／一～三折：趙匡胤／四折：趙普 楔子：石守信奉聖命招募智勇之士，聽說趙弘殷長子趙匡胤文武全才，智勇過人，特差潘美著禮帛鞍馬敬征聘。一折：趙匡胤至汴梁橋下卜卦，賣卜道士苗光裔言其爲開基帝主，適潘美送元帥聘，道士言其爲一路諸侯，趙匡胤與之結拜。趙匡胤偕潘美晉見元帥，兄弟趙普前來奉餞。二折：趙匡胤立下大功，做到殿前都點檢之職，因周主年幼周太后聽政，漢、遼兵入侵，太后著石守信傳旨，讓趙匡胤卦帥北征，軍行至陳橋，軍中兄弟們噪呼策立太尉趙匡胤，趙匡胤以爲不可。太后因子幼知其事勸匡胤受禪，眾呼萬歲。吳越王錢俶想入貢，相國勸等軍隊來再說；南唐李主練兵防守；蜀主孟昶亦防備	卷七

				之；南漢主劉鋹也謹慎以待。三折：大宋皇帝趙匡胤布衣出宮，要私下至丞相府商議下江南收川廣之策。時大雪，宰相夜讀忙接駕，宰相建議召石守信、曹彬、潘美、王全斌四人去收伏四國。四折：石守信至吳越王處，錢俶納土奉款投降；曹彬至南唐，南唐戰敗投降；潘美至南漢，南漢王戰敗投降；王全斌至蜀，蜀王戰敗投降。四將軍收伏四國朝門外候宣，趙普傳聖命，諸降王願守臣節，趙普奉聖命排宴燕樂各國君臣，教四國君臣習禮儀，隨長朝官拜舞，最後提及起義時曾夢龍虎風雲會今日果然。	
無名氏	關雲長	關羽	劉備	正旦：甘夫人 楔子：曹操為劉關張是他保奏，加官賜賞，卻不聽他的，弟兄私奔奪了徐州。他親自為帥著夏侯惇為先鋒，統兵十萬擒拿三人。關羽鎮守下邳，劉、張趁夜劫曹營，但張虎銜恨奔曹告知計謀，曹軍早有防備，兩人奔逃，劉脫盔甲跳入河裡，張飛不知去向。曹操擄獲劉備家小要至下邳城招安關雲長。一折：關雲長不信兄弟們被殺，曹操將劉的家小簇在城下叫雲長看，勸關投降。關開出條件：一、降漢不降曹。二、和嫂嫂家小一宅分兩院。三、但打聽的哥哥兄弟便去尋。曹操俱依了他。二折：劉張兄弟相見，打跑了守古城的張虎。曹操對關多禮遇上馬－提金下馬－提銀，關心中則念著兄弟，聽張虎報知劉張奪了古城，佯醉回宅，將曹操送的金銀和壽亭侯的牌印鎖在宅裡，帶甘糜二夫人去尋兄弟。三折：曹操追上送行，送下錦征袍，關以刀尖挑去。關叫嫂嫂們先行，曹操要回禮，關云他日若拿住曹操大刀下饒他一死。曹操回去點兵將要與劉關張交鋒。四折：蔡陽奉曹命至古城與關交戰。關同二位嫂嫂到古城，劉張二人對他有誤會。甘糜二夫人將真情說與二人聽，蔡陽趕來張飛以為與關同路是為曹而來，關以殺蔡陽明志。關斬殺蔡陽，兄弟釋嫌安排筵席慶賀一番。	卷八
	馬陵道	孫臏	無	正末：孫臏 楔子：龐涓與孫臏同在鬼谷子門下習藝；孫臏有德有行，龐涓是短見薄識絕恩斷義之人。龐涓先下山，言道他日取功名必保舉孫臏。一折：龐涓在魏公子面前想彰顯自己的厲害，叫魏公子請孫臏擺陣，龐涓在旁破陣，但有一陣龐涓不識說亂擺陣，孫臏請他試試便知，龐涓敗陣，假意要棄官，孫臏勸阻，龐涓要他跟魏公子說兩人不分上下。楔子：鬼谷子登壇算孫臏有刖足之災。龐涓叫鄭安平傳令教孫臏領兵馬紅袍紅旗在宮門外射三箭，鳴金擊鑼搖旗吶喊說是魘鎮火星，又告知魏公子孫臏有反叛之心，孫臏不疑依命行事。二折：龐涓在魏公子面前說孫臏嫌官小有反叛之心，魏公子著龐涓監斬，孫臏才知被害。他記起臨行師父與他一計，他佯稱腹中有	卷八

			《六甲》天書可惜不曾傳人，若有人救他願傳與他。龐涓聽到，假意做悲要刀下留人，假傳公子之命免他項上一刀，刖其雙足。龐涓令人背回書房，安排茶飯要他傳寫天書，書成務要殺了他。三折：半年過去孫臏一日裝瘋，龐涓不信令人試他。齊國上大夫卜商進貢入魏，想趁機帶回孫臏做齊國軍師，他在孫臏棲息的羊圈前試探，他將孫臏帶回驛館，並聽孫臏計用調虎離山支開搜查的龐涓，跟卜商至齊國。四折：齊國拜孫臏爲軍師，田忌爲先鋒攻伐魏國，思忌假敗陣，龐涓追殺至白楊樹下孫臏在上題詩說白楊樹下白楊峪，正是龐涓合死處。果然四周早有埋伏，龐涓向孫臏求饒，孫臏教人先刖其雙足再斬殺之，屍分六處懸首示眾。	
摩利支	薛仁貴	無	一、二、楔子、四折：薛仁貴／三折：探子 一折：高麗國大將蓋蘇文官封摩利支，領十萬雄兵下戰書，單挑大唐名將。聖人夜夢白袍小將持方天畫杆戟殺退摩利支。聖人問其名姓，其言：我家住在虹霓三刀。天子夢覺，要徐懋功圓夢。徐認爲應夢將軍必在絳州龍門鎮。便出黃榜，著張士貴去招義軍。薛仁貴農家出身只愛刺槍弄棒，不肯做莊農生活。父親爲此要打他，被母親勸阻。父親勸他務莊農事，他說要去投義軍，父親本不肯見他執意要去只好應允。二折：薛仁貴揭黃榜投義軍，遭張士貴刁難，說他犯官諱要他改名。又要試他武藝，因他氣力大損弓折箭，張士貴要殺他。遇徐懋功前來救他問他何罪，張士貴說他口說大話要挫折了摩利支的腰脊骨又損弓折箭，正好摩利支索戰，徐懋功保他出戰，贏了將功折過，輸了二罪俱罰。薛仁貴索白袍白馬丈二方天畫杆戟一張硬弓，他自有七枝連珠箭，便與張士貴出應戰。楔子：張士貴被摩利支打敗逃走，摩利支追殺遇上應戰的薛仁貴，摩利支以飛刀射之薛仁貴對箭，摩利支見近不的他撥馬逃走。三折：探子向高麗大將報戰況。聽報摩利支輸了，收拾方物準備與大唐進奉。四折：聖上已知薛仁貴擋住海口三箭定天山殺退遼兵，命人去將他父母家屬取赴京師賜宅居住。張士貴以爲人不知則說是他的功勞，被徐懋公拿住打爲庶民，永不敘用。徐懋功奉聖命封賞他一家兒。	卷八
連環計	王允	呂布	正末：王允 一折：大司徒王允因董卓弄權而爲國憂煩，太尉楊彪請他商議如何用計擒拿董卓。董卓來楊府，見王允也在，問商議何事？他二人假意奉承，董卓一心要奪漢天下，董卓離去，楊彪請王允用計，王允沈吟說他慢慢想來。二折：太白金星抱布在董卓門首三笑三哭，待董卓命人捉拿，他擲布丟董卓，董卓見布的上下俱有口字。蔡邕解給王允聽，說董卓必	卷八

			死呂布之手，並言要用「連環計」。王允正憂愁時，在花園撫琴後散心，見貂嬋燒香，他迴避一旁，聽知貂嬋是呂布妻，逼問之。貂嬋才說本爲靈帝宮女賜與丁建陽；呂布爲丁之養子，丁將之配呂布。王允想到可用此連環計，請貂嬋助他若使他除去董卓，可保她夫婦團圓。王允派人請呂布赴宴，著貂嬋遞酒，呂布認出貂嬋兩人相認，王允說他會宴請董卓跟他提婚事撮合他們夫妻團圓。三折：董卓赴宴帶酒睡著，王允令貂嬋爲董卓打扇，卓醒驚爲天人，王允答應將貂嬋許他。王允親自送親，見呂布訴說董卓見色起意私納子媳。貂嬋趁董卓醉了前去找呂布，正好呂布亦來尋她。董卓醒來見貂嬋在呂布宅中，呂布與他情敵相見打倒董卓逃走，董卓李肅拿呂布。四折：呂布躲入王司徒家中，李肅來捉拿，王允說董卓是強佔子媳。李肅聽說如此要助呂布殺老賊。王允和他們同去太尉府共商大計。請蔡邕請董卓入朝受禪，李儒勸董卓別去，但董卓聽蔡邕美言毅然前去，李儒撞車而死。蔡邕說他先入內報復董卓來了著人迎接，王允等人領兵讀帝詔誅殺董卓，董卓喜見李肅相救，卻被刺殺，呂布亦刺殺董卓。楊彪知王允妙計後要奏知聖人敘功行賞。
衣襖車	狄青	無	一折：王環／二折、楔子、四折：劉慶／三折：探子 一折：范仲淹奉聖命將五百輛衣襖扛車，上西延賞軍叫狄青隨路防護。狄青因無一副披掛兵器，上街市去買，遇上老將軍王環賣衣甲要一千貫，狄青向老將軍賒。老將軍知是狄青便賒與他，要他得志後還他錢鈔。二折：狄青被史牙恰和咨雄截了衣襖車趕入黑松林去了。范仲淹奉命差劉慶去，說若狄青奪回衣襖車將功折過，若奪不回二罪俱罰。狄青在酒店遇上了喝了酒不給錢的劉慶，替他還了錢。問他爲什麼到此？他說來催狄青。狄青向他表明身份，兩人同去追回衣襖車。先遇上咨雄，被狄青一箭射中，再去追趕史牙恰狄青在野牛嶺見到史牙恰的旗幟，與他廝殺刀劈了他，狄青將兩顆首級請劉慶先回大人那獻功，他押衣襖車隨後來。楔子：飛山虎劉慶遇上了也催狄青的黃軫，得知狄青的戰功，他要劉慶將首級與他，他給劉慶錢鈔，劉不肯，黃使詐推劉下澗，將兩顆人頭拿去獻功。幸好多年樹葉子厚救了劉慶，他要爲狄青做證見。三折：探子向北番大將李滾報狄青與咨雄、史牙恰的廝殺，李滾見有猛將再不敢調遣番兵，準備投降納貢。四折：黃軫將人頭報功，狄青回時范因他失誤衣襖車要推出斬殺。劉慶急忙趕回說明狄青的冤屈和黃軫的惡行，范仲淹知情後，將混賴軍功的黃軫殺了，並教狄青望闕跪聽聖命，加爲總都大帥。	

| | 博望燒屯 | 諸葛亮 | 張飛／關羽／劉備 | 正末：諸葛亮
一折：劉關張三兄弟三年三訪諸葛亮，劉吩咐張不得懆暴，諸葛亮不願下山，趙雲來報甘夫人生子，諸葛亮因劉喜氣而生旺氣而長願與他下山。二折：劉與眾將在元帥府拜諸葛為軍師。曹操來下戰書，諸葛回以來日交戰。張飛因不服他要看他如何用兵，諸葛命趙雲做先鋒與夏侯惇對敵只要他輸、要劉封令軍播土揚塵、命糜竺糜芳在博望城外等夏侯惇入城舉火燒屯⋯⋯眾人都有差事，偏張飛一直沒有，諸葛說差他出去也不能成事，兩人打賭日正卓午張飛會遇上夏侯惇，但張飛一個也沒捉著。張飛以人頭為賭注，諸葛以軍師牌印為賭注。三折：夏侯惇被諸葛的妙算打得落花流水，果正午時分與張飛相遇，夏侯惇說他們殘兵敗將餓乏得很，若張飛打勝也勝之不武，請張飛放他一箭之地和手下埋鍋造飯，吃飽了有氣力和他打，那才見真英雄。張飛應允，夏侯惇兵馬趁機逃脫。回營向軍師賠罪，後夏侯惇又來索戰，諸葛要他將功折罪。四折：博望城損兵折將曹操好生氣惱，軍師管通與諸葛同堂學業，要去新野說諸葛投曹。蜀漢眾人慶賀戰功，管通來到，諸葛早已預知。叫管通去四間房觀氣象，最後一個房間不知是何人氣象全別，祥雲籠罩，劉備出拿下說客管通欲斬之，諸葛以其同門求饒他，劉備將他因在牢中，盛讚軍師之能。 | 卷八 |
| | 隔江鬥智 | 諸葛亮 | 劉備／關羽／張飛 | 正旦：孫安小姐
一折：周瑜為騙劉備請主公假意把妹子孫安小姐配給劉備，趁送親之際乘機奪他城門，若不成，欲叫孫小姐拜堂後暗裡刺殺劉備，大軍直抵荊州。孫小姐內心不願但母親哥哥堅意如此，孫小姐怪哥哥送了他的終身，但還是應允出嫁。二折：諸葛亮將計就計應允親事，東吳眾將送親到荊州城外，張飛只讓小姐翠鸞車一輛，梅香一馬過，其餘人等不準入城。已先在城內等候的魯肅和蜀漢眾將迎小姐入城，小姐與劉備拜過天地，囑咐魯肅回去跟哥哥回話，對月回門之日再說。三折：周瑜見兩計皆不成，打算在對月回門之時，使眾將把住江口，不放劉備過江。劉備同新婦回門，諸葛亮著劉封送暖衣，帶錦囊妙計給劉備，叫張飛至漢江口迎接劉備。劉封送暖衣送錦囊被孫權看到，劉備不慎掉落，孫權拾去看，以為是曹兵要取荊州交待劉借兵，孫不想借兵與劉，故想請他回去，讓曹兵殺他。
楔子：漢陽江邊張飛來迎，周瑜氣急在後趕，看見小姐的翠鸞車便下馬跪下，請小姐不要幫著劉備，誰想車內竟是張飛，張羞辱了周瑜一場，氣倒了周瑜。四折：蜀漢慶賀玄德公夫婦回返，諸葛亮著眾將下跪，代主公敘功行賞。 | 卷九 |

小尉遲	尉遲恭	小尉遲	一折：宇文慶／二三四折：尉遲恭 一折：劉武周之子劉季眞，因二十年前父親手下上將尉遲恭降唐心生忿恨，將其子長養成人喚劉無敵，瞞他身世，要他出領十萬雄兵出戰，單挑生父尉遲恭。尉遲家老院公宇文慶代爲照養小尉遲，見他們要父子相殘，私下告知小尉遲身世。小尉遲知情後準備陣前認親。二折：唐軍接戰書李道宗以尉遲年老不能出征，要請出戰，丞相房玄齡與徐茂公不要他出戰。尉遲老將以其老當益壯，自信能敗劉無敵而出征。三折：兩人對陣，小尉遲詐敗落逃，待老尉遲追來，只有兩人在場時，小尉遲跪地認父。小尉遲要回營捉拿劉季眞後，才與父親歸唐。四折：小尉遲拿住劉季眞，帶本部人馬降唐。徐茂公因尉遲老將追趕落敗的劉無敵，竟交頭說話，放走劉無敵，以爲他有反叛之心。丞相房玄齡則不以爲然，尉遲恭將兒子的事敘說一遍，徐茂公不信，房玄齡做保，若午時不見小尉遲降唐再處分老尉遲。小尉遲果帶兵降唐且獻上劉季眞，徐茂公代聖命賜賞他們。	卷九
薤丸記	延壽馬	無	一折：唐介之（御史）／二折／楔子三、四折：延壽馬 一折：韓魏公（韓琦）因北番耶律萬戶侵犯邊境，奉聖命著八府宰相范仲淹等，舉名將一，疾去剿除賊寇。唐介之保舉待罪的延壽馬，葛監軍從中阻撓，後范決議由延壽馬爲先鋒葛監合後與參謀使李信赴京師，破虜之後，再有賜賞加官。二折：延壽馬與參謀使李信接令後便遵命起程。楔子：到就師范授命其領兵前往。三折：葛監軍爲搶頭功，延壽馬未到即與番將阻孛開戰，敗走，延壽馬與耶律萬戶對戰，一箭射殺了他。四折：范仲淹奉聖命在五月端午薤節令設太平筵會，與眾官慶賀薤賓節令。葛監軍將戰功攬爲己功，范仲淹著他兩人對證。范仲淹著二人射柳打球誰贏就取得功勞加官賜賞，誰若不中，賴人功勞先斬後奏。葛監軍輸了被罷了監軍一職，延壽馬加爲兵馬大元帥。	卷九
存孝打虎	李存孝	無	楔子、一折：陳敬思／二、三折：安敬思（李存孝）／四折：探子 楔子：殿頭官奉聖命差陳敬思傳命與沙陀李克用，將他打傷國舅的罪免去，與他五百面金字牌、五百道空頭宣敕，加他爲天下兵馬大元帥，破黃巢亂。 一折：陳敬思與沙陀宣敕，李克用義兒家將出來，義兒們意見分歧，後李克用聽其子李亞子之言決定出征破黃巢。二折：李克用夜夢老虎生雙翼咬他一口，周德威解夢說必得應夢將軍。李克用聽他言去打圍射獵，冀得虎將。牧羊子安敬思在盤陀石上打盹，李克用同大將們追趕一隻大老虎，見他睡在那，	卷九

		怕老虎傷他，把他叫醒。安敬思醒後看見老虎並不害怕倒怪他吃了他的羊，李克用的人親見他三拳兩腳打死了老虎好生欽佩，卻故意叫他還老虎來，他將大老虎丟過相隔甚遠的山澗，李克用請他過來說話，後李收他做義兒，更名為李存孝，加他為十三太保飛虎將軍。他拜別鄧大戶，李克用用金銀謝鄧恩養，鄧不要金銀請配女兒，李克用即應允。一行人出發去破黃巢。三折：李存孝與黃巢手下張歸霸、張歸厚交鋒，二人敗走；黃巢之弟黃圭出戰亦敗走，李存孝趁勝追擊。四折：探子上場向李克用報告戰局，李克用歡喜賜探子兩只羊、兩瓶酒、十個免帖。

註：有「*」記號者，為旦本雜劇。

附表四：包公劇與水滸劇

（一）包公劇戲目

作者	劇名	劇　情　大　要	出處
關漢卿	《包待制智斬魯齋郎》	權豪勢要魯齋郎強娶豪奪，橫行霸道，他看上銀匠李四的妻子張氏，假意拿著銀壺瓶到他家，教銀匠整理，賞他十兩銀並賜他酒喝。誰想魯齋郎卻說三杯酒是肯酒，十兩銀是盤纏，搶奪了他的妻子去，還揚言不服的話，可以揀個大衙門告他。李四拋下兩個孩兒喜童、嬌兒追到鄭州，卻害急心疼倒在地下，正好六案孔目張珪經過，其妻李氏善治急心疼，領他到家中救治。李氏治癒李四的病，因同姓李，兩人認做姐弟。李四在兩人的關心下，說出了到鄭州來告魯齋郎強奪妻子之事，並請做孔目的張珪幫忙做主。張珪嚇得教他再也休題，要與他盤纏回許州。清明節令，張珪領著妻兒前去上墳，魯齋郎在附近閑游，見他渾家漂亮，私下要張珪送妻子到他宅院去，不然饒他不過。張珪懼禍，騙渾家東庄裡姑娘有喜慶，要趕時辰卻送妻子給魯齋郎。魯齋郎將李四的渾家賞與張珪，替他照管兩個小孩，騙張珪說是他妹子嬌娥，酬答他。李四回許州一雙兒女已不知去向，只好回鄭州投奔姐姐、姐夫。張龍送來李四與張珪，張珪以為是小姐請她進家，教兩個孩兒拜見母親。李四上門，張珪告知其姐也被魯齋郎奪了去，但送了一個嬌娥小姐做渾家，著他們見面。本因姐姐不在要回許州的李四，見了嬌娥小姐倒要留下來了。張珪去衙門趕文書，李四夫妻才相認痛哭。張珪回來撞見兩人模樣，兩人才實說原是夫妻，兩個孩兒因去尋他不知去向了。張珪遇此打擊，將家產交付李四夫妻往華山出家去。包待制至許州見銀匠李四的兩個孩兒因母親被魯齋郎奪去，父親又不知所向，收留了他們。行到鄭州又收了都孔目張珪的兩個孩兒，也是被魯齋郎奪去母親，父親不知去向。一晃十五年，孩兒都應舉得第了。包待制用計，將魯齋郎改做魚齊即讓聖上判了斬字。因銀匠李四、孔目張珪不知在哪，包待制著兩家孩兒帶著兩家女兒，天下巡廟燒香找父親。李四至雲台觀為不知下落的姐姐、姐夫及他們的和自己的一雙兒女做好	卷一

	事超度。已做道姑的李氏也來到雲台觀，爲丈夫張珪及一雙兒女做好事。李四聽聞和李氏相認，並引妻子與姐姐見面。李四子喜童帶妹子嬌兒，也來此，要追荐父親銀匠李四，李四聽聞，也和兒女相認了。李氏悲嘆他們一家完聚了，而她的丈夫孩兒不知在哪裡？張珪兒金郎帶妹子玉姐，也來此追荐父親張珪、母李氏。李氏聽聞，認了一雙兒女。已然出家的張珪至雲台觀散心，李氏見他像丈夫張珪，告訴了李四，李四喚張孔目，果眞是張珪。張珪因一雙兒女不知所在，又出家多年，不肯與李氏相認。包待制出面他還俗，並將兩家兒女各配爲婚，眾人拜謝完結。	
《包待制三勘蝴蝶夢》*	王老漢和王婆婆生養三個兒子，不肯做農庄生活，只是讀書寫字。王老漢至長街替三個孩兒買紙筆，在路旁歇息，不想被權豪勢要之家的葛彪撞上，還怪他沖著他的馬頭，打死了王老漢。三個孩兒聽地方來報，說不知什麼人打死了父親，三人追上長街，聽說打死父親的是葛彪，三人拿住喝醉酒的葛彪，將他打死了，被官差拿住送官究辦。包待制審完偷馬賊趙頑驢下在死因牢裡，一陣困倦，伏案睡著了，夢見一個花園內的亭子上，結了個蜘蛛網，花間飛來一個蝴蝶，打在羅網中。忽然飛來一個大蝴蝶救了那個蝴蝶。此時，又飛來一個小蝴蝶，打在網中，本想大蝴蝶必來救牠，結果那大蝴蝶兩次三番只在花叢上飛，不救小蝴蝶就飛走了。包公一時起了惻隱之心，正欲救小蝴蝶，就醒了過來。此時，張千報有中牟縣兄弟三人，打死平人葛彪一案，一起犯人解到。三個兄弟在包待制面前爭相認罪，王婆婆也說人是她打死的。包待制叫大兒子償命，王婆婆罵他「葫蘆提」，說大兒子孝順，若殺了他，教誰來養活她。包待制教第二償命，王婆婆依舊又說他「葫蘆提」，且說二兒子會營運生理，可養活她。王三見狀自帶枷情願償命，這回王婆婆說償命的是。包待制動了怒，想那兩個大的必是她親生的，小的必是她乞養來的義子，所以才叫小的償命。在包待制的逼問下，王婆婆才說是兩個大的繼母，小的才是她親生兒。包待制一聽，猛然想起午間的一場蝴蝶夢。他先將一干人都下在死因牢中，王婆婆去牢中探三子，餵三子吃飯，私下拿了燒餅給兩個大的。張千放走了兩個大的，說小的要盆吊死，替葛彪償命，叫王婆婆明日早牆底下認屍。王婆婆含悲忍痛，帶著兩個大的離去。隔日，母子三人前來認屍，卻見屍首不是王三。此時王三出現，說包待制將偷馬賊趙頑驢盆吊死了，著他拖屍首出來。四人合力將屍首掩埋，包待制現身說明，趙頑驢替他爲葛彪償命。並下斷說：大兒隨朝勾當，第二的冠帶榮身，小的做中牟縣令，母親封賢德夫人。	卷一
《包待制智勘後庭花》	趙廉訪因有政聲聖上賜他一女王翠鸞，其母亦隨著入府。趙廉訪著家生孩兒王慶帶去見夫人。夫人性不容人，怕翠鸞女若生下一男半女，家中沒她的地位。教王慶帶她們子母二人走，只要死的不要活的。王慶下不了手，將這差事推給了酒徒李順，因李順妻與他有些不伶俐的勾當，想趁機害李順。李順妻張氏與王慶商議好如何設計，正好李順帶酒回來，被王慶責打說他不辦公事，命他將老夫人交待的事辦好，要李順三日內回話。張氏假意要他積福，取下翠鸞的首飾頭面，放她子母二人逃生。娘兒倆心慌逃命，又被巡城卒沖散。李順聽妻命拿金釵典當，三日後王慶依計	卷二

| | | 前來，李順只說依命行事用兩繩子勒殺二人，王慶不信，叫李順渾家問話，兩人假意做戲，王慶打問張氏，張氏說出眞相。王慶故意問他若要饒命，休了妻子，李順妻早備下筆墨要他寫休書，並假哭一番，李順揚言要去開封府告王慶，張氏急忙告訴王慶，王慶假意不要張氏了，要他一件東西，趁其不備殺了李順，用袋子裝了，丟在井裡。翠鸞與母失散，來到獅子店投宿，小二見她漂亮又隻身一人，想強要她做渾家，她不從小二用斧頭諕她，不想嚇死了連受驚嚇的翠鸞，小二怕她死後作怪，用門首桃符一片插在她鬢上，將她裝袋投井裡用石塊壓住。之後其母亦投宿該店。後又來個書生劉天義投宿，夜半獨酌，遇一女子前來點燈，說是王婆婆之女，因書生言有幸遇她，她求告珠玉。書生詞寄「後庭花」，女子亦依韻和一首。翠鸞母因掛心女兒睡不著，忽聽女兒說話聲，推開書生房門，不見女兒，問書生要人，見二首後庭花詞有她女兒之名，扯書生去告官。趙廉訪問起翠鸞母子，王慶推說交付與李順了，夫人裝做不知情，趙廉訪請開封府尹包待制審理。包公收押了王慶，在回衙路上遇旦魂子生旋風，包公大喊鬼魂有冤黃昏裡來插狀。回府即遇上老婆子扯書生告狀。包公拷問王慶翠鸞下落，王慶直推給李順。王婆子則告書生藏了她的女兒，並以後庭花詞爲證。包公見詞意料想女孩已死，暫收監婆子，卻要劉天義回客店，若女子再來問名姓及信物。果然是夜女鬼又來，她要書生取下鬢上碧桃花爲信物。包公要捉李順，命要張千去李順家附近的井裡找，果找到一袋屍體，卻是男屍，李順啞巴兒子正好在附近，被包公找來問話，知是李順之子，派張千帶他去尋母，張氏假哭丈夫李順，並說夫妻關係和睦。書生取來的碧桃花，包公接過看卻是一根桃符上寫「長命富貴」，教張千去尋對，在獅子店門首找到了另一根正是一對兒，包公叫他去尋附近的井打撈，果撈出一具女屍即翠鸞，拿下店小二，店小二招了罪狀。著王慶上堂教啞子來認，啞子突然說話是王慶與母親做出來的。案件查明回覆趙廉訪，趙廉訪下斷，包公唱【煞尾】做結。
（在趙廉訪斷語中並未提及夫人的處置，但之前的【笑和尚】包公唱「來、來、來，索請夫人敢與這招伏罪。」之言（卷二，頁1264）。但趙廉訪的斷語卻未回應而帶過。） | |
| 武漢臣 | 《包待制智賺生金閣》 | 郭成帶著家傳的生金閣，爲避百日血光災，前往京城去應舉。路途中在酒舖遇上龐衙內，郭成爲謀官職將生金閣送與龐衙內，不想龐衙內強佔了生金閣，並搶奪他的妻子。龐衙內府中的嬤嬤，因同情郭妻，被丟入八角琉璃井內，且當著郭成渾家的面將郭成的頭鍘斷，沒想郭成提著頭，成了沒頭鬼到處亂竄。包公見沒有頭鬼，必有冤情，要鬼魂休鬧，他派人前去城隍廟勾取鬼魂審案，鬼魂因門神戶尉進不得大堂，包公派人燒紙錢告門神戶尉放冤魂入堂。鬼魂說出案情。郭妻李幼奴領嬤嬤子一同上告龐衙內。包公騙龐衙內兩人是一家一計，並說他得了一個金閣若誠心去拜塔尖有五色毫光眞佛出現。龐衙內說他也得了一個金閣，有風動會有仙音嘹亮。包公將得來看，衙內不疑借與包公。生金閣成了呈堂證物，衙內認了罪押赴市曹斬首示眾，並將衙內資產一分給嬤嬤的孩兒福童做養贍之資，一分給郭成妻還鄉侍奉公婆，並封其爲賢德夫人。 | 卷四 |

| 李行甫 | 《包待制智賺灰闌記》* | 張海棠因家計賣俏求食，兄長張林引以爲恥，常辱罵其妹，和母親妹妹唱叫一番，往汴京尋舅舅離家而去。海棠因兄長不悅，要母親讓她嫁給常說要娶她的馬員外，母親也只好答應了。五年後，因馬員外的大渾家與趙令史有染，密謀要毒殺馬員外，只等時機下手。海棠生了一子叫壽郎，五歲生日那天，馬員外和大夫人帶著小孩去寺院燒香，海棠的哥哥當年負氣離家投靠舅舅，不想尋不著舅舅，流落在外又染上重病，回家來，母親已亡故，居房也沒了，聽說妹妹嫁給馬員外，找上妹妹要借盤纏，海棠身無銀兩，只有衣裳頭面，但那些都是馬員外和大夫人給的，她不好送人，不理哥哥自己進門去了。張林正好遇上先回的大渾家，大渾家假意替他討些盤纏，入門騙海棠衣裳頭面都是她的，便與哥哥也無妨。海棠見大夫人允許，便將衣裳頭面脫下交付大夫人給哥哥。大夫人拿給海棠的哥哥，卻說是她自己的，說海棠不肯給他。張林感恩戴德地謝大夫人，卻恨妹子無情。馬員外回家問起海棠的衣裳頭面，大渾家說她都與了奸夫，氣得馬員外打罵海棠，還氣出病來。大渾家教海棠煎碗熱湯，推說少些鹽醬，趁海棠去取之際，把毒藥加進湯裡，員外喝了湯一命嗚呼。海棠要帶兒子走，大渾家要她將家產和孩子都給她，不然就告到官府說她藥殺親夫，海棠問心無愧，和大渾家去見官。大渾家和趙令史商量好對付海棠，還買通了接生老娘及街坊說孩子是她生的。鄭州太守蘇順的外郎正是馬大娘的奸夫趙令史，海棠在街坊作僞之下百口莫辯，只好認罪畫押被解送開封府。路上遇著哥哥張林，海棠費盡心力才跟哥哥解釋清楚，才知妹妹的禍事從衣裳頭面起，張林做了開封府五衙都首領，交待解子好生看覷妹妹，趙令史買通解子在押送路上殺了海棠，因不見回話和馬大娘親自追趕，在酒店內，遇上張林，兩人倉皇而逃。到開封府，馬大娘還是堅持孩子是她生的，因有接生婆和街坊做證，包待制想了個方法，畫了個灰闌，將小孩放在裡面，叫海棠和馬大娘一人一邊拉扯，誰把孩子拉出闌外，誰就是親娘。兩次三番，海棠不捨親兒，都讓馬大娘拉出闌外。但包公反而判海棠是親娘，並捉來奸夫趙令史，趙令史供出實情，兩人伏首認罪判剮刑處死，家產由海棠執業，孩子歸她撫養，張林免去差役與妹同居。 | 卷五 |
| 無名氏 | 《包待制陳州糶米》 | 聖上命范仲淹差兩名清廉官員至陳州糶米，劉衙內保舉他的兒子劉得中和女婿楊金吾前去。范學士又將敕賜紫金錘交付小衙內，若有刁頑百姓打死勿論。兩人到陳州糶米，五兩銀子一石米，他們改做十兩一石，且用八升小斗，米中還混了泥土糠皮，連秤銀子的天平也動了手腳，百姓若有質疑者，小衙內亮出紫金錘要打，弄得百姓苦不堪言。張憨古因不平罵了倉官，小衙內用紫金錘打死了張憨古，張憨古臨死前要兒子去告害民賊。小憨古直至京師不想錯將劉衙內當作包待制告狀，劉衙內騙說自己是包待制，要他在一旁等他，劉衙內先進范府議事。幸好小憨古機警，問一旁的祗候，才知進去的是劉衙內。他趕緊問明了包待制，前去告狀。包待制知情後要他等待，他也入了范府。聖上命范學士再差一清正的官去陳州糶米，並勘察之前兩員官吏是否害民，范請包公前去，包公推辭不就，范請劉衙內代爲勸說，不想包公竟應允了，遇謝劉衙人保舉，急得劉衙內請范學士想辦法，范替他在聖上跟前請了敕書「則敕活的不敕死的」。包待制微服入陳州，遇妓 | 卷九 |

	女王粉蓮被驢子摔下，裝做田庄老兒替她籠住驢子，王粉蓮帶他回府，一路上聊到兩位倉官也是她的常客，還送她紫金錘之事。包待制因對衙內無禮被倒吊樹上，張千騙小衙內及楊金吾出城接包公，將包待制從樹上放了下來，包待制升廳坐衙，抓來妓女王粉蓮及搜出紫金錘，定了楊金吾的罪，命張千拿至市曹梟。又命小懶古也拿紫金錘打死小衙內，並拿下小懶古欲定罪。正逢劉衙內拿了赦書了，上寫「則赦活的不赦死的」，因此，赦了小懶古的罪，並拿下了劉衙內。	
《玎玎璫璫盆兒鬼》	楊國用因打卦先生算他一百日內有血光之災，離家千里或可躲過，因此拜別父親，出外做買賣。楊國用離家三個月，在回家途中的小酒店內做了一個夢，夢到在一所花園內遇上了強盜要殺他，遇一老人抓住殺人賊要殺他別殺，夢醒十分害怕。而開黑店的盆罐趙也做了同樣的夢，夢見正要殺個後生卻被一老人阻止。盆罐趙和懶枝秀夫妻兩，專門圖謀經商客旅的財。楊國用趕路至瓦窰村正好第九十九日，想在此過夜，過了一百日再回家，而瓦窰店就是兩個賊夫妻開的。懶枝秀接待了楊國用，見他挑兩個沈點點的籠兒，想是有許多本錢，叫盆罐趙趁他睡著下手，結果他拔刀踏門驚嚇了楊國用，楊國用只好眼睜睜看著他搶去財物，背地裡，氣得嚷嚷說要告開封府，盆罐趙在門外聽說，殺了他，將他拖至窰裡燒，燒化做盆兒。因張懶古向他們討個夜盆兒，就將盆兒給了他。張懶古回家，楊國用鬼魂哭訴，張懶古帶著盆兒上開封府告狀。沒想前後三次盆兒鬼都未出現訴冤，讓張懶古吃了三頓打，盆兒鬼才說有門神戶尉擋住進不去。包待制燒了金錢銀錢，請門戶尉放屈死冤魂過來。盆兒鬼才得訴冤，包待制著張千拿盆罐趙夫妻，一步一棍打將來。盆罐趙不肯認罪，除非教盆兒玎玎璫璫地說，包待制敲盆三下，鬼魂果出現對質，嚇得盆罐趙畫押認罪。包待制將盆罐趙的不義家產分做兩份：一半賞給張懶古作見義之資；一半給楊國用之父作養贍之資，並將盆兒交付他，攜歸埋葬。並將此事揭榜示眾，留與人間作異聞。	卷九
《神奴兒大鬧開封府》	李德仁李德義兄弟，因德義妻搬弄要分家，氣死哥哥德仁。神奴兒為兩家唯一命脈與院公去大街要傀儡玩，院公留他在橋邊等，被叔叔抱回家去，叔叔酒醉睡下，嬸嬸趁機勒死神奴兒。反控嫂嫂與人通姦殺親兒，帶累院公入獄身死。後包公來審案情大白。	卷九
《包龍圖智賺合同文字》	劉天祥與劉天端立合同文字，因家鄉生活不易，劉天端夫婦往外地謀生，但家產仍要兄弟均分。劉天端夫婦病死他鄉，子安住由張秉彝夫婦養大。安住持合同文書去見大伯，其大娘，騙過文書矢口否認，鬧上公堂。包龍圖故意騙劉大娘安住身死，因之前她的推打所致。若為親長打殺，衙門不究罪；若否，則判她誤傷人命之罪。劉大娘懼罪，取出先前騙取的合同文書，證明和安住的親屬關係。安住未死，真相大白，家產重新分配。	卷九
《王月英元夜留鞋記》*	落第書生郭華連戀胭脂舖賣粉的姑娘王月英，常借買粉偷看她，月英也對他有意，但放在心裡不敢說，丫頭梅香知道了，自願替小姐傳詩和信物，月英約書生元宵節在相國寺觀音殿中相會，誰知他與朋友多喝了幾杯酒，在觀音殿等待佳人之際，竟睡著了。	卷九

月英和梅英來了叫不醒他，月英將香羅帕包著一只繡鞋放在他懷中，悵然離去。書生醒來，見到手帕與繡鞋，知道月英已來過，恨自己喝酒誤事，生吞了香羅帕，咽死了。和尚見書生死在殿內怕受連累，要背他出山門，正遇上琴童，將屍首停在觀音殿內，扯和尚去見官。包待制審案，命張千扮做貨郎，將繡鞋掛在擔上，在街上叫賣，月英之母因女兒去看花燈失落了一只繡鞋，正好看到貨郎擔上的繡鞋是她女兒的，上前去認回，被張千扭送見官。月英被勾上公堂，在拷打之下說出送香羅帕和繡鞋與書生之事，因不見香羅帕，包待制著張千押月英至觀音殿尋帕。月英見郭華口邊露著手帕角兒，將它扯出來，郭華竟醒了來，一行人回公堂上，包待制撮合他們夫婦團圓。

註：有「＊」記號者，爲旦本雜劇。

（二）水滸故事劇目

作　者	劇　名	劇　情　大　要	出處
高文秀	《黑旋風雙獻功》	孫孔目要至泰安神州還願，因泰安謊子多哨子廣，他與妻子說要去長街尋護臂，其實是上梁山尋故舊宋江，央他派一個兄弟做護臂，宋江向眾兄弟詢問，李逵自告奮勇。李逵在宋江授意下，改名王重義打扮成庄家模樣陪同孫孔目前去。孫孔目渾家郭念兒與白衙內有染，趁孫孔目去尋護臂著人找來白衙內，兩人約定去泰安神州燒香，在火爐店裡約定暗語，私奔。郭念兒見到改名王重義的李逵不甚喜歡，李逵一眼看出此女會爲孫孔目來禍害。三人往泰安上香，在火爐店內住下，隨即孫孔目將渾家安置在店內，便與山兒李逵去佔房子。兩人才出門，郭念兒便與約定好的白衙內私奔。孫孔目不放心渾家先憫下李逵回客店，方知渾家已與人私奔。在後的李逵要趕回店中找孫孔目，在路上衝撞了白衙內的馬，回店中才知方才撞見的私奔的奸夫淫婦。李逵描述了那人的長相，小二說出那人是白赤交白衙內。孫孔目知情後要告白衙內。白衙內恐孫孔目告狀，借坐大衙三日，果遇孫孔目來告狀，將他披枷帶瑣下在死牢，孫孔目稱自己是原告爲何遭此對待，一旁的張千說出官即白衙內。扮成庄家呆廝的李逵去探監，在飯中下了蒙汗藥，哄得獄卒吃了酥倒，救孫孔目上梁山。隔夜扮作祗候人提酒到白衙內跟前，殺了搽旦郭念兒和白衙內取二顆頭到宋江面前獻功。宋江下斷並爲孫孔目和李逵做一個慶喜筵席。	卷二
李文蔚	《同樂院燕青博魚》	梁山好漢燕青因誤了期限本該受死，眾兄弟求情改杖六十，不想傷了眼睛，宋江要他下山醫眼，好了再回山寨。汴梁燕大燕二兄弟，因燕二與大嫂王臘梅不和，辭了兄長離家。王臘梅和楊衙內有奸情，燕青被店小二趕出店，撞上楊衙內的馬，衙內因趕赴王臘梅之約，不予計較，燕青遇上了燕二，治好了眼疾，兩人義結金蘭，燕青方知雪地裡撞他的是楊衙內。燕二也上梁上去見宋江了。燕青在同樂院博魚，燕大贏了，燕青跪求燕大，魚借他博回本錢再還他，搽旦不肯，經不起燕青再三請求，燕大爲他說情，搽旦才應允，不想挑擔又撞上了楊衙內。知他是騎馬撞他的人，打了他一頓，將他打跑。燕大見他好身手，亦與他結義，帶他回家中。搽旦因同樂院那日，無法與楊衙內說話，再約了他八月十五	卷二

		日見面。二人在花園亭子上喝酒，正好燕青因酒喝多了，身上煩熱要到花園亭子上乘涼，撞見兩人姦情，趕緊找燕大來看，結果跑了姦夫，搽旦還大言不慚地罵人，燕大在燕青唆使下欲殺搽旦，楊衙內帶從來，將燕大燕青二人下在死牢中，燕二知情，向宋江告假前去救兩個兄弟。燕大燕青二人逃出牢籠，楊衙內和搽旦追將來，燕大被捉，燕青逃脫，遇上燕二，撞上楊衙內和搽旦，將兩人捉將來見宋江，宋江命人將奸夫淫婦殺了，並作了斷詞。	
康進之	《梁山泊李逵負荊》	宋江在清明三月三放眾兄弟下山上墳祭掃三日回山。山下賣酒的老王有獨女滿堂嬌，一日兩個無賴宋剛、魯智恩冒宋江、魯智深之名搶娶老王之女而去。帶酒的李逵聞知此事，氣得回山找宋江理論。李逵不由分說地在山寨中鬧，說要做慶喜的筵席。宋江得知情由、知是有人冒充他和魯智深所為，二人立下軍狀，以頭首為賭注。三人一同下山找老王認人，老王一見並不是搶奪女兒的無賴。三人離去後，老王店內正好又來了那日的二個無賴送滿堂嬌回來，王林假意款待女婿，夜晚趁著他們睡了去梁山泊報信。李逵因自己魯莽未明真相前誣蔑宋江魯智深，負荊請罪，正要依軍狀行事時，老王林沖上喊刀下留人，報信說冒充者出現在店中，宋江派魯智深幫李逵把兩個冒充者抓來將功折罪。兩人下山在老王店內捉住了兩個無賴，宋江命小樓儸將兩人綁在花標樹上，取心肝配酒，梟首級懸掛通衢警眾。	卷五
無名氏	《魯智深喜賞黃花峪》	宋江逢重陽九月九放弟兄們下山去賞紅葉黃花，三日後回山違令者斬。秀才劉慶甫與渾家李幼奴因至泰安神州燒香還願，回途在草橋店歇腳，遇上蔡衙內調戲其妻，兩人不從，蔡衙內將劉吊起來打。遇梁山好漢楊雄救援，並囑二人若有事往梁山求告。夫妻倆在逃的路上，妻因怕又遇強人分離，將棄木梳為憑交與其夫，結果果在路上又遇回頭的蔡衙內，將其妻搶奪駄在馬上去，劉決定往梁山告宋江。宋江詢問弟兄們可有人敢去打探，李逵應聲願往。宋江著他改扮，他扮做貨郎兒，將著信物棄木梳下山去了。李逵至水南寨打探適逢蔡衙內外出，李逵叫賣，李幼奴問他賣些什麼，李逵樣樣數來，最後提到棄木梳。李幼奴接過梳子一看哭個不停。李逵將事情說與李幼奴聽，遇蔡衙內帶酒回來，一見李逵棍棒齊下，打斷了他的棍棒。卻不禁李逵打逃竄而去，李逵帶李幼奴走。蔡衙內逃到（內家佛堂）雲岩寺住下，要寺內和尚為他備酒肉。正好魯智深投宿雲岩寺，和尚警告他說有僧房已讓蔡衙內住下了，要他快走。魯智深卻在僧房內住下，蔡吃完酒肉回僧房，見一紅黑和尚，兩人為搶僧房打了起來。魯智深早已知他搶奪人妻之事，故下手毫不客氣，拿住蔡衙內見宋江，宋江命人殺了蔡衙內，並下斷。	卷九
	《都孔目風雨還牢末》	宋江知東平府有劉唐、史進二人都有一身好本領，且有心上梁山泊來，故派李逵前去招安。東平孔目李榮祖正好遇李得打死人命事，見李得好漢要救他，要他在府尹面前說是誤傷人命，府尹判他杖八十發配沙門島。又有劉唐誤假一月之事，劉唐求孔目幫他，但因府尹正在氣頭上，李孔目在府尹跟前並未替劉唐說話，劉唐被重罰杖四十懷恨在心。李榮祖有原配趙氏及兩個孩兒，又娶了中人蕭娥為次妻。趙氏生辰之日聚在一起飲酒慶祝，遇李得上門答謝，李得才說出自己是梁山泊宋江手下第十三個頭領李逵，孔目叫妻子將金釵贈與李逵做路費，李逵回贈一對匾金鐶為	卷九

		謝禮。孔目不受，卻在關門之際被僧住孩兒發現，孔目叫僧住去追他，揉旦在旁聽得一清二楚，阻止僧住去追，並在孔目的交待下接下保管金鐶的責任。趙氏怪孔目將東西交給了來家沒幾日的揉旦。果然揉旦蕭娥與趙令史有染，將此事告知了趙令史。趙令史叫蕭娥持金鐶出首告李孔目勾結梁山泊賊人李逵。挾怨報復的劉唐攬下了捉拿孔目的差，不想趙氏染病又遇此突變不治。劉唐史進勾將孔目來，拷打之下認了罪，下在死囚牢裡。挾怨的劉唐在牢中多沒好臉色，幸好史進在旁幫他。孔目的孩兒僧住賽娘前來送牢飯，趙氏已死兩孩兒受蕭娥虐待。蕭娥前來與劉唐兩錠銀子要他將李孔目盆吊死。誰想李孔目被拖出去丟在死人坑裡並未完全斷氣，以為父親已死的僧住賽娘前來收屍，叫醒了李孔目，父子三人哭作一團。蕭娥怕劉唐說謊前來察看，見孔目沒死假好心要為他備茶飯，卻又去找劉唐解決孔目，劉唐見他未死又拖回死囚牢內。阮小五受宋江命送書信給劉唐史進請他們上山，本說他人結交梁山泊強人的劉唐，至此也只好和阮小五、史進一同救李孔目回山。路上遇上了也要去救李孔目的李逵。眾人相見說了一回因果。趙令史蕭娥要私奔，嫌帶著兩個孩小的不便，在曠野欲殺了小的，正遇上李逵一行人，李孔目連忙解開繩索救活了兩個孩兒，捉姦夫淫婦去見宋江。宋江判兩個潑男女剖腹剜心與李孔目報仇雪恨，並且殺羊造酒做一個慶喜的筵席。	
《爭報恩三虎下山》*		宋江每月差個頭領下山打探，先差大刀關勝下山，去了一個月不回，再差金槍徐寧下山接應，也不見消息。派弓手花榮下山接應二人。趙通判到濟州上任，帶著大夫人李千嬌、小夫人王臘梅（陪嫁的）、丁都管和一雙兒女在梁山一帶店家住下。丁都管與王臘梅有染在趁著趙通判和大夫人不在，兩人店內飲酒調情。遇關勝因久病小店中，將息好後偷狗烹煮賣狗肉要賺回梁山的盤纏，見二人上前賣狗肉，因細故打昏了丁都管，揉旦叫出大夫人，大夫人見他好漢，又是梁山人物，想得罪梁山泊好漢不如做個計較放他回去，說不定也有報恩時。於是認他做兄弟，與他金鳳釵，放他回去。徐寧因接應關勝下山，卻也得了病臥在小店。盤纏用盡被趕了山來，在街市上討飯吃，夜裡在大人家稍房裡安下。正遇揉旦與丁都管在稍房私會，赤赤赤的，以為是宋江的暗號，想是有人來接應他。不想被揉旦和丁都管發現，當賊捉拿，大夫人出來，見他是個壯士要放他，假意認了親，說是他姑舅又與他金釵做盤纏。到任後，李千嬌在花園上香祈願，第三願願天下好男子休遭羅網之災。潛入花園的花榮想認識她，故意讓腳步響，李千嬌以為是丈夫至，歡喜開門，花榮和她認做姐弟。丁都管和揉旦本要到花園亭子喝酒，聽到李千嬌屋裡有人說話，馬上去找趙通判說是有奸夫。趙通判撞見花榮，花榮情急給他一刀逃走，趙通判上告府尹，揉旦在旁做證並要府尹拷打逼問，李千嬌不禁拷打昏厥，蘇醒後招了罪名，下在死囚牢內。關勝、徐寧、花榮三人相遇都說出受恩李千嬌之事，三人劫法場救李千嬌，一併將丁都管、二夫人和趙通判一雙兒女也拿上山，與宋江發落。花榮勸和了李千嬌夫婦，宋江教眾兄弟將丁都管、王臘梅綁花標樹上碎屍萬段。宋江下斷，趙通判四口兒寧家住夫婦團圓。	卷九

註：加註「＊」者，為旦本雜劇。

（三）水滸故事的關鍵人物

劇　　名	簡　稱	作　者	關　鍵　人　物	最後的決斷者
《黑旋風雙獻功》	《雙獻功》	高文秀	黑旋風李逵	宋　江
《同樂院燕青博魚》	《燕青博魚》	李文蔚	燕青	
《梁山泊李逵負荊》	《李逵負荊》	康進之	李逵	
《魯智深喜賞黃花峪》	《魯智深》	無名氏	楊雄、李逵、魯智深	
《都孔目風雨還牢末》	《還牢末》		李逵、阮小五	
《爭報恩三虎下山》*	《爭報恩》		關勝、徐寧、花榮	

附表五：度脫劇

（一）度脫劇劇目及劇情

雜劇名	作　者	劇　情　大　要	全元曲卷次
《布袋和尚忍字記》	鄭廷玉	因第十三尊羅漢不聽佛祖講經說法，被罰往下方托生為劉均佐，差彌勒尊佛化布袋和尚點化。看錢奴劉均佐於大雪天救了凍倒的窮儒劉均佑，兩人結為兄弟。後布袋和尚前來化齋，說要傳他大乘佛法，結果在他手上寫下了忍字，洗也洗不下來。伏虎禪師化的劉九兒倒地氣絕，胸前還印下了劉均佐手上的忍字，布袋和尚出現，劉均佐求他救命，布袋說若救活劉九兒，要劉均佐跟他出家，劉九兒果被救活。劉均佐要求在家出家，將家業交付劉均佑看照。後來俫兒去他修行的後園說母親與小叔叔每飲酒做伴，他要殺奸夫淫婦，鋼刀把上都是忍字，要在帳幔後抓奸夫，卻抓到布袋和尚。布袋要他休妻出家，他說無人掌家私，正好劉均佑索錢回來，劉昀佐拿銀兩來看，不想又印上了忍字，他只好將兒女家私交與劉均佑，隨布袋岳林寺出家。劉均佐在岳林寺隨定慧長老修行，常念著妻兒，首座趁他睡著，著他見個境頭，夢見他的妻兒，後見布袋同妻兒轉一遭又下場，首座說是師父的夫人和兒女，氣得劉均佐回汴梁。正逢清明時節，見老漢劉漢祖上他家的墳，兩人爭執是自家祖墳，後問明姓氏，方知是劉均佐是老漢劉榮祖的祖公公，劉均佐以為離家才三個月，塵世間卻已過了百十餘年，進退無門的劉均佐欲撞樹自殺，布袋出現說明前因，連他渾家也非凡人，是驪山老母所化，一雙兒女，是金童玉女。今日功成行滿，返本朝，歸於佛道，永為羅漢。	卷二
《呂洞賓三醉岳陽樓》	馬致遠	呂洞賓醉臥岳陽樓，欲度老柳樹與梅花精，但「土木形骸，未得人身，難成仙道」（頁 1604）故先著二人托身為人，柳為男叫郭馬兒，梅為女喚賀臘梅，二人結為夫妻在岳陽樓下賣茶，呂洞賓依約前來度化二人。	卷三

《邯鄲道省悟黃粱夢》	馬致遠	東華聖君見呂岩（洞賓）有神仙之分，命正陽子（漢鍾離）前去度化。客店中傳道但呂岩一心在求功名。後令他睡去，呂岩登途，拜兵馬大元帥，娶高太尉之女翠娥，生一兒一女，十八年後，因酒傷身戒了酒，其妻與魏尚書子魏舍私通，被呂岩撞見，本欲殺了妻，老院公求情作罷，休了妻子，又因賣陣受錢被拘，斷了財色。帶一雙兒女隨解子迭配沙門島，大風雪中解子放他逃生，兒女凍倒幸遇樵夫搭救，指引父子三人去尋個先生。老婆婆與兒子是出家人，但兒子性躁暴，洞賓與子求助於老婆婆，其子歸，將二個孩兒摔在澗中，並執劍要殺呂岩，呂岩被殺從夢中驚醒，而客店中的黃粱仍未熟。呂岩於夢中斷了酒色財氣，省悟後，點化超凡。	卷三
《馬丹陽三度任風子》	馬致遠	馬丹陽見任屠有半仙之分，稟過祖師前去點化他。因其為屠戶，馬丹陽先得一方之地都吃了齋素，斷了任屠的買賣，引得任屠來殺他。任屠果去殺他，馬丹陽有神子護佑，任屠反嚇得喊有殺人賊。丹陽放他回家，但來時一條路，去時三條路，任屠一時不辨路徑，悟覺要隨馬丹陽出家。馬丹陽與他十戒，且要他著道袍每日菜園中修行，一日早中晚各打五百桶水作為磨練。其妻抱子尋來，要他回家，他寫下休書；要他看孩兒面，他摔殺了孩兒，其妻只好家去。十年後，六賊奉師命魔障他，要他身上的金銀財寶、猿、馬；又有十年前被他摔殺的孩兒前來索命，被倈兒殺，傾刻間馬丹陽出現，道其功成行滿，將其攝赴蓬萊島，得道成仙。	卷三
《月明和尚度柳翠》	李壽卿	觀音淨瓶內楊柳葉偶污微塵，罰往人世，化作風塵匪妓，三十年後著第十六尊羅漢月明尊者點化，返本還元。	卷四
《老莊周一枕蝴蝶夢》	史九散人	莊周本大羅神仙即南華至德真君，因見金童玉女執幢寶蓋而笑，被貶下方，太白金星傳玉帝敕命著蓬壺仙長令風、花、雪、月四仙女先到杭州城內，化仙莊一所，賣酒為生，先迷住莊周，太白金星到時，化失意老人點化他，不悟。令夢大蝴蝶。	卷四
《呂洞賓度鐵拐李岳》	岳伯川	呂洞奉師父法旨度有神仙之分的岳壽，在岳壽門前大哭，並說岳壽的孩兒福童是無爺的小業種，福童回家告訴母親。岳壽回家呂在他門前哭三聲，笑三聲。岳妻將他罵兒和自己的話告訴岳壽。岳壽見他無禮，叫張千把他吊起來，正遇上微服的新官韓魏公，岳壽大怒，張千要韓魏公行賄於他，才肯幫他說情，結果韓魏公拿出金牌，叫岳壽脖子洗乾淨來試劍，嚇得岳壽臥病在床，居然一病而亡。在閻王殿正要下油鍋時呂前來說情，要閻王免了他，讓他跟呂為徒，放他還陽。閻王看在呂的面上同意他還陽，但岳壽的屍首已被其妻焚化，正好李屠家的兒子小李屠死了三日，熱氣未盡，著岳壽借屍還魂。岳孔目借李屠屍還魂，李屠瘸一條腿，只能拄拐而行。岳壽前去找妻子，將還魂事告訴了她。小李屠之父前去告官，說孩兒不肯還家。岳壽將事情重敘一遍，韓魏公正在為難之際，呂趕到說明事由，岳壽情願跟他出家。後眾仙上場，呂又一次說明情由並下斷作結。	卷五

《馬丹陽度脫劉行首》	楊景賢	唐明皇時管玉斝夫人五世爲童女身，惡世間生死在山角下做了三百餘年的鬼仙，遇上王重陽要度脫他，說她要托生爲劉行首，還五世宿債，方可成仙。將來著馬眞人去度她。	卷七
《呂洞賓三度城南柳》	谷子敬	呂洞賓因師父曾說岳州城南一株柳樹有仙風道骨，受師命去度柳樹，因他是土木之物，必然成精後方可成人；成人後方可得道。呂洞賓將王母賜的蟠桃下酒，將桃核拋於東牆，教他和柳樹成花月之妖。桃樹長成與柳樹配作夫婦，果與柳樹俱成精。呂洞賓二度來岳陽樓，將劍當與酒保換酒，酒保說樓上有精怪，到晚出來迷人，要呂小心，呂說他不怕。果遇桃柳精，桃柳精見是上仙，求他度脫，呂只說「你只在老楊家成人」便離去。桃柳精以爲是老楊在他跟前唆說，讓師父不肯度脫他們，等老楊背劍上樓時，桃柳向前要教訓老楊，老楊拿呂的劍在昏暗中亂砍，砍殺了桃柳。柳樹托生在老楊家爲男子，桃樹托生在鄰舍李家爲女子，二人成人結爲夫婦，柳樹依然在岳陽樓下賣酒。呂洞賓三度來岳陽樓要度脫他們。許久不開口講話的小桃竟問呂怎麼許多時不見師父來喝酒，讓托生爲老楊子柳精大驚。呂要柳跟他出家，柳不肯，小桃卻情願出家，跟著呂走了。柳提劍去追，呂扮漁翁，柳要他渡他過河去追呂，扮作漁翁的呂要他先息心上無名火，才肯渡他過去。柳答應不傷害呂，漁翁指引正道，柳循路至洞府，見小桃在內，要她回家不允，氣忿之下殺了小桃，被官差捉拿，他賴是呂所殺，卻在他身上搜出證物——劍，因他妄指平人，所以官人斷由呂殺他，劍落殺了柳，卻轉眼眾仙在眼前，柳精也省悟了前生事，知自己是城南柳樹精，王母設蟠桃宴請八洞眾仙，呂帶老柳、小桃與王母祝壽，王母說老柳成仙隨呂去，小桃在王母身邊，最後以王母斷詞作結。	卷七
《漢鍾離度脫藍采和》	無名氏	鍾離權見伶人許堅（樂名藍采和）有半仙之分，至下方引渡他。鍾離坐在樂床上，旁人請他不走，勸藍采和跟他出家，藍見請他不走，索性不做場了，關了勾欄門。藍采和壽誕，眾人與他慶祝，鍾離在門首哭三聲、笑三聲，藍見又是那潑先生，關上門不理會，則管吃酒。鍾離見狀要著他見個惡境頭。當下，祗候上門，要喚藍官身。呂洞賓扮官人，因藍誤了官身要拘喚，杖四十，藍怕得叫救人，鍾離出現，問若救他，他可要跟他出家？藍說情願出家。鍾離見官，要藍來做徒弟；官人饒了藍的罪過，藍跟鍾離出家。家人來尋，藍不肯回家。三十年後，藍采和功成行滿，同赴瑤池閬苑。經過一伙行院，問是誰家？且說是藍采和家。藍一別三十年妻已九十、兄弟也都七、八十歲了，親人重見，見藍采和仍是當年模樣，要他做雜劇，揭開帳幔，見鍾離、洞賓在內，說他凡心不退。鍾離說他不是凡人，乃上八仙數內藍采和。也介紹了呂洞賓和自己漢鍾離作結。	卷九
《花間四友東坡夢》	吳昌齡	東坡因得罪王安石被貶，在潯陽驛琵琶亭遇好友賀方回，飲宴之際，出一歌妓，乃是白樂天之後，小字牡丹。因白牡丹聰慧，東坡忽有一計，欲待到黃州歇腳時，訪一已出家的同窗故友謝瑞卿，法號佛印，修道已十五年未下禪床，他想帶著牡丹魔障此人。佛印早知有魔障到，命行者山門等待。果遇東坡二人以	卷三

		偈語一往一來，佛印以燒豬款待，宴中東坡請行者喚來牡丹唱曲勸酒，並用計要牡丹與之雲雨和諧，逼他還俗。掌燈後才知竟是行者，東坡醉了，佛印著他大睡一覺，並命花間四友於夢中魔障他。廬山松前來驅離四友，正好行者傳命可到法座上問禪，東坡驚醒，方知是南柯一夢，領著白牡丹到法座上問禪。東坡問禪說倒了，著牡丹去問禪，牡丹削髮出家。東坡再問禪，佛印不答。後四友來問禪，佛印一一指向東坡昨夜韻事，東坡推醉不識四友，佛印說破是他設的魔障，且東坡不自覺。東坡醒悟，情願拜爲佛家弟子。	
《陳季卿誤上竹葉舟》	范康	書生陳季卿一心求取功名，受友人惠安長老之請前去終南山青龍寺寄居準備求取功名。遇呂洞賓欲度脫他出家，他不肯，著他夢中駕竹葉舟回鄉，於中引見列御寇、張子房、葛洪等棄官求道之人勸他，他不聽，後回鄉拜別母妻子上京應舉。小舟忽逢風雨，書生落水而亡，卻由夢中驚覺。見呂洞遺下的荊藍內有詩，正合夢境，方悟道，從呂仙修道去。	卷六
《龍濟山野猿聽經》	無名氏	讀書人余舜夫因家貧打樵爲生，遇山中道庵，受激勵進取功名。山中猿精常聽禪院經聲，一日入庵取經穿裟，禪師命山神驚嚇他，免毀壞經書，且猿精日後必得道。有一仕宦不如意之秀士，辭官入山見禪寺，欲在寺中修行，與禪師相談後在僧房安歇，禪師認出他是野猿所化。後禪師升堂說法，說出自身身份，並一悟坐化，由金童玉女引接至西方極樂世界。	卷九
《劉晨阮肇誤入桃源》	王子一	太白金星糾察人間善惡，天庭紫霄玉女因罪降謫塵寰，居處桃源洞；太白金星見劉晨阮肇有神仙之分，且晉室昏亂，化樵夫引入山採藥的二人至二仙女處，成就姻緣。劉阮居仙鄉一年思歸，但人間已百年，人事俱非，二人方醒悟彼處乃神仙之境。二人回山卻不辨路徑，本欲投崖，爲太白金星所阻，細訴根緣，指引二人回洞。道神仙眷屬依然配，三年後行滿功成，赴蓬萊同還仙位。	卷八
《呂洞賓桃柳升仙夢》	賈仲明	呂洞賓受南極仙翁命下凡點化柳桃二精，先教他們投胎成人再度脫他們成仙。柳精投生爲柳景陽家財萬貫，人稱員外，其妻陶氏即桃精轉世。呂洞賓前來度化，二人卻收拾行李到江西做通判。漢鍾離於兩人夢境之中化身爲邦老搶二人財物且欲殺了他倆。夢醒見呂洞賓，兩人願同他出家修行，一同參拜大羅仙。	卷八
《鐵拐李度金童玉女》	賈仲明	蟠桃會上，金童玉女一念思凡，罰往下方，投胎托化，配爲夫婦。因他倆業緣滿足。王母著鐵拐李到人間，引度他倆歸仙界。金童叫金安壽、玉女叫童嬌蘭，夫婦恩愛且生活富足。鐵拐李每日上門著他出家，金安壽一方面和小姐郊外踏青一方面也爲躲瘋道士出門去，遇上鐵拐李攔住馬要他出家，風風魔魔說了一些話，後化一道青光不見了。金安壽夫婦爲躲藏鐵拐李重門深鎖，二人帶飲酒之際，鐵拐李現身要金安壽出家，金安壽不肯；鐵拐李用手指了嬌蘭，嬌蘭醒悟，金安壽驚扯嬌蘭，不讓她跟道士去，嬌蘭不睬他，他忽然昏睡入夢見在陡澗高，聽到鐵拐李喚他，鐵拐李著嬰兒、姹女、猿、馬追趕他，他逃到萬丈懸崖，在危險之際驚醒，還在原處。又見鐵拐李，施以四時變化，令金安壽省悟。金童玉女二人同見王母，歸於正道。	卷八

《癩李岳詩酒翫江亭》*	無名氏	西池王母殿下金童、玉女有一念思凡，本當罰往酆都受罪，上帝好生之德，著此二人往下方鄆州托化爲人。金童乃牛璘，玉女是趙江梅。牛璘入贅趙江梅家，爲趙江梅於翫江亭做生日。遇鐵拐李來上壽，要趙江梅出家去，牛趙二人拒絕。自此牛員外睡裡夢裡都是那鐵拐李，出門遇上也躲著，鐵拐李在郊外等著他，施神通：地皮造酒、枯枝開花，牛璘方悟他是仙，跟他出家去。趙江梅攔住街上打漁鼓簡子，出家不歸的丈夫。牛員外說明出家經過，並施寒波造酒、枯枝開花之術給趙江梅看，鐵拐李出現怪牛璘不該將此事說與外人知，要趙江梅也出家，趙江梅不肯。牛員外出家半年多，趙江梅聽母命去尋他回來，趙江梅醉了牛璘要背她回家，一路上牛璘勸她出家，氣得趙江梅大罵，牛員外送她到家要走，趙江梅身子困倦，要枕著牛員外的腿睡，牛員外著她見一個境頭，鐵拐李與牛員外鐵拐，並教他妙用。牛璘在趙江梅夢中化作梢公，趙江梅因母親呼喚，要渡河，上了梢公的船。行到半江中，梢公強要趙江梅做他渾家，趙江梅不肯打落江中，夢醒醒悟，同赴天堂。	卷九
《沙門島張生煮海》*	李好古	金童玉女因思凡，被貶下界，金童托生爲男身名張羽；玉女抵生爲龍神女名瓊蓮。張羽父母早亡，功名未逐四處遊歷，至石佛寺覓幽靜之所讀書。夜晚張生點燈、焚香、操琴，引得龍女聽琴。張生彈琴，琴絃忽斷，出門看，見龍女在外聽琴。二人一見鍾情，龍女與張生訂下八月十五之約。張生赴約迷路遇道姑，道姑奉東華上仙法旨來指引張生，告知聽琴女子是龍王第三女。道姑與張生三件法寶：銀鍋一只、金錢一文、鐵杓一把。教張生煮海之術，逼得龍神請老僧做媒。張生隨長老人海，龍王、龍女與張生相見說明事由，最後出現東華上仙說他二人是金童玉女投胎共證因果，要同歸仙位，二人攜手雙雙登仙。	卷五

（二）度脫劇中引渡者與被渡者

作　者	雜劇名	引渡者	被　渡　者	類　別	卷次
鄭廷玉	《忍字記》	布袋和尚（彌勒佛）	劉均佐	謫仙返本型	卷二
馬致遠	《岳陽樓》	呂洞賓	柳精（郭馬兒）／梅精（賀臘梅）	物精得道型	卷三
	《黃粱夢》	鍾離權	呂岩（呂洞賓）	超凡入聖型	卷三
	《任風子》	馬丹陽	任屠（風子）	超凡入聖型	卷三
李壽卿	《度柳翠》	月明和尚	柳翠（淨瓶楊柳）	謫仙返本型	卷四
史九散人	《蝴蝶夢》	太白金星	莊周（南華眞君）	謫仙返本型	卷四
岳伯川	《鐵拐李岳》	呂洞賓	岳壽（李屠）	超凡入聖型	卷五
楊景賢	《劉行首》	馬丹陽	劉倩嬌（鬼仙玉瑩夫人）	物精得道型	卷山
谷子敬	《城南柳》	呂洞賓	柳樹→柳精→楊柳／蟠桃核→桃精→李小桃	物精得道型	卷七
無名氏	《藍采和》	鍾離	藍采和（許堅）	超凡入聖型	卷九

吳昌齡	《東坡夢》	佛印	東坡	超凡入聖型	卷三
范康	《竹葉舟》	呂洞賓	陳季卿	超凡入聖型	卷六
無名氏	《野猿聽經》	修公禪師	野猿	物精得道型	卷九
王子一	《誤入桃源》	太白金星	劉晨、阮肇	超凡入聖型	卷八
賈仲明	《升仙夢》	呂洞賓	柳樹精、桃精／柳景陽、妻陶氏	物精得道型	卷八
無名氏	《金童玉女》	鐵拐李	金安壽、童嬌蘭／金童、玉女	謫仙返本型	卷八
無名氏	《翫江亭》*	鐵拐李	牛璘、趙江梅／金童、玉女	謫仙返本型	卷九
李好古	《張生煮海》*	東華上仙	張羽（金童）／龍女瓊蓮（玉女）	謫仙返本型	卷五

註：有「*」符號者，爲旦本雜劇。

附表六：旦本雜劇題材分類

劇　　目					劇中主角與正旦		全元曲卷　次
總類	次類	簡稱	全　名	作　者	主　角	正旦（主唱者扮演之角色）	
公案	包公案	蝴蝶夢	《包待制三勘蝴蝶夢》	關漢卿	包待制	王婆婆	卷一
		灰闌記	《包待制智賺灰闌記》	李行甫	包待制	張海棠	卷五
		留鞋記	《王女英元夜留鞋記》	無名氏	包待制	王月英	卷九
	其他	緋衣夢	《錢大尹智勘緋衣夢》	關漢卿	錢大尹	王閏香（一二四折）／茶三婆（三折）	卷一
		竇娥冤	《感天動地竇娥冤》	關漢卿	竇娥	竇娥	卷一
		馮玉蘭	《馮玉蘭夜月泣江舟》	無名氏	馮玉蘭	馮玉蘭（十二歲）	卷九
		救孝子	《救孝子賢母不認屍》	王仲文	李氏	李氏	卷四
神道	度脫	張生煮海	《沙門島張生煮海》	李好古	張生	龍女瓊蓮（一四折）／仙姑（二折）／長老（正末唱）（三折）	卷五
		翫江亭	《瘸李岳詩酒翫江亭》	無名氏	鐵拐李	趙江梅	卷九
	警世	西遊記	《西遊記》第一本	楊景賢	陳光蕊	陳光蕊妻（一至四出）	卷七
		張天師	《張天師斷風花雪月》	吳昌齡	張天師	桂花仙（一、三、四折）／嬤嬤（二折）	卷三

歷史	英雄	智勇定齊	《鍾離春智勇定齊》	鄭光祖	鍾離春	鍾離春（第二折姑嫂採桑，茶旦先開口唱，正旦才唱）	卷六
		關雲長	《關雲長千里獨行》	無名氏	關羽	甘夫人（劉備之妻）	卷八
		隔江鬥智	《兩軍師隔江鬥智》	無名氏	諸葛亮	孫權之妹孫安小姐	卷九
	其他	哭存孝	《鄧夫人苦痛哭存孝》	關漢卿	鄧夫人	鄧夫人（一、二、四折）／莽古歹（三折）	卷一
		五候宴	《劉夫人慶賞五候宴》	關漢卿	王屠妻	王屠妻（李氏，李從珂親母）（楔子一二三折）／劉夫人（四折）	卷一
		謝金吾	《謝金吾詐拆清風府》	無名氏	佘太君	佘太君（一二折）／皇姑（三四折）	卷九
婚戀	婚姻	調風月	《詐妮子調風月》	關漢卿	燕燕	燕燕	卷一
		破窯記	《呂蒙正風雪破窯記》	王實甫	呂蒙正	劉月娥（呂蒙正妻）	卷三
		臨江驛	《臨江驛瀟湘夜雨》	楊顯之	張翠鸞	張翠鸞	卷四
		秋胡戲妻	《魯大夫秋胡戲妻》	石君寶	羅梅英	羅梅英	卷四
		梧桐葉	《李雲英風送梧桐葉》	李唐賓	李雲英	李雲英	卷八
		舉案齊眉	《孟德耀舉案齊眉》	無名氏	孟光	孟光	卷八
		符金錠	《趙匡義智娶符金錠》	無名氏	趙匡義	符金錠（一折三、四）／趙滿堂（二折，趙匡義之姊）	卷九
	戀情	金線池	《杜蕊娘智賞金線池》	關漢卿	杜蕊娘	杜蕊娘	卷一
		拜月亭	《閨怨佳人拜月亭》	關漢卿	王瑞蘭	王瑞蘭	卷一
		謝天香	《錢大尹智寵謝天香》	關漢卿	謝天香	謝天香	卷一
		墻頭馬上	《裴少俊墻頭馬上》	白樸	李千金	李千金	卷二
		東墻記	《董秀英花月東墻記》	白樸	董秀英	董秀英（正末馬彬於楔子開唱／第三折生與梅香唱／第五折生旦唱）	卷二
		青衫淚	《江州司馬青衫淚》	馬致遠	白樂天	裴興奴	卷三

西廂記	《崔鶯鶯待月西廂記》	王實甫	崔鶯鶯	第一本張君瑞鬧道場 （楔子：老夫人、旦唱：一～四折末唱，第四折紅唱二段曲） 第二本崔鶯鶯聽琴 （一、三～四折旦唱：楔子惠明唱：二折紅唱） 第三本張君瑞害相思 （紅唱） 第四本草橋店夢鶯鶯 （楔子紅唱：一、四折末唱：二折紅唱：三折旦唱） 第五本張君瑞慶團圓 （楔子、二、四折末唱：一、四折旦唱：三、四折紅唱）	卷三
風光好	《陶學士醉寫風光好》	戴善甫	陶穀	秦弱蘭	卷四
柳毅傳書	《洞庭湖柳毅傳書》	尚仲賢	柳毅	龍女（楔子一三四折）／電母（二折）	卷四
曲江池	《李亞仙花酒曲江池》	石君寶	李亞仙	李亞仙（楔子是由鄭元和開唱）	卷四
紫雲亭	《諸宮調風月紫雲亭》	石君寶	韓楚蘭	韓楚蘭	卷四
竹塢聽琴	《秦脩然竹塢聽琴》	石子章	鄭彩鸞	秦脩然	卷五
紅梨花	《謝金蓮詩酒紅梨花》	張壽卿	謝金蓮	謝金蓮（一二四折）／賣花三婆（三折）	卷五
㑳梅香	《㑳梅香騙翰林風月》	鄭光祖	樊素	樊素（是白敏中未婚妻小蠻之婢女，亦即「㑳梅香」）	卷六
倩女離魂	《迷青鎖倩女離魂》	鄭光祖	張倩女	張倩女	卷六
兩世姻緣	《玉蕭女兩世姻緣》	喬吉	韓玉蕭	韓玉蕭	卷六
玉梳記	《荊楚臣重對玉梳記》	賈仲明	荊楚臣	顧玉香	卷八
鴛鴦被	《玉清庵錯送鴛鴦被》	無名氏	李玉英	李玉英	卷八
雲窗夢	《鄭月蓮秋夜雲窗夢》	無名氏	鄭月蓮	鄭月蓮	卷八
菩薩蠻	《蕭淑蘭情寄菩薩蠻》	賈仲明	蕭淑蘭	蕭淑蘭（一三四折）／嬤嬤（二折）	卷八

		碧桃花	《薩眞人夜斷碧桃花》	無名氏	徐碧桃	徐碧桃（一三四折）／嬤嬤（二折）	卷九
世情	家庭	陳母教子	《狀元堂陳母教子》	關漢卿	陳母	陳母（馮氏）	卷一
		望江亭	《望江亭中秋切鱠旦》	關漢卿	譚記兒	譚記兒	卷一
		剪髮待賓	《晉陶母剪髮待賓》	秦簡夫	陶母	陶母（陶侃之母）	卷七
		貨郎旦	《風雨像生貨郎旦》	無名氏	張三姑	劉氏（李彥和的渾家）（一折）、張三姑（副旦扮張三姑）（二、三、四折）	卷八
	朋友	救風塵	《趙盼兒風月救風塵》	關漢卿	趙盼兒	趙盼兒	卷一
	水滸	爭報恩	《爭報恩三虎下山》	無名氏	李千嬌	李千嬌	卷九

附表七：雜劇中有關「蘇卿雙漸」故事的引文

雜劇名	作者	人物行當	引　　文	卷次／頁數
《救風塵》	關漢卿	正旦趙盼兒	【賺煞】這妮子是狐魅人女妖精，纏郎君天魔崇。則他那褲兒裡休猜做有腿，吐下鮮紅血則當做蘇木水。耳邊休采那閑食那是最容易、剜眼睛嫌的，則除是親近著他便歡喜。（帶云）著他疾省呵，（唱）哎，你個雙郎子弟，安排下金冠霞帔。（帶云）一個夫人來到手兒裡了。（唱）卻爲三千張茶引，嫁了馮魁。（一折）	卷一，頁114
《金線池》	關漢卿	正旦杜蕊娘	【幺篇】既不呵那一片俏心腸，那裡每堪分付？那蘇小卿不辨賢愚，比如我五十年不見雙通叔，休道是蘇媽媽，也不是醉鱸鱸。我是他親生的女，又不是買來的奴，遮莫拷的我皮肉爛，煉的我骨髓枯，我怎肯跟將那販茶的馮魁去！」（楔子）	卷一，頁141
			【採茶歌】往常個侍衾裯，都做了付東流；這的是娼門水局下場頭。（韓輔臣云）大姐，只要你有心嫁我，便是卓文君也情願當壚沽酒來。（正旦唱）再休提卓氏女親當沽酒肆，只被你雙通叔早掘倒了甎江樓。（二折）	卷一，頁152
			【堯民歌】麗春園則說一個俏蘇卿，明知道不能夠嫁雙生，向金山壁上去留名，畫船兒趕到豫章城。懺什麼清，投至得你秀才每忒寡情，先接了馮魁定。（三折）	卷一，頁160

			【收江南】呀，不枉了「一春常費買花錢」，也免得佳人才子只孤眠。得官呵相守赴臨川，隨著俺解元，再不索哭啼啼扶上販茶船。（四折）	卷一，頁 166
《紫雲亭》	石君寶	正旦韓楚蘭	【醉中天】我唱到那雙漸臨川令，他便腦袋不嫌聽。提起那馮員外，便望空裡助采聲。把個蘇媽媽便是上古聖人般敬，我正唱到不肯上販茶船的小卿，向那岸邊厢刁蹬，（帶云）俺這虔婆道：兀得不好拷末娘七代先靈！（一折）	卷四，頁 2604
《曲江池》	石君寶	正旦李亞仙	【醉中天】莫不是沖倒了臨川縣？（淨云）我是愛弟。（正旦云）你是愛弟沙，（唱）莫不是買斷了麗春園？（淨云）姨姨，俺和劉大姐兩口兒，不似牽牛織女那！（正旦唱）你真個牽牛上碧天，枉踏踏這清虛殿。我只問曲江裡水比那天台遠？今日和劉郎相見。（云）妹子，我索謝你。（外旦云）姐姐謝我做什麼？（正旦唱）不因你個小名兒沙，他怎肯誤入桃源！（一折）	卷四，頁 2577
			【滿庭芳】哎，怎不教你元和猛驚？那裡是虔婆到也，分明是子弟災星！這一場唱叫無乾淨，死去波好好先生。（卜兒做見科，云）呀，那叫化頭，你又來怎的？（淨再做咳嗽科）（卜云）這個是趙牛觔，我家須不是卑田院，怎麼將這叫化的都收拾我家來了？（正旦云）罷波，你實拿住風月所和奸罪名，檢著這《樂章集》依法施行，常拚著枷稍上長釘釘。你只問臨川縣令，可不道惺惺的自古惜惺惺。（三折）	卷四，頁 2587
《玉梳記》	賈仲明	正旦顧玉香	【賽鴻秋】則俺那雙漸元普天下聲名播，哎，你個馮員外捨性命推沒磨。則這蘇小卿怎肯伏低？料這蘇婆休想輕饒過。呆廝你收拾買花錢，休習閑牙磕。常言道井口上瓦罐終須破。（淨云）怎將我比馮魁？二十載綿花，倒不如三千引茶？（二折）	卷八，頁 5583
			【駐馬聽】你如今得榮遷，兩行朱衣列馬前。當初你身雖貧賤，也曾一春常費買花錢。則我這節婦牌旌表在麗春園，更和你紫泥宣頒降到臨川縣。這的是心堅石也穿，喜駕鴛鴦雙鎖黃金殿。（四折）	卷八，頁 5593
			【離亭宴煞】這裡是陽春德澤桃花縣，他怎肯將小民脂血做黃金輦。除了些月支的俸錢，無過是酒一尊琴三弄詩千卷，說什麼三媒六證財，再受你百計千方騙。俺如今也得個夫人位轉，若早上了你歹王魁〔註4〕販茶船，可不乾賺了我俏蘇卿一世裡蹇。（四折）	卷八，頁 5595～5596

〔註 4〕「王魁」疑爲「馮魁」之誤，見《全元曲》該劇四折〔註13〕，卷八，頁 5596。

《雲窗夢》	無名氏	正旦 鄭月蓮	【油葫蘆】有這等夜月春風美少年，他每惡戀纏，每日價長安市上酒家眠。（淨云）大姐，我多有金銀錢鈔哩！（旦云）你道你有錢物，（唱）有一日業風吹入悲田院，那其間行雲不赴凌波殿。麗春園十遍妝，曲江池三墜鞭。恰相逢初識桃花面，都是些刀劍上惡姻緣。（一折）	卷八，頁 6081～6082
			【後庭花】你愛的是販江淮茶數船，我愛的是撼乾坤詩百聯；你愛的是茶引三千道，我愛的是文章數百篇。這件事便休言，咱心不願。請點湯晏叔原，告回避白樂天，告回避白樂天。（一折）	卷八， 頁6084
			【醉太平】憑魁是村，倒有金銀；俏雙生他是讀書人，天教他受窘。書生曾與人高論，錢財也有無時分。書生有一日跳龍門，咱便是夫人縣君。（二折）	卷八， 頁6087
			【滾繡球】倚仗蒙山頂上春，俺只愛菱花鏡裡人，敢教你有錢難奔，覰這販茶船似風卷殘雲。留取那買笑的銀，換取販茶的引。這其間又下江風順，休戀我虛飄飄皓齒朱唇。如今這麗春園使不的馮魁俊，赤緊的平康卷時行有鈔的親，斷送多少郎君！（二折）	卷八，頁 6087～6088
			【斗鵪鶉】則為我暗約私期，致令得離鄉背井。（外旦云）你那秀才那裡去了？（旦唱）這其間戴月披星，禁寒受冷。恨則恨馮魁那個醜生，買轉俺劣柳青。一壁廂穩住雙生，一壁廂流遞了小卿。（三折）	卷八， 頁6091
《玉壺春》* 〔註5〕	賈仲明	正末李斌 玉壺生	【後庭花】感謝你個曲江池李亞仙，肯顧戀這貶江州白樂天，願你個李素蘭常風韻，則這玉壺香永結緣。雙通叔敢開言，著你個蘇卿心願。我雖無那走江湖大本錢，也敢賠家私住幾年。（一折）	卷八，頁 5621～5622
			【柳葉兒】也養的恁滿門宅眷，也是我出言在駿馬之前，哎，你個謝天香肯把耆卿戀。我借住臨川縣，敢買斷麗春園，一任金山寺擺滿了販茶船。（一折）	卷八， 頁5622
《百花亭》*	無名氏	外扮王小二（賣查梨的）	（小二云）大姐，你可也忒聰明。那公子須不比尋常人，說起來趕一千個雙通叔，賽五百個柳耆卿哩！（旦云）他可是誰？（小二云）他便是風流王煥。（一折）	卷九，頁 6769～6770

〔註5〕「*」標記者，為末本雜劇。

		正末王煥	【迎仙客】你兩個原同舍，本儒流，那白捉鬼比小卿不姓蘇，比玉仙不姓周。雙通叔一般雙，柳耆卿同是柳。柳殿試實止望明月瓺江樓，雙解元乾閃在金山後。（二折）	卷九，頁 6776
			【滿庭芳】俺也曾尋花戀酒，鸞交鳳友，燕侶鶯儔。俺也曾耽驚怕人約黃昏後，（柳云）原來老兄也深曉風月中趣味的。（正末唱）俺也曾使的沒才學的滑熟。（雙云）這等，你也曾做子弟哩。（正末云）我是個錦陣花營郎君帥首，歌台舞榭子弟班頭。（云）咱三個都有個比喻。（柳云）你說，俺試聽咱。（正末唱）雙秀才你是個豫章城落了第的村學究，柳秀才你是個麗春園除了名的敗柳，（雙笑云）足下，你卻如何？（正末唱）我王煥是個百花亭墜了榜的鐵槍頭。（二折）	卷九，頁 6776～6777
《菩薩蠻》	賈仲明	蕭淑蘭	【醉中天】怕什麼奶母舌兒塹，梅香嘴兒尖？恐早晚根前冷句兒添，便知也難憑驗。家醜事必然羞掩，放心波風流雙漸，（張世英云）小生此間難住，必尋退步。（正旦唱）早則麼懶折腰歸去陶潛。（一折）	卷八，頁 5679

附表八：有關「碧桃花」的引文

雜　劇　名	作　者	人物行當	引　　　　文	卷次/頁數
《竹塢聽琴》	石子章	鄭彩鸞（正旦）	【雙調·新水令】成就了碧桃花下鳳鸞交，怕什麼出家兒被教門中恥笑，那裡也靈丹腹內安，經卷向杖頭挑。月夕花朝，將一陣黃粱夢忽驚覺。（四折）	卷五，頁 3332
《紅梨花》	張壽卿	謝金蓮（正旦）	【金盞兒】這秀才忒撐達，將我問根芽。妾身住處兀那東直下，深村曠野不堪誇。俺那裡遮藏紅杏樹，掩映碧桃花，兀良，山前五六里，林外兩三家。（一折）	卷五，頁 3503
《㑳梅香》	鄭光祖	裴夫人	相府堂堂仕宦家，重門深鎖碧桃花。治家不用聲名振，惟願安閑度歲華。（二折）	卷六，頁 3738
		樊素（正旦）	【歸塞北】則你那年紀小，有路到青霄。有一日名掛白玉樓頭龍虎榜，愁什麼碧桃花下鳳鸞交。早掙束帶立於朝。（二折）	卷六，頁 3741
《倩女離魂》	鄭光祖	張倩女（正旦）	【賺煞】從今後只合題恨寫芭蕉，不索占夢揲著蓍草。有甚心腸，更珠圍翠繞。我這一點真情縹緲，他去後，不離了前後周遭。廝隨著司馬題橋，也不指望駟馬高車顯榮耀。不爭把瓊姬棄卻，比及盼子高來到，早辜負了碧桃花下鳳鸞交。（一折）	卷六，頁 3832

《金錢記》	喬吉	韓飛卿 （正末）	【水仙子】他待生拆開碧桃花下鳳鸞交，火燒了俺白玉樓頭翡翠巢。……他見我春風得意長安道，因此迎頭將女婿招。……一任他官人每棒有千條。……小姐你便權休怪，……梅香你便且莫焦，……今日可便輪到我妝么。（四折）	卷六，頁4302
《兩世姻緣》	喬吉	張玉蕭 （正旦）	【小桃紅】玉蕭吹徹碧桃花，端的是一刻千金價……他背影裡斜將眼梢抹，謔的我臉烘霞，……俺主人酒杯嫌殺春風凹。……俺新年十八，未曾招嫁，……俺主人培養出牡丹芽。（三折）	卷六，頁4262
《碧桃花》	無名氏	徐碧桃 （正旦）	【滾繡球】只因我天不管地不收，那一夜風又清月又圓，靜巉巉海棠庭院，恰遇他趁花陰行到墳前。（真人云）他到墳前說什麼來？（正旦云）他只今了兩句詩，道是人面不知何處去，桃花依舊笑春風。（唱）他把碧桃花折一枝，古人詩念一聯，引的我魂靈兒向他行活現。（真人云）他見你可是怎生？（正旦云）他醉醺醺花裡遇神仙，可憐我生埋孤家三年恨，只得書房一夜眠。並沒虛話。（三折）	卷九，頁6816
		薩眞人 （外）	他回至房中，一口氣身亡了。你家將他尸首埋在後花園中。他陽壽未絕，精神不散，墓頂上長出碧桃花來，他一靈兒附在碧桃樹上。三年之後，張道南一舉及第，除授此縣知縣，在你舊衙中居住。那夜風清月明，張道南閑行到碧桃樹邊，見花開的正好，折一枝向膽瓶中插著。誰想碧桃就那夜向書房中與張道南作伴，雲來雨去，說誓言盟，以此張道南看看至死。（四折）	卷九，頁6823
《後庭花》	鄭廷玉	翠鸞 （旦）	（詞云）無心度歲華，夢魂常到家，不見天邊雁，相侵井底蛙。碧桃花，鬢邊斜插，伴人憔悴殺。詞寄〔後庭花〕，翠鸞作。（三折）	卷二，頁1249
《誤入桃源》	王子一	劉晨 （正末）	【堯民歌】呀！生折散碧桃花下鳳鸞栖，端的是人生最苦是別離。倒做了伯勞飛燕各東西，早難道有情何怕隔年期。傷也波悲，登高怨落暉，添幾點青衫淚。（三折）	卷八，頁5560
《玉梳記》	賈仲明	顧玉香 （正旦）	【堯民歌】等著也五花官誥七香車，盡受用滿身花影倩人扶。今日個花生滿路得榮除，早則不碧桃花下鳳鸞孤。歡娛歡娛樂有餘，經憐惜偎香玉。（三折）	卷八，頁5591
《玉壺春》	賈仲明	李玉壺 （正末）	【雁兒落】成就碧桃間鸞鳳栖，翠沼畔鴛鴦配。一任他綠陰中鶯燕喧，錦塢內蜂蝶戲。（四折）	卷八，頁5645
《西廂記》	王實甫	張君瑞 （正末）	【尾】一天好事從今定，一首詩分明照證。再不向青鎖閨夢兒中尋，則去那碧桃花樹兒下等。（第一本三折）	卷三，頁1986